講談社文庫

新装版
暁天(ぎょうてん)の星

鬼籍通覧

椹野道流

講談社

目次

新装版　暁天の星　鬼籍通覧

一章　僕はそれがとても不思議だった

1

法医学教室の朝は、あまり早くない。……一部の者にとっては。

某年四月十日、大阪府T市にある、O医科大学基礎研究棟五階……。

「うう、うぜえ。おはようさんでーす」

そんな挨拶とも愚痴ともつかない言葉と共に伊月崇(いづきたかし)が姿を現したのは、午前九時半であった。

「……おそようございます。今朝も凄(すご)い格好ですにゃあ……」

ちょうど受話器を置いた秘書の住岡峯子(すみおかみねこ)は、胡散(うさん)臭そうに伊月の全身を見回した。

「ネコちゃん……いきなりそりゃないっしょ」

肩まで届く長めの髪を気怠げに払いながら、伊月は大袈裟に肩を竦めてみせた。

そこそこ長身で、骨格的には貧弱ではないが、すこぶる肉付きの薄い、手足のひょろ長い身体。どう見ても肉体労働向きでないその全身を包んでいるのは、これまた細身で光沢のある黒いシャツと、スリムのブラックジーンズ、そしてとどめの黒い革ブーツ。

それだけでも十分大学病院には場違いなのに、大きくはだけた胸元には、おそらくはゴルチエデザインの大振りなペンダントが光っている。右手首にはシルバーのチェーンブレスレット、右手の中指には、これまたシルバーのごつい指輪。

すっきりと整った脂っけのない顔と相まって、その容姿はどう見てもビジュアル系ロックの人である。化粧でもすれば、さぞ映えることだろう。

だが、峯子の目の前にだらしない格好で立っているこの男は、この四月一日付で法医学教室の大学院生となった、新人とはいえ歴とした医者……いや、医師国家試験の結果はまだ出ていないのだが、おそらくは医者になるであろう人物なのである。

「口を開けばうざいうざいって、ここに来て十日しか経ってないのに、伊月先生」

「ちょっぴり早めの五月病なんだよ。俺、朝が弱いからさ。毎朝つらくて」

「誰よりも遅く来てるくせして、何言ってるんだか」

自分の机に鞄を置きに行った伊月には聞こえないように、ネコちゃんと呼ばれた峯子は、小声で毒づいた。

峯子は二十六歳だが、実年齢よりずっと幼く見える可愛らしい顔立ちをしている。色白のふっくらした頬に、腰まである長いストレートの黒髪。まるで人形のような、小作りの整った造作（ぞうさく）なのだが、それと対照的に、白衣の下に隠されたボディは、小柄ながらも伊月言うところの「ダイナマイツ」である。

今朝の服装も、胸元が深く開いたアイボリーのメンズライクなシャツに、スリット入りのタイトミニ……。この首を境にした上下のアンバランスさが、彼女を見る者に妙な色気を感じさせるのだ。

「それに、そんなに呑気（のんき）にしてていいんですかあ？　せっかく待望の解剖が入ったのに」

峯子の冷ややかな言葉に、伊月は声を弾（はず）ませた。

「ほんと？　解剖？」

「嘘ついても仕方ないですにゃ」

「いや〜、待った甲斐があったよ。みんなは？」

「教授は、用事でK大学に行ってます。他の人は、解剖室にとっくに降りちゃいました」

「……あれ？　じゃあ、誰が鑑定医？」

「伏野(ふしの)先生に決まってます。まだ寝ぼけてるんですか？」

取りつく島もない峯子の口調に、伊月は心底驚いた顔で、額に浅い皺(しわ)を寄せてみせた。

「伏野先生って……ミチルさんだよな？」

「ほかに誰がいるんですよう、うちに」

「いや、だってあの人……あんなんで鑑定医か？」

ここで二人が話している「伏野ミチル」とは、この教室の助手である。助手になってまだ二年目の、ちょうど三十歳になる女性だ。

「だって俺さあ、ネコちゃん。あの人、ドクターだなんて思わなかったんだぜ、最初」

「きゃははははは！　それはわかんないでもないですう！」

伊月が現れてからずっと呆れ顔だった峯子だが、伊月のこの言葉には、思わず超音波並みに甲高い笑い声を立ててしまう。

「だろ？　ははは っ、だってあの人の最初の台詞ときたらさ……」

＊　＊

伊月は九日前、自分が初めてこの教室の扉を叩いた朝のことを思い出した。

初日はさすがに緊張して、伊月も着慣れないスーツで登校した。スーツといっても、伊月の持っている唯一のそれは、必要以上に身体にぴったりした、濃い紫色のモッズスタイルの上下である。せめて中だけはシックにと、黒のシャツにロイヤルブルーのネクタイを合わせたら、余計に怪しいコーディネートになってしまった。

それでも、教室の扉の前で、肩を何度か上下させて力を抜き、だんだんずりあがってくるジャケットの裾を引っ張り、髪の乱れを直し、さあノックしようとしたその時……。

「あ、うちの教室の前に不審人物がいる」

背後から間延びした女の声が聞こえて、伊月は文字どおり飛び上がった。

ガバッと身体ごと振り向くと、そこに立っていたのは、まだ若い、学生風の女性だった。身長は百六十センチくらい、わりにほっそりしていて、手足が長い。チェックの綿シャツにジーンズといった軽装に、バックパックを左肩から下げている。

一瞬医大の学生かと思った伊月だが、そうだとすれば「うちの教室」という言いぐさはおかしい。とはいえ、ノーメイクでも目鼻立ちのはっきりした若々しい顔も、くるくると奔放に毛先が撥ねるようにフィンガーアレンジした短めの茶髪も、とても大学の職員には見えない。

「あのう……」

困惑した伊月が何か言いかける前に、目の前の女性は大きな目を見張って、首を傾げた。

「……どちら様？」

まるで出入りの業者に対するような口調に、伊月はムッとして心持ち胸を張った。二十センチの身長差を遺憾なく利用して、相手を見下ろしつつ睨む。

「俺、今日からここの大学院生になる者ですけど」

そちらこそどなたです？　と訊ね返す前に、目の前の女性は、ああ、と手を打ってニカリと笑った。目と同じように、口も大きい。南国系美人と言えないこともないが、それよりも「トトロ」に似ていると言ったほうが、彼女のイメージを適切に伝えることができるだろう。

「わかった、伊月君ね」

「え？　あ、はあ」

驚いて目をパチクリさせる伊月を押しのけるようにして、ミチルは教室の扉を開けた。そして、どうぞ、と棒立ちの彼を招き入れた。

「……おはようございます。伏野先生、同伴出勤？」

最初に声をかけてきたのは、今朝と同じように秘書の峯子だった。仕事の性質上、訪問者に応対できるように、教室に入ったすぐの場所に机を置いているからだ。

「そんな色っぽいことするわけないでしょ」

峯子のからかい半分の挨拶を軽くかわして、ミチルは伊月を伴い、入り口の左側にあるドアをノックした。返事を待たずに、ガチャリと開ける。

「おはようございます。伊月君、来られてますよ」

「おうっ！　そうか」

ガサ、バタン！と何かを蹴飛ばしたような音がして、その部屋から一人の男性が飛び出してきた。

極めて痩せぎすの中年男である。四十代前半といったところだろうか。身長は百六十五センチほどだろう。骨太だがきわめて肉付きが薄く肩幅の狭い体型のせいで、えらの張った顔だけが、写楽の浮世絵のように妙に大きく見える。

小さな目を、やたらにパチパチさせるのが、どうやらこの男の癖らしい。

「杉本先生から話は聞いてるっ、よう来たなあ」

伊月に大学院入試を勧めてくれた学長の名を口にして、その男は伊月の姿を頭から爪先まで眺め回し、そしてミチルに言った。

「みんなを集めてんか。新人を紹介せな」

「あーはいはい、みんなって、そんな大層なこと言ったたって……」

何やらボソボソ言いながら、ミチルは再び教室を出ていった。程なく戻ってきた彼女の後ろから、もう二人の人物がついてきて、興味深げに伊月を見ている。二人とも男性だが、一人は若く、一人は初老の男だ。

「さて、みんな揃ったな」

先の「写楽男」が満足そうに手を叩き、まだ鞄を肩から引っ掛けたままの伊月に、、、にまと笑って見せた。

「ほな、紹介しよか。ええと、こないだミーティングで話したけど、これが今度、うちの院生になった伊月……なんやったっけ」

「伊月崇です」

「ああ、そうそう。伊月崇先生。これから頑張ってくれる人なんで、みんな、いろいろ教えてあげてほしいんや。……んで、うちのスタッフを紹介しよか。まず、僕が教授の都筑壮一や。まだ、教授になって二年目の新米やけど、よろしゅう頼むわ」

(げ、これが教授かよ)

伊月は内心、驚きの目を見張る。

確かに基礎系医学は医師の数が少なく、比較的若い教授が生まれやすいとは聞いていた。だが、それにしても伊月の目の前にいるこの写楽男——都筑は、伊月の持っている「教授」像とは、あまりにかけ離れていた。

教授の貫禄などまったく感じさせない、有り体に言えば貧弱な体格に、パッとしない風采、そしてなんだか洗い晒してよれたシャツとチノパン、そして小学生が履く上履きのような、木綿のズック……。

それまで、都筑を助手か講師だと……准教授とさえも思っていなかった伊月は、酷く驚いたのである。

そんな彼の驚きに気づいたふうもなく、都筑「教授」はにこやかに、初老の男を手で示した。

「こっちが、技師長の清田さん。解剖の時は補助をしてくれる人で……先々代の教授の頃から、ここに勤めてくれてる人や。まあ、生き字引みたいなもんやから、わからんことはこの人に訊き」

紹介された清田という丸眼鏡の男は、ゼンマイ仕掛けの人形のように、ぴょこんと腰を折るようなお辞儀をした。

「清田です。何でもお手伝いしますよってに」

白髪混じりの頭は、上のほうだけが綺麗に禿げあがっていて、まるで中世の修道士のようだ。ユーモラスな眼鏡と相まって、漫画のような人だと、伊月は思った。

「うちはなあ、伊月君。人がおらんのや」

教授はそんなことを言いながら、今度はさっき伊月を教室に迎え入れてくれた、茶髪の女性を指した。

「……はあ」

伊月は曖昧に頷く。

「せやから、准教授も講師もうちにはおらん。っちゅうわけで、このヤンキーみたいなお姉ちゃんが、うちの助手……つまり、ここのナンバー2やな」

「妙な紹介をしないでくださいよ……。伏野ミチルです、よろしく」

ヤンキーとまではいわないが、タカラヅカ女優並みの見事に茶色い髪をボサボサと掻(か)いて、お姉ちゃん——ミチルが、でへへと笑う。

(この茶髪の姉ちゃんが……ナンバー2……。俺、来るとこ間違えたかな……)

不安発作を起こしかけている伊月にはお構いなしに、教室員紹介は続く。秘書の峯子を紹介した後で、教授は最後に、清田の後ろにひっそりと立っている若い男を紹介した。

「最後に、去年からここにいる技術員、森陽一郎(もりよういちろう)君や。うちでいちばん若くて……えぇと、いくつやったっけ?」

「二十一歳です」

男にしては甲高く澄んだ声で陽一郎は答え、はにかんだような微笑を浮かべて、伊月に頭を下げた。小柄で華奢で色白で、少女めいた優しい面差しをしている。

(……こいつがいちばん、普通そうだな)

少しだけホッとして、伊月も会釈を返す。

「ま、森君もまだ新人のうちやし、お互い教えあって仲良くやってくれ」

そう言って、都筑はパンと一つ手を叩いた。

「こんなとこやな。今週中に君の歓迎会をやるとして……。ほな、後は頼むな、伏野君。僕、鑑定書たまってて忙しいんや」

「はいはい。どうぞごゆっくり、籠もっちゃってください」

「うん、そうさせてもらうわ」

すぐさま教授室に引き返そうとした都筑は、ふと思い出したように踵を返し、こう言った。

「うちの教室は多国籍軍でなあ、伊月君。君は東京からやろ？」

「……は？　……はあ……まあ、そうですけど」

「出身地がみんな違うから、言葉もちょっとずつ違うねんけど、公用語は大阪弁やからな！　頼むで」

「……はあ」

「ほな……む……『教室に　集うのは皆　田舎者』……うんうん」

呆然（ぼうぜん）としている伊月をそのままに、教授室のドアがパタンと閉まる。それを合図にして、各々が短い挨拶の言葉を残して、それぞれの持ち場へと帰っていく。

結局、立ちつくす伊月の前には、ミチルだけが残った。

「ああ、あの妙な川柳（せんりゅう）みたいなの、教授殿の癖っていうか趣味だから、気にしないで」

「はあ……そうすか」

「うん。うちは奇人揃いだからねえ。えっと、どうしようか。……そうだ、そんじゃあ教室の中から説明しようかな……」

ミチルはそう言って、サンダルをペタペタ鳴らす独特の歩き方で、教室とその向かいにある、実験室、そして別棟にある解剖室を、伊月を連れて案内して回った。

そして、一とおりの説明を終えると、彼女はおもむろにこう言ったのである。

「さてと、これで案内終わったし、とりあえず帰っちゃえば？」

「へ？」

予想外の言葉に、伊月は目を丸くする。まだ、ここに来て一時間も経っていない。自宅から片道一時間半かけてやってきたというのに、午前十時前に帰されてしまっては、たまったものではない。

しかしミチルは、いかにも面倒くさそうに、首をコキコキ鳴らしながら言葉を継いだ。

「だってさ、今日は解剖もないしセミナーもないし、まさか今日からいきなり研究を始めるわけでもないし……。こんなに早々と来なくてもよかったのよ。ゴールデンウィーク明けくらいで十分だったのに」

「え？　だけど、大学院は四月一日始まりだって……聞いたんすけど」

「馬鹿ねえ。そんなにきっちり来たって、院生には給料ひとつ出やしないんだから。のんびりすればいいの。だいいち、伊月君はまだ医者じゃないんだからさ」

小馬鹿にしたような物言いに、伊月はむっとして言い返した。

「だって、国試落ちてたって、院生は院生じゃないですか。始めるのは早いほうがいいって、杉本学長が……。俺だって、そうじゃなきゃ、もっと遊んでたかったっすよ」

「……あーそう。偉い偉い。ほんじゃ、誰かにくっついて、何か役に立ちそうなことでも教えてもらって。私はこれから、バイト行ってくるから」

「バ、バイト？」

目を剝く伊月に、ミチルはこともなげに頷いた。

「うん。健康診断のバイト。ま、法医学の医者に健康を語らせても、意味ないけどね」

そんなブラックな冗談にも気づかないほど伊月が驚いたのは、ミチルの台詞の中程だった。

「あの……つかぬことをお訊きしますけど……」

「何？」

「……医者？」

「うん、そうよ」

（……この姉ちゃんが、医者？　この、駅前でティッシュ配ってそうな、貧乏くさくてトロそうな姉ちゃんが？）

伊月の驚きの意味に気づいたのか、ミチルはちょっと困ったような表情で、鳥の巣頭をボサボサ掻いた。

「ま、私が医者に見えないのはよくわかってるわよ……。貧乏だから、バイト行くんだもん。『恒産なきものは恒心なし』って言うでしょ」

「何ですか、そりゃ」

「一定の収入がないと、正しい心も持てやしない、ってこと。心の安定は、財布の安定からよ。伊月君にも、そのうちいいバイト、紹介してあげるから」

そう言って、ミチルはさっさと教室に引き返した。小さな肩掛け鞄に白衣と聴診器を詰め、よいしょっと担ぐ。

「あの……それじゃ俺、どうすれば……」

困惑顔の伊月に、ミチルはニコッと笑って、さらりと言った。

「その辺の本棚から、法医学の参考書でも出してきて読むか、誰かにくっついて仕事見せてもらうか……。好きにして。じゃあね！」

「あ、あ、あ……」

立ちつくす伊月を非情にも置き去りにして、ミチルは足取りも軽やかに、教室を飛び出していった……。

＊　　＊

「第一印象があれだろ？　何だか、信じられないんだよなあ。あの、異様にのほほんとした人が、解剖するだけじゃなくて鑑定医なんてさあ」

「……まあねえ」

まだ笑いながら、峯子は椅子の背に身体を押しつけるようにして伸びをした。

「だけどあの日、伏野先生、伊月先生のために、バイト遅らせたんですにゃ？」

「え？」

「普段は、バイト行く日は現地に直行で、こっちには来ないもの」

「……そうなの？」

峯子は、丸い頬に愛らしいえくぼを刻んだ。

「そうですよう。あの人、あれでそれなりに気を遣ってるんですよ、そうは見えないでしょうけど」

「……そうなのか」

どうせならもう少しその親切を徹底してほしかったが、と思いつつも、伊月は机の上に、外したアクセサリーをジャラジャラと置いた。

「じゃあ、行ってくる」

「うん、初解剖、頑張ってくださいねえ」

そう言って長い髪を掻き上げた峯子は、最後に小声で言い足した。

「驚いてくるといいです。解剖室の伏野先生は、ちょっと……怖いですよ」

2

伊月が階段を駆け下り、古い鉄筋の解剖棟の扉を開くと、ちょうど準備室から、薄緑のケーシー姿のミチルが出てきたところだった。

普段は寝起きのパジャマを下だけジーンズに穿き替えたような服装の彼女だが、医者の制服とも言うべきケーシーに着替えると、さすがに少しはまともに……しかし医者というよりは美容師のように見える。

「おはよっす！　解剖なんですって？　嬉しいなあ、俺、ずっと待ってたんですよ」

「そのわりにはごゆっくりの出勤ね」

そんな嫌味を言いつつも、ミチルは伊月のために、もう一度準備室に引き返した。

扉を開けたすぐのところには、スチールの机と椅子のセットが置かれ、右手の広く開けたスペースに、標本を保存しておくマイナス八十度のフリーザーとスチールロッカーが幾つか並んでいる。

「私は奥の物置の中で着替えるけど、男の人はみんなここで。空いてるロッカーを勝手に自分のにしちゃって。それから……」

ミチルは靴箱のすぐそばにある背の低い物入れから、ごく普通に臨床のオペ室で着用されている手術着(スクラブ)を取り出した。上には、服と同じ深緑色の帽子まで載せてある。

「これに着替えて。オペやるわけじゃないから、解剖一回ごとに着替える必要はないけど……汚れたら自分で勝手に交換してね。じゃ、外で待ってるから、早く来て」

はあ、と間の抜けた返事をした伊月の腕の中に服を放り込むと、ミチルはさっさと準備室を出ていってしまった。

「……はいはいっと」

ちょうど端から二つめのロッカーが空だったので、伊月はそこを自分のロッカーと勝手に決め、脱いだ服を放り込んだ。

細い身体にはやや大きすぎる手術着に着替え、ウエストを紐でぎゅっと締める。手術着を着るのは初めてではない。学生時代の臨床実習で、何度も袖を通した代物である。それでも、今日からは「プロ」としてこれを着るのかと思うと何やら新鮮な心持ちだった。

「なかなかいいじゃん」

伊月がロッカーの鏡に自分の姿を映して悦に入っていると、やおら、ミチルの声が耳に飛び込んできた。

「早くってばー。遅刻してきたくせに、ちんたら着替えしてんじゃないわよ！」

準備室のすぐ外で、足踏みして待っているらしい。スリッパのパタパタいう音が中の伊月にも聞こえてくる。

「はいはいはいはい、今行きますよ」

伊月は足でロッカーを閉め、髪を後ろで一つに結わえながら、土間のサンダルを爪先で引っかけて外へ出た。

「はいはい、お待たせです」

「返事は一度でよろしい。それじゃ、こっちへ来て」

「はーい」

「返事は短く！」

ミチルは先に立って、準備室の反対側の木の扉を勢いよく開けた。

解剖室の扉を開けてすぐ目に飛び込むのは、木の衝立で仕切られた、ごく細長いスペースであった。用務員の手作りだというその衝立は、無造作に象牙色のペンキが塗られ、解剖着掛けのみならず、外来者の目から室内を隠す役目をも果たしている。

足元には、長靴の行列だ。

「手前のほうには、警察用の解剖着が掛かってるの。それで、この辺は見学者用」

ミチルはそんなことを言いながら、伊月を奥のほう――突き当たりから、本当の「解剖室」に入ることができる――に手招きした。

「端っこは教授殿の。その隣が私と清田さん。だから伊月君は、清田さんの隣を使ってね。臨床の先生と違って、私たちは術衣を何度も使うから……。ちゃんとマジックで名前書いとくのよ」

ごく当たり前のように口にしたその言葉に、伊月は切れ長の目を大きく見開いた。

「何度もって……これ、ディスポーザブルの術衣じゃないっすか。使い捨てを何度も使うんですか？　血とか付いたら……」

「付いたら？」

伊月の問いに、ミチルは皮肉な表情で肩を竦めてみせた。今朝の彼女は、伊月の知っているいつもの彼女とまったく違う。動作や言動が、やたらにきびきびしている。

「たとえウィルス入りの血液が付いても、次の死体が今さら感染、発病するわけじゃないでしょ？」

「だ、だけど、俺たちが感染するじゃないですか！」

「血の付いた術衣を着ていただけで感染するわけじゃないわ。それに、夜には殺菌灯を点けるし……要は、本人の注意がいちばん大事ってこと」

伊月は天井を見上げた。なるほど、蛍光灯のような形をした殺菌灯が、いくつか取りつけられている。これで部屋ごと殺菌してしまうのだろう。

「だけど、ビンボーくせえ」

「貧乏、なのよ！」

鼻先に人差し指を突きつけて断言され、伊月はうっと息を呑む。

「基礎ってのは貧乏なものなの！　その辺、ちゃんと自覚してね。贅沢したいなら自腹を切りなさい。それに対しては、誰も文句なんか言わないわ」

そう言って、自分の術衣をひょいと着込み長靴に足を通すと、ミチルは上っ張りと帽子を持って扉を開けた。

「おっはよー！」

「おはようございます！」

「先生、朝からすんません」

ミチルの能天気な挨拶に間髪を入れず、野太い警察官たちの挨拶が部屋に響き渡る。

ガランとした部屋の中央には、人造大理石の解剖台があり、その上に、女性が一人、仰向けに横たえられていた。身長はそう高くないが、よく太った、年齢は見たところ八十歳くらいの老女である。身につけているのは、ヘルスセンターなどでよく貸してくれるような、丈の短い、襟なしの浴衣のような服だけだ。

「おはようございます、伏野先生。ようやく初舞台ですね、伊月先生」

技術員の森陽一郎は、いつもの高い声で朝の挨拶をした。シュライバー（筆記役）の彼は、解剖室に入ったすぐのところの衝立側に小さな机を置き、書類を広げている。実験室にいるときと同じ白衣姿だが、髪に臭いがつくのを嫌ってか、深緑色の手術用帽子を被っていた。

「伏野先生、どうぞ」

ミチルが机の横に立つと同時に、慣れた仕草で陽一郎が一枚の紙を差し出す。一足先に解剖室に入り、担当の刑事から事件のあらましを聞いて、専用の紙に書き込んでおいたものだ。

「ありがと……伊月先生も早くね」

ミチルはゴム引きの上っ張りに袖を通し、ターバン型の帽子を被りながら、それに目を走らせた。

「すんません……。なんかこれ、着にくくて」

慣れない術衣にオタオタと袖を通しつつ伊月が現れると、ミチルは紙から視線を上げもせず、こう言った。

「こちら、新しく教室に入った伊月先生。解剖にどんどん入っていただきますので、顔を覚えてね。伊月先生、T署の人たち」

何とも愛想のない紹介だったが、居合わせた三人の警察官は、一斉に伊月を見た。

「よろしくお願いします!」

「どうも!」

「……あ、どうもよろしくお願いします……」

自分よりうんと年上の、しかも強面(こわもて)の中年男たちに深々と頭を下げられ、伊月も何やら居心地の悪い心持ちで、半分着かけた術衣のままお辞儀を返す。

……と。

三人の警察官のうち、一人だけ頭を下げない者がいたのに、伊月は気づいた。

他の二人は、いずれも三十代後半から四十代の私服警官であるのに比べ、伊月の前で棒立ちになっている一人は、官給品の出動服にTシャツという出(い)で立(た)ちで、しかもまだ若い。おそらく二十代半ばくらいだろう。

身長は百八十センチほど……長身で、ほどほどにがっしりした、バランス良く筋肉のついた体つきをしている。

やや面長の顔に、くっきりした一直線の太い眉(まゆ)、黒目がちの大きな目。細長い鼻梁と、横一直線に大きい、薄い唇。

男前なのに、どこかセサミストリートのマペットを思い起こさせる、ユーモラスで人懐(ひとなつ)っこい顔立ち。その容貌に、伊月は見覚えがあった。

(……誰だったかな……どっかで見た顔なんだけどな)

伊月が頭の中から記憶を引っぱり出す前に、その若い警官は驚きを露(あらわ)に問いかけた。

「伊月……先生、って……あの伊月崇？」

いきなりフルネームで呼びかけられた伊月だけでなく、他の警察官たちも、そして陽一郎もミチルも驚いた顔で二人を見比べる。

呆気(あっけ)にとられた伊月がこくりと頷くと、目の前の青年は、顔じゅうをくしゃくしゃにして笑った。

「こんなところで会うなんて、嘘みたいやなあ。覚えてへんか？　ほら僕、筧(かけい)やて！　筧兼継(かねつぐ)！　Ｍ小学校で一緒やったやんか！」

野太い声、そしてどこかおっとりしたベタベタの大阪弁に記憶を呼び覚まされ、伊月の頭の中で、目の前の男の顔が、どんどん幼くなっていく。

面長の顔は今よりもっとふっくらしていて、だが顔の造作はほとんどそのまま、そして、あの頃から背が高くて、いつも黄緑色のジャンパーを着ていたサッカー好きの少年……。

「筧……筧って、あの筧か！」

「そう、あの筧やって」

「わーお、懐かしいなあ！　こんなところで会えるなんて、信じられねえや」

伊月は自分より一回りサイズの大きな男の両肩を摑(つか)んで揺すぶった。青年のほうは、揺さぶられるままに突っ立ってニコニコしている。

「知り合いなの？」

ミチルの問いに、伊月は青年……筧の肩から手を外し、いつものアンニュイさが嘘のような笑顔を見せた。

「小学校の時の同級生なんすよ！　俺、五年生のときに神戸に転校しちまってそれっきりだったんだけど……何年ぶりだ？」

「うーと……十四年ぶりかな。いやー、せやけど変わらへんな。すぐわかったわ」

屈託ない筧の言葉に、ミチルと陽一郎はギョッとした顔で視線を交わし合う。

「ねえ……つかぬこと訊くけどさ」

ミチルは、手にした紙で伊月を指して筧に訊ねた。

「変わらないって……。この人、小学生の頃からこんなだったわけ？」

「ちょ……『こんな』ってどういうことですかあ！」

むっとした顔で食ってかかる伊月とは対照的に、筧はいかにも嬉しげに頷いた。

「はい、昔からちょっとその辺にはいないような美人でした！」

「……び……美人……」

せっせと警察から受け取った書類を整理していた陽一郎が、思わず吹き出す。しかし、筧はあくまで大真面目である。

「髪の毛なんか今より長いくらいで、女の子みたいに綺麗でしたよ。お洒落で、よくお母ちゃんのブラウスや言うて、綺麗なシャツ着て学校に来たりしてました。服だけやのうて、指輪とかネックレスとか腕輪とか……。先生に怒られても挫けてへんかったなあ」

「筧っ！　余計なこと喋るなよお前！」

「ぶっ……。お母んのブラウス着てランドセルしょった小学生……すっげーやだ！　後でネコちゃんにも教えてあげなくちゃ」

「ちょ……っ、勘弁してくださいよ、伏野先生！」

「だって、ねえ、陽ちゃん」

「うくく、想像できちゃうところが怖いです、伊月先生……」

狼狽える伊月を見て、ミチルだけでなく、陽一郎も警察官たちもゲラゲラ笑ってしまっている。ただ筧だけが、遠い目をして天井を見上げ、懐かしいなあ、などと呟いた。

「あー、おかしい。最初の解剖から笑わせてくれるわ、伊月先生」

右手で涙を拭きながら、ミチルは事件の概要を書いた紙を、伊月の胸に押しつけた。

「目を通して。疑問点があったら、感動の再会を果たしたお友達に質問してちょうだい」

「あ、はい」

伊月はまだ憮然としながらも、陽一郎がちまちました妙に可愛い字で書き込んだ紙に見入った。


殺人被疑事件で、被疑者は七十八歳の夫。被害者は、その妻、七十三歳、である。

老夫婦は二人暮らしで、市内のマンションに居住している。生活は、年金と自分たちの貯金で賄っているらしい。子供は一人、長男四十五歳は家族とともに東京に住んでおり、ほかに身寄りらしき者はいない。妻は約十年前から関節リウマチに罹っており、最近は病状が進み、自力では立つことができず、ほとんど両足を投げ出して座っているか、寝ているかという状態だったという。つまり、家事及び妻の介護を、夫がすべて一人でこなしていたことになる。

事件発生は、昨夜十一時頃と考えられている。些細なことで夫と妻は口論になり、夫は布団に仰向けに横たわっている妻に馬乗りになり、そばにあった帯紐で首を絞めたというのだ。夫はその後——今日の午前零時過ぎに、近くの交番に自首した。驚いた駐在が、救急隊を要請するとともに自分も現場に駆けつけてみると、妻はすでに死亡していた……。

「両方に、認知症とかはなかったのかな。仲はよかった？　それから、旦那さんのほうには何か病気は？」

ミチルのほうをチラリと見ながら伊月が問いを口にすると、彼女は目で「それでい」と頷いてくれた。伊月はほっとして、今度は筧のほうに視線を転じる。

「ええと……」

筧は、ごつい手で分厚いノートをめくりながら、汚い鉛筆の走り書きを目で追いかけた。

「近所の人と奥さんの主治医の話によると、二人とも明らかな認知症はないようです。夫婦仲もよく、旦那さんは奥さんを献身的に世話しとったということです。旦那さんには、特に病気はなし……戦時中、南方でマラリアをやったらしいですけど」

やはり職務に戻ると、自然と伊月に対する言葉遣いも丁寧になる。

「そっか……」

「旦那さんはどんな感じの人？　大きな人？　奥さんを絞め殺せそうかしら」

目の前の遺体を見ながら、今度はミチルが訊ねる。「主任」と呼ばれているこの場ではもっとも階級が上らしい警察官が、即座に答えた。

「戦時中を生き延びただけのことはあって、がっしりした大きな人ですわ。嫁はんもでかいですけど、まあ動かれへんわけやし、絞め殺すには十分でしょうなあ」

「そう……。ほかに訊きたいことは？　伊月先生」

「ええと……あ、そうだ、直腸温！」

「よくできました。……計ってます？」

はあ、と頷き、主任は手帳を繰って答えた。

「今朝の午前二時十五分に検視したときは、直腸温三十四度……室温二十度、でした」

「……とすると、伊月先生？」

いきなり始まってしまった口頭試問に、伊月は慌てて頭の中から学生時代の知識を引きずり出そうとする。

「ええと……この季節だと、直腸温は一時間に一度くらい下がるから……死亡時刻はだいたい昨日の午後十一時過ぎ……自供と合いますね」

「そうね」

ミチルは頷き、部屋の隅のほうで器具を揃えていた清田に声をかけた。

「写真、お願いします」

「はいはい、撮りますよ～」

ここでもちょこまかと昔のアニメのように動く清田が、車輪付きの台を引いてくる。写真係の警察官も主任に促され、大きな一眼レフカメラを持って、清田に続いた。

二人が左右両方向から遺体の写真を撮り始めるのと同時に、ミチルは戸棚から手袋を出してはめた。伊月も見よう見まねでそれに倣う。手術用の、ごく薄いゴム製の手首まですっぽり覆う手袋である。それを二枚重ねるのだ。

「あの……いちいちあんなふうに写真撮るんですか？」

「撮るわよ。ときに、司法解剖はどんなものか、知ってるわね？」

「ええ、死因のはっきりしない異状死体のうち、犯罪に関係があると思われる変死体を対象に行われる解剖、です」

教科書を丸ごと書き写したような定義に苦笑しつつ、ミチルは頷き、こう言った。

「ということは、司法解剖というのは、刑事事件になることを前提とした解剖なの。だから、死体はいちばん重要な証拠品……所見が見つかるごとに、ちゃんと写真に収めて、捜査や裁判に備えなくちゃ」

「なるほど」

「いい加減な解剖をしたら、私たちも証拠隠滅や虚偽で罪に問われる危険があるのよ」

怖いっすね、と伊月が言うのを小さな笑みでいなして、ミチルは遺体の左側に立った。必然的に、伊月はその向かい、遺体の右側に立つことになる。

移動しかける伊月の袖を引き、陽一郎がスケッチ用のボードと色鉛筆を手渡した。どうやら損傷部位を細かく記録するのが、今日の伊月に与えられた仕事らしい。

普段は、まず着衣を脱がせ、全身から身体の各部分へと外表の検案は進んでいく。だが今日は、着衣を脱がすこともせず、ミチルは警察官を呼んだ。視線は、帯紐が絡んだままの遺体の頸部（けいぶ）に釘づけになっている。

「これは……最初からこうなっていたの？」

伊月、主任と写真係の警察官、それと雑巾（ぞうきん）を洗っていた筧までがやってきて、遺体を囲んだ。

遺体の首に巻きついている帯紐は、幅約三センチの、木綿地の平たい布である。芯は入っていないらしく、縁以外はそう硬くない。

それを、前から首に回し、項（うなじ）で一回交叉（こうさ）させ、それを前に戻してから、紐の端同士でしっかりと二重に結わえてある。交叉部から結び目までは、三十センチほどの余裕があるだろう。

ミチルが指さしているのは、まさにその結び目であった。

「ええ、駐在が現場に踏み込んだときのままです。これがそのときのポラですわ」

主任が、白い台紙に貼りつけられたポラロイド写真をミチルと伊月に示す。

なるほど、腹までタオルケットを掛けて横たわっている犠牲者の頸部の状態は、今とまったく同じである。

「……旦那さんからお話を詳しく聞けた？　ちゃんと喋ってる？」

「ええ。よっぽど看護に疲れとったんでしょうかなあ。サバサバした顔して、よう順序立てて喋りよりますねん。罰は受けます、刑務所へ入れてください、言いまして」

「どんなふうに奥さんの首を絞めたって言ってる？」

主任は調書をペラペラと繰る。縦に間延びした、読みにくい独特の手書き文字で書かれたそれを、主任はだみ声で読み上げた。

「妻がわからんことばかり言うのでカッとして、私はそばにあった帯紐を手に取り、妻の首に前から押しつけました。その帯紐は、寝間着の腰で結ぶための物で、私が妻を着替えさせようと持ってきたものです。『お前の世話で、儂がどんなに苦労しとると思うとるんじゃ、阿呆。もう堪忍ならん、殺したる』と言うと、『殺せるもんなら殺してみぃ』と言われ、いっそう腹が立ちました」

「……それで……？」

「しかし、妻が不自由な手足で、それでも寝返りを打って抵抗しようとしたので、私は無理矢理、紐を首の後ろで交叉させ、前に持ってきて、妻の上に馬乗りになり、紐をもう一度前で交叉させ、両手でしっかりと絞めました。どのくらいそうしていたかはわかりませんが、バタバタしていた妻も、やがてぐったりと動かなくなりました。口からは舌が飛び出し、涎が一筋、流れていました」

「ああ……そこまでで結構です。……伊月先生、どう思う？」

今度は口頭試問でなく意見を求められ、伊月は帽子の上から手袋の手で、頭をボリボリと掻いた。綺麗な弓状の眉が、困惑したように左右非対称に吊り上がっている。

「どう思うって、いったい何が疑問なんすか？　この紐で絞められたんじゃないとでも？」

伊月の呑気らしい態度に、ミチルは少々苛ついたようだ。違うわよ、と尖った声で言い、そしてこう続けた。

「私が言いたいのは……なんだって結ぶ必要があったのか、ってこと」

「……あ」

伊月は小さな声を上げ、主任のほうは、我が意を得たりと言いたげに、

「そうなんですわ！」と意味もなくミチルにすり寄った。

「我々もそれを不思議に思うて、本人に訊ねたんですがねえ。あんなしっかりした爺さんでも、その辺はやっぱり年寄りでね、嫁はんに予想以上に抵抗されて、焦ったんでしょうなあ。『覚えとらん』て言うんですわ」

「そうねえ……。さくさく予定を立ててやったことではないでしょうしね。……それにしても……不可解だわ」

とりあえず、オリジナルの状態を崩さないうちにと、清田に頸部の写真を各方向から撮るように指示してからも、ミチルが小声で呟いているのが伊月に聞こえた。

「だけど……どうしてだろう。絞める途中にのんびり二度結びしてる暇なんかないはずだし、ぐったりしてからわざわざ結ぶ意味なんて……あるかしら」

「弛まないように結ぶんなら、もっと首に近いところで結びますよねえ」

「そうなのよね。何か引っかかるわ。……いつまで考えてても仕方ないから、続ける

けど」

清田と写真係が撮影を終えるのを見計らい、ミチルは紐の巻きつき具合や、紐の幅、首回りの長さなどを詳しく述べた。それを陽一郎が、片っ端から素早く書き留める。

ミチルは、今度は背面から遺体の写真を撮るよう、清田に指示した。

ピンクのゴム手袋をはめ、清拭(せいしき)用のタオルを洗っていた筧は、それを聞くと作業を中断し、遺体に歩み寄った。慣れた動作で遺体の左上腕を持ち、右下に横向ける。それから彼は、自分の姿が写真に写らないよう、大きな身体を折り曲げるように低く屈んだ。

「死斑(しはん)は背面に高度、暗紫赤色……指圧にて消退せず。背面に損傷なし。さらに項部(こうぶ)は……」

写真撮影の間にも所見を述べ続けていたミチルは、写真係がカメラを下ろすが早いか、遺体の項(うなじ)に鼻がくっつくほど顔を近づけた。

「何見てんですか？」

伊月も訳がわからないなりに、同じようにしてみる。

「項部の索条物(さくじょうぶつ)……紐のことよ……の様子も、ちゃんと見ておかないとね。それから」

ミチルは、ちょうど紐が掛かっている生え際の少し上を指さした。

「索条物が髪や衣類を巻き込んでいるかどうかも、チェックポイント。この人の場合は、襟はないし髪は刈りあげちゃってるしで、残念ながら意味なしだけど」

「どうして？……ああ、殺人の時は、わざわざ髪や服を避けて紐を掛ける余裕なんかないから、いろいろ巻き込んでることが多いって、講義で習った」

そうそう、と頷き、ミチルは寛に遺体を元の仰向けに戻すように言った。そして遺体から着衣をすっかり脱がせ、それからまた全身を前面、背面と撮影させた。

ずいぶん手間のかかるものだと、伊月は焦れたり感心したりしながら、一連の出来事を頭に叩き込もうとする。

そんな伊月に手伝わせ、ミチルは、紐を数か所、太い木綿糸で縛った。

「これは、何のために？」

「元の状態をできる限り保存したまま、索条物を取り外すための作業よ。ほどいちゃうと、何が何やらわからなくなるから」

そう言いながら彼女は、右側頸部で紐を切断し、注意深く取り外した。それを受け取った清田が、すぐさま写真台にセットし、メジャーを置いて撮影を開始する。

「さて、これでやっと、本来の外表所見に取りかかれるわね」

　大きすぎる術衣に包まれた肩を一度上下させてから、ミチルは定規とピンセットを手にした。

　体格、栄養、皮膚の色、死後強直……と、スムーズに所見を言いつつ、ミチルは所々で、検案のポイントを伊月に教えた。

「強直は、昨日の午後十一時に死亡したとすれば、ほぼ全関節で強いはずね。だけどこの人の場合は、リウマチの症状を考慮しなくては駄目……拘縮があるから」

　頭部に損傷がないことを確認してから、顔面に移る。

　伊月はもちろん、被害者の生前の容貌は知らない。しかし、おそらくは頸部を絞扼されることにより、顔面は鬱血して、なんだか酷くむくんだ怖い表情になってしまっている。

　結膜や口腔粘膜にも、溢血点と呼ばれる微細な出血が多数見られた。これらはすべて、頸部を絞扼された死体によく見られる所見なのだと、ミチルは説明した。

「……これ何だろう」

　遺体の顔を見ているうちに、その額と、鼻と、唇から顎にかけて、ほぼ水平方向に走る線状の擦り傷がたくさんできていることに、伊月は気づいた。

「しっかりスケッチして。……で、どう思う？」

ミチルに問われ、せっせと色鉛筆を走らせながら、伊月は自信なげに答えた。

「抵抗してるときに、畳で擦った……ってのは？」

「それは順当なアイデアだけど……。それにしては、ほら、見て。この表皮剝脱は、畳の目よりずっと細いと思わない？　それに畳に強く擦りつけたのなら、表皮剝脱の周囲に摩擦熱による熱傷を伴いそうな気もするわね……」

「ああ……なるほど。じゃあ、伏野先生は何だと？」

「わかんない。けど、もっと硬い物が当たった感じ……かなあ。ほら、鬱血してるからわかりにくいけど、よく見たら、表皮剝脱の部位に、皮下出血があるような気がする」

そういう合間にも、ミチルはそういった損傷の一つ一つを丁寧に計測し、形状や場所とともに陽一郎に書き取らせていく。

同じような表皮剝脱……いわゆる「擦り傷」は、胸部……ちょうど左右の乳頭の少し上あたりに、まるで大きく開いたTシャツの襟ぐりのように、緩やかな円弧状のものが見られた。その擦り傷と同じ部位には、こちらは明らかな赤紫色の皮下出血も伴っている。皮下出血も表皮剝脱も、顔面と同じく、いずれも新しいものである。

ほかに損傷はといえば、まず、何故か両手掌部に一×二・五センチほどの皮下出血が認められた。それから、これまた何故か、下口唇粘膜に、広範な、しかしごく浅い粘膜の剝脱による点状出血……。

「何だろうなあ……」

伊月は首を捻りながらも、それらを丁寧にスケッチした。

そして何といっても、最大の問題は、頸部の索溝である。

「オトガイの下七センチ、左右耳介の下十三センチ及び十四センチの部位を通る、幅約三センチの表皮剝脱、皮下出血及び皮内出血……う〜ん」

所見を言いながら、ミチルはふと言い淀んだ。

「どうしたんすか？」

「ん……後ろで交叉して、前で交叉して……で、絞めた……のよね」

「……と、言うとりますが、何かおかしなことでも？」

「おかしいというか……。何だかそのわりには、この前頸部正中の表皮剝脱だけが、妙に激しいと思わない？　ちょっといびつな円形に……それに、この点状皮内出血やら皮下出血やら……」

確かに、ミチルが指さしている部分には、略円形の小さな……直径二センチくらいだろうか……表皮剝脱があり、その周囲に何となく渦を巻くような形で、皮内出血や皮下出血が走っている……ように、見えないこともない。

「そうですかねえ」

「そうかなあ……たまたま、紐が交叉したところだったんじゃないですか？」

主任と伊月が、左右対称に首を傾げる。

「ちょっと……気になったんだわ。まあいいか、とにかく続けましょう」

そう言って、ミチルはまだ何やら考え込みながらも、身体の他の部分の所見に取りかかった。よく観察し、損傷がないことを確認していく。

その後、清田に必要な箇所の撮影を指示すると、遺体のそばを離れ、部屋の隅にある戸棚を開けた。木綿地の、手にぴったりとあう薄手の手袋を取り出す。

「あ、俺も」

「残念ながらこれは、私専用なの。殿方は、手が大きいからそっちを使ってね」

そう言ってミチルが示したのは、棚の上に山と積まれた「軍手」である。伊月は啞然として、口をポカンと開けた。

「……こんなごっついのはめて……やるんですかあ？」

「すぐ慣れるって。はめてないと、滑ってどうしようもないの。……濡らしてからはめるといいわよ」

そう言われて、伊月は解剖台の横にある深いシンクに軍手を突っ込み、固く絞った。そこで雑巾を黙々と洗っていた筧が、大きな背中を猫背にして、笑いかけてきた。

「いよいよやな。頑張ってな」

「おう」

伊月もちらりと笑い返す。

ミチルと伊月が台の左右に分かれて立つと、清田が遺体の足の上に立てた作業台に、鋏（はさみ）やピンセットといった解剖道具をずらりと並べていく。

「……では」

ミチルは、台の上からメスを取り上げ……。

「はい、どうぞ」

無造作に、しかし決して相手を傷つけたりしないよう柄（え）のほうを向けて差し出されたそれに、伊月はギョッとしてミチルの顔を見た。

「……へ？」

「切って、って言ってんの」

平然とした顔で、ミチルは、手にしたメスを上下に軽く振ってみせる。

(うわ、マジかよ)

「俺が、っすか?」

怖々メスを受け取った伊月が、それでも戸惑いがちに訊ねるのに、ミチルはこともなげに頷いた。

「法医学教室の医者が、解剖できないでどうすんのよ」

「そりゃそうですけど……だって俺、今日が初めてなんですよ?」

「だから? 最初は誰でも『初めて』よ。何も、あんたが下手なことしたからって、この人がもう一度死ぬわけじゃないわ。それを特典だと思って、思い切ってやらせてもらいなさい。……それとも、怖くてできないかな?」

おそらくはわざとなのであろう意地悪な物言いに、伊月もついついムキになる。薄い唇をへの字に結び、向かい合ったミチルの顔を睨みつけながら、彼は低い声で言った。

「いいですよ、切りますよ。だけど、どうするかくらいは教えてくれたっていいじゃないですか」

ふてくされた様子の伊月に、ミチルは解剖室に来てから初めての優しい口調で言った。

「もちろん教えてあげる。『宇宙人解剖ビデオ』のとおりにやればいいんだけどさ」

深く被ったターバン型の帽子の下で、片二重の目が笑っている。どうやら、伊月の腹が据わるまで、からかいながら待っていたらしい。

「今日のは頸部が大事だから、そこだけ私が切るね、見てて」

そう言うと、ミチルは両手でメスを捧げ持つようにして、遺体に一礼した。警官たちも、一斉に黙礼する。解剖前に、そうやって遺体に敬意を払うのだ。伊月も同じように頭を下げた。一生忘れられないであろう、初めての遺体への畏敬の念を込めて。

「……では」

小さな声で言うなり、ミチルのメスは、遺体のオトガイから胸骨上端まで、頸部を正中で真っ直ぐ切り裂いた。頸部の筋肉を決して傷つけないように、しかし軟部組織は少しも残さず、絶妙の力加減の切開である。

「はい、この要領で下腹部まで切って。お臍のところだけは上手に避けてね、伊月先生」

「……はい」

頷きながら、伊月はふと、この部屋に入ってからというもの、ミチルがずっと自分のことを「伊月先生」と呼んでいることに気づいた。いつもは「君づけ」なのに、警官たちの前ではことさらに「先生」を強調している。

（ああ……そうか）

ミチルは警官たちに、「伊月は医者で、ゆくゆくは鑑定医となる人だ」と重ねて仄めかしているのである。

現場で叩き上げの警官たちに、若くて軟弱なルックスの伊月は、いかにも頼りなく映っているだろう。それをミチルは敏感に察知し、先手を打ったのだ。

「……すんません。行きます」

ミチルの心遣いに感謝しつつ、伊月は二年生の解剖実習以来、実に五年ぶりに手にするメスをギュッと握りしめた。

陽一郎も、居並ぶ警官たちも、そして幼なじみの筧兼継も、みな好奇心一杯の視線を自分の手元に注いでいるのがわかる。

（……やってやろうじゃねえの）

ナイフを持つようにメスを持ち、伊月は上体を屈め、ミチルの続きを切るべく上胸部の皮膚に鋭利な刃を当てた。

「……あ」

思い切りよくやったつもりだった。しかし、人間の皮膚というのは予想外に強靭なものらしい。筋膜まで切り下げるどころか、皮膚さえ完全に切れていない。

「うわ……あ」

慌てて切り直そうとする伊月に、向かいに立ったミチルがそっと囁いた。

「落ち着いて。最初なんだから、慎重すぎるくらいでいいのよ。焦らずに、切開線が二重にならないように切って」

「……はい」

今度は少し力を込めてメスを沈ませると、意外に分厚く白い皮膚の下に、黄色いツブツブした脂肪の層が現れる。その下に、赤褐色の筋肉……。

「オッケー。じゃあ、脂肪の厚さを測って……。ここからは、私のやるのを見て、反対側を同じようにしてね」

そう言って、ミチルはメスを取り上げた。

表皮を剥離し、皮下の損傷を調べ、腹部を切開し、肋骨を切断して胸腔内を露出させ、心臓を摘出する。

そうした一連の作業を、ミチルの手は少しもたゆたうことなく素早く進めていく。

その合間に、胸部の表皮剝脱の直下の脂肪組織内の出血や、頸部索溝部分の皮下出血の写真を撮らせることも忘れない。

「頸部がミソだし、細かい仕事だから触らせてあげられないけど……腹部臓器の摘出は伊月先生に任せます。お願いしますね、清田さん」

そんなミチルの言葉に、清田は腕で丸眼鏡を押し上げ、ニカリと笑った。

「はいはい、ちゃんとお教えしますよ」

「よろしく」

そう言って、ミチルは頸部の解剖に取りかかった。

薄くて幾重にも折り重なった筋肉を丁寧に一つずつ剝離し、索条物によってできた筋肉の挫滅(ざめつ)や出血を、いちいち写真に収める。

一方、技師長の清田に手順を詳しく教えてもらいながら、伊月は不器用な手つきで腹部の臓器を外していった。

「先生によっていろいろ流儀は違うみたいですけどね、とりあえずうちはこうです」

そう言って、清田は小さな身体でいっぱいに背伸びし、鋏の入れ方や糸をかける箇所を伊月に教えた。

「ま、先生も、おいおいご自分のやり方を確立してください」

「……おいおいね……とりあえず今は……」

「ああ、先生！　今、二つに切ってしもうたんが、副腎ですわ」

「……あ。こんなとこにあったっけ、副腎……」

自分のやり方どころか、解剖学からもう一度勉強し直さなくてはと、伊月は心の中で溜め息をついた……。


「伊月先生、これを見て」

不意にミチルは伊月を呼んだ。一とおり臓器を出し終えた伊月がそばに行くと、彼女は写真台の上を示した。

台の上には、舌から気管・気管支、そして肺に至るまでが、一続きに摘出され、置いてある。

「首絞めの時に見ないといけないのは、ここ」

ミチルが、ピンセットの先で指したのは、ちょうど喉の入り口部分である。

「甲状軟骨の大角（だいかく）や、舌骨（ぜっこつ）が、頸部の圧迫によって骨折してることがあるから。……今回も、ほら。甲状軟骨の左の大角が折れてるわね」

喉からちょうど両脇に角のように飛び出した細い部分を、伊月は指でつまんで動かしてみた。なるほど、左の角だけが、プラプラと動く。

「……ってことは、やっぱり首、絞められたんですよね？」

「……うーん。首、絞まったのは確かなんだけどさ……」

ミチルは歯切れの悪い口調で言い、少し困った顔をした。

「何です？」

「ううん……ちょっと……やっぱり、何かが引っかかっててね。思い過ごしかなあ」

だから何が、と伊月が重ねて訊いても、ミチルは答えなかった。そしてそれから
は、伊月の取り出した各臓器に黙々と割を入れ、所見を言い始めたのだった……。

3

やがて解剖が終了し、死体検案書（通常、臨床の医師が交付する「死亡診断書」に
相当するもの）を書く段になって、ミチルは「もう一度、索条物と現場のポラロイド
を見せて」と言い出した。
警察官が、すかさず写真を陽一郎の書き物机の上に置く。両手に血だらけの手袋を
はめたままでそれを持つことができないミチルは、顔を写真にくっつけるように腰を

屈め、じっと見入った。それから写真台の上に広げられた索条物を見に行き、また帰ってきて写真を見た。

伊月も、何がなんだかさっぱりわからないままに、ミチルについてその両者をしげしげと見る。

二度目に索条物を見に行ったとき、ミチルは伊月に言った。

「ねえ。何となくこの紐、ヨレヨレしてると思わない？」

「……ヨレヨレ？　そういえば……」

伊月も長身を屈めて首を捻る。

「だけど、爺さんが、力の限りこの紐をぎゅーっと握ったんだったら、ヨレヨレになるでしょう」

「そりゃそうだけどねえ……。それに」

ミチルはやおら手袋を外すと、素手で紐に触れた。

「あ、やっぱり」

「何です？」

「端っこ、片っぽだけ湿気てる」

「……え？」

伊月も大急ぎで手袋を脱ぎ捨て、紐の両端に触れてみる。なるほど、一方の端は乾燥しているにもかかわらず、もう一方の端だけが、じっとり濡れている。

「それに……うっすらですけど、血液がついてるような気がしますね」

「お、鋭い」

ミチルはどこか嬉しげに伊月の肩を叩き、もう一度陽一郎の書き物机に引き返した。

食い入るように小さなポラロイドの画面を見つめ、そしてようやく顔を上げた彼女は、主任に言った。

「被疑者……旦那さんの体調はどう？　これから帰って、取り調べはできそう？」

主任は即座に頷いた。

「さっきも言ったとおり、非常にシャキッとしとるし、協力的でね。……今、休ませとるんで、午後からまた調べを再開する予定です」

「そう。じゃあまず、この紐を科捜研に回して、この湿気と血液の分析を頼んでください。大急ぎで」

「……はあ、紐をね」

訳がわからないという様子で、主任は曖昧に頷いた。

「それから、鑑識さんを連れて、もう一度この家に行って……。たぶんこれだと思うんだけど、こんな物が他にもあるかどうか探して。で、微物(びぶつ)を採取して分析してもらってください」

「はあ……何ですか？」

ぽかんとした表情で、主任はポラロイドに顔を近づける。ミチルの指が指し示している物を見た彼の小さな目が、文字どおり「点に」なる。

「……孫の手？」

ミチルは、きっぱりと頷く。

「とりあえず、この写真からはそれしか見つからないから、まずはそれを調べるといいと思う……。それが私からのアドバイス。そして、旦那さんにもう一度話を聞いて。そのときに……」

ミチルは主任の耳に口を寄せ、何やら囁いた。主任の脂っぽい顔に、見る見るうちに驚きの色が漲(みなぎ)る。

「そ……そりゃまた先生……」

「誘導尋問はいけない、って言うんでしょ？　だから、事実だけを言ってよ。解剖を担当した医者はこう言ってるけど、って。それならいいでしょう？」

何故か急に狼狽えだした主任とは対照的に、ミチルは不貞不貞しいまでに落ち着き払った顔でそう言った。どうやら、さっきから「引っかかっていた」何かについて、確信を得たらしい。

「はあ……まあ。しかし、どうしてそんな……」

「それは本人に訊いてください。とにかく、それがすむまで、検案書は当座のものを発行しますから……ね?」

そう言って、ミチルは陽一郎に口頭で検案書の記載事項を指示した。

「氏名、生年月日はもう一度確認してね。死亡した場所は自宅、死亡した時刻は、昨日の午後十一時頃。……オッケー?」

「十一時頃……と、はい、続きどうぞ」

陽一郎が、少々可愛らしすぎるきらいはあるが読みやすい字体で、丁寧に、しかし素早く、ミチルの言葉を書類に書き写していく。

「直接死因は『窒息』、その原因は……そうね……『頸部絞搾』にしておいて。時間はいずれも短時間、でこの場合はいいわ」

「はい」

さらさらと間違いもせず、陽一郎が難解な医学用語を書き込む。それを上から眺めながら、伊月は心中密かに、こう思っていた。

（「首絞め」って言やあ誰にでもわかる話を、わざとわからないように書くのが、死体検案書ってもんなのかねえ……）

自分ではポーカーフェイスでいるつもりだったのだが、どうやらそんな感想が、露骨に面に出ていたらしい。

「わかんないように見えて、落ち着いて読めばなるほどわかるように書くのがコツなのよ、伊月先生」

絶妙のタイミングでミチルに睨まれて、伊月は思わず、口を大きく引き延ばし、べロリと舌を出しておどけて見せた。

「で、死因の種類は……とりあえず今は、『11番、その他及び不詳の外因死』にしておいて。後日、変更すると思うけど」

「え!?」

伊月は驚いて、出した舌を瞬時に引っ込めた。

「どうしてそうなるんです？『10番、他殺』じゃないんですか？」

「私、これが殺人とは思えないのよ、どうしても」

「だって、あんなにはっきりした旦那の自供があるのに……」

「伊月先生、勘違いしないで」

驚くほど厳しい口調と表情で、ミチルは伊月を見据えた。ハッと口を噤んだ伊月に、ミチルは一言一言、噛んで含めるように言った。

「私たちは、供述書を基にして検案書を書くのではないのよ」

「それは……」

「もちろん、供述書も写真も証拠物件も、すべてが大切な手がかりではあるけれど……。それでも結局、死因を決めるよりどころは、解剖所見なの。自分の目で確かめたことだけが無条件で信じていいことだと、私は思ってる。それがどんなに不可解でもね」

今まで聞いたこともないような強い語調に、伊月はごくりと生唾を飲み込んだ。周囲の人間も、皆凍りついたように身動きしない。ただ、目だけでミチルの表情を窺うのみである。

そんな周囲の緊張に気づいたのか、ミチルはふう、と大きな息をつき、「あ、ごめんねえ」と少し笑った。そして、さっきよりはずっと穏やかな口調で付け加えた。

「だけどさ、伊月先生。忘れちゃいけないと思うのよ。私たちの仕事は事件を解決することじゃなくて、あくまで死因を究明すること……それが、たとえそれまでの捜査結果と符合しなくても、仕方がないわ」

「先生……仕方がない、で済まさんでくださいよ。僕ら、頭痛いですわ」

伊月が何と答えていいかわからず、口をへの字に曲げていると、主任が大げさな顰(しか)めっ面でぼやいてみせた。皆、そのタイミングの良さに、思わず吹き出してしまう。

解剖室の空気が、一気に和んだ。

ミチルは残りの記載事項を手早く終わらせてしまうと、主任に告げた。

「悪いですけど、とにかく今回は、私の勘につきあってもらえませんか？　帰って、すぐに言ったとおりにしてみてください」

「……言うは易く、行うは難し、なんですよー。書類も作らにゃならんし」

「だけど、それでもし私の言ったとおりなら、めっけもんでしょ？　そのときは、私にお昼ご飯奢(おご)って。もしとんでもない思い違いなら、今度休みの日に呼び出されても、絶対怒らないから」

いつもの軽い口調に、主任も、苦笑しつつそれを承知した。

「わっかりました。先生がそこまで仰るなら、すぐ手配しましょう」

「ありがとうございます。それじゃ、ご連絡お待ちしてますね」

ミチルも、にっこりして頭を下げたのだった。

解剖が終了し、近所のそば屋で昼食を取りながら、伊月はミチルに訊ねてみた。

「さっきの……俺、今ひとつわかってないんですけど」

「どの辺が？」

五目にゅうめんを吹いてさましながら、ミチルが上目遣いに伊月を見る。伊月も、天ぷらそばをずるずると啜(すす)りながら、切れ長の目でミチルを見返した。

「伏野センセが、あれを殺人じゃないって思う理由。何だか、外表所見の時から変な顔してたでしょう、引っかかる引っかかるって言ってたし。いったい、何がどうなってるんです？」

「全然わかんない？」

「頸部の索条物の結び目が、そもそもの疑問の発端だったんでしょう？　それは俺にもわかります。だけど、その後は……何がどう関係してるのか……」

「外表所見から、覚えてる限り所見を並べてみて」

今日のミチルは、あくまで伊月を試すつもりでいるらしい。伊月は、そばをいったん諦め、テーブルに両肘をついた。細い顎(あご)を頬杖で支え、目を閉じて記憶をたどる。

「顔面と胸部の表皮剝脱及び皮下出血、下口唇粘膜の剝脱、頸部の表皮剝脱及び皮内・皮下出血、両手掌の皮下出血……そしてこれは死体の所見じゃないですけど、濡れてたりヨレヨレだったり結んであったりする妙な索条物……そして……何ですか、『孫の手』って」

「素敵な記憶力ね。それだけ覚えてれば完璧じゃない」

ミチルは、心から感服したというように、小さく拍手して見せた。そして、ちょっといたずらっぽい表情で言った。

「孫の手に関しては、自信はないの。ただ、写真では、適当な物があれしか目につかなかったから。ほかの……でもあんな感じの棒状の物が見つかってほしいなあ」

まるで願望を語るような、いつもの「ほよん」とした物言いに、伊月は呆れたように溜め息をついた。

「あんなに確信に満ちた言い方しておいて、自信ないって……。それに、百歩譲って『棒状の物』として、今俺が言った所見の、どれが決定打なんです？」

程良く冷めたにゅうめんを口に運んでから、ミチルは楽しげに指を立てた。

「今、伊月君が言った所見に、顔面鬱血と粘膜の溢血点、それから甲状軟骨骨折を足して。それら全部が一つのシチュエーションを形成するのに不可欠なのよ」

「全部が……一つのシチュエーションを？　つまり、殺人じゃなしに、あの状況を作る……というと、あれは『自殺』ってことですか？　まさか」

「まさか事故ではないでしょう。だから、残る可能性は自殺しかないわねえ」

「自殺？　どうやって？」

「それを考えるのが、今日の午後の伊月君の仕事。警察が何か回答してくるまでには、まだ時間があるわ。ゆっくり考えることね」

そう言い置いて、ミチルは伝票を手に、席を立った。

「私は本屋に寄って帰るから、ゆっくりしてって。今日は奢ったげる」

「あ、すんません」

もはや大脳のほとんどが考え事に費やされていて、挨拶も上の空である。後ろ手に伝票を振りながらレジに向かうミチルをちらりと見ただけで、伊月の頭はすぐに思索に戻っていく。

「結んだ紐と孫の手と擦り傷と皮下出血……？　あああ……ファクターが多すぎてわかんねえ……」

ランチタイムを過ぎ、客も疎(まば)らなそば屋のテーブルで、伊月はずいぶん長い間、そのまま考え込んでいた……。

＊　＊

主任と筧が法医学教室を再訪したのは、その日の午後五時過ぎのことだった。

「くたびれたから、本日は営業終了」と、いつもの調子でのほほんと宣言し、自分の席で買ってきた本を黙々と読んでいたミチルも、教室に帰ってきてからもなおブツブツと考えまくっていた伊月も、帰り支度をしていた陽一郎も、バタン！　と凄い勢いで開いた扉に驚いて、一斉に侵入者を見た。

「先生！　奢ります！　負けましたわ。……仰るとおりでした」

開口一番、汗だくの主任はそう言って頭を掻き、ミチルに頭を下げた。

戸口に突っ立ったままの筧は、伊月に向かって、小さく手を挙げて微笑する。どうやらあちこち走り回ってきたらしく、こちらも汗まみれで、かなり疲れた顔をしている。

「何かいい結果が出たのね。それはよかったわ。とりあえず、あっちでお茶でも飲みながら聞きましょ」

今回の決断には、絶大な自信を持っていたらしい。ミチルは、さして驚きもせず、大きな口でニッと笑い、本を机に伏せて立ち上がった。

教室のいちばん奥にある大きな机では、陽一郎がいそいそとお茶の支度を始めている。

ミチルは、主任と筧に椅子を勧めると、それで？　と話を促した。

腰掛ける間ももどかしげに、主任は早速話し始めた。

「それでですねえ、とりあえず例の索条物の件なんですが、科捜研で緊急に調べてもらったところ、あの湿りは唾液で、付着していたのは血液でした。唾液血液、いずれの血液型も、被害者のものと一致しております、はい」

「それは……多分そうだろうと思ってたけど。孫の手は？」

「それがですねえ」

しわくちゃのハンカチで顔の汗を拭い、主任は一息にコップ一杯の麦茶を飲み干した。

「ここにいる筧を現場にやりまして、探させたんですが、やはり先生の仰るような棒は、あの写真に写っとった孫の手しかありませんで」

「で？」

「これまた同行した鑑識に微物を取らせましたら、皮膚組織が三ヵ所からたくさん出ましてねえ。両端近くと真ん中あたりと。……まあ、握り手と爪んとこは皮膚が出て当然ですねんけど、爪の反対側の平たい場所やら真ん中辺やらは、ねえ。血痕もわずかに採取できたみたいですわ。……さすがに、まだ誰のものかは同定できてませんけど、これも、予想どおりでっか？」

身を乗り出した主任に、ミチルは、曖昧に首を傾げて笑った。

「予想どおり、と言うよりは期待どおり、って感じ。それが被害者のものだってわかったら、なお素敵だな～」

ミチルは、テーブルに頬杖をつき、呑気らしくそんなことを言う。

「被害者のもの？」

伊月と陽一郎は、顔を見合わせてから、視線を同時にミチルに転じた。

そんなもの問いたげな二人の眼差しを見事に無視して、ミチルは主任と筧を見比べて問いを重ねた。

「それで？　肝心の旦那さんは？」

「それもですなあ。『先生があんたが殺したんと違う、言うてはるで。奥さんが自分でやったんやろ、て。あんた、嘘ついたんか？』言うて問いただしたら、急に頭下げて、シュンとしてしもうて、『すんません』て」

夫の取り調べに同席していたのだろう、筧も大きな目を輝かせて、横から言葉を添えた。

「そうなんです！　それまではっきり『儂が殺したんです』言うてた人が、えらいしょげてしもて。何度も何度も謝りながら、『ホンマはあいつが自分でやりよったんです』って白状したんです」

「自分で……って。じゃあ、やっぱり自殺だったってわけか？」

伊月に訊かれて、筧は何やら自分の手柄であるかのように得意げに頷いた。

「せや。旦那さんが風呂に入ってる間に、奥さんが……被害者言われてた人が、自分で首絞めたんや」

「……俺、そのからくりを午後いっぱいずっと考えてたんだけどな……。思いつけなかったんだよ。正解、教えてくれよ」

徒労に終わった考え事に疲れ果てた情けない顔で、伊月は種明かしをせがむ。しかし、「それはな……」と言いかけた筧の口を塞いで、主任は何やら真剣な顔で、ミチルに詰め寄った。

「先生、ホンマに、あの婆さんがどんなふうに自分で首括ったんか、わかってはりますのんか？」

「たぶんね。あら？　そこまで旦那さんは説明しなかったの？」

ミチルは、空のグラスに麦茶のお代わりを注いでやりながら、気のない返事をする。もう、自分の推論が正しかったことを知り、事件に対する興味を失いつつあるらしい。

しかし主任のほうは、あくまで食い下がる。

「無論、言いよりましたけど……。僕としては、先生の説が正しいかどうか、是非とも確かめてみたいんですわ。まぐれ当たりやったら、昼飯の話はなし、もしほんまに大正解やったら、疑った罰として、昼飯二回に増量しましょ」

「お、乗った！」

急にやる気になったらしいミチルは、成り行きをわくわくしながら待っている伊月に、こう言った。

「伊月く……じゃなかった先生、さっき考え事中に作ってた、実演セットがあったでしょう。あれ持ってきてよ」

どうやら、読書に没頭しているような振りをして、横目で伊月の推理がどんどん間違った方向へ行くのを見て楽しんでいたらしい。

（……やな女だよ……ったく）

心の中で悪態をつきつつ、しかし「自分で首絞め」のからくりが知りたい伊月は、素直に立ち上がった。自分の机から、さっきタオルを切って作ったばかりの即席索条物と、三十センチの定規を持ってくる。

「……これでいいすか？」

ふてくされた顔で伊月が二つの物を突き出すと、ミチルはそれを受け取り、机の上のものを端に寄せた。そして、皆が見守る中、彼女はいきなり、机の上に仰向けに寝てしまったのである。

いくらジーンズ姿、しかも他ならぬ、色気のかけらもないミチルだとはいえ、妙齢の女性が突然目の前に横たわっては、皆、目のやり場に困る。

「ふ……伏野先生……何やってらっしゃるんですか？」

「種明かしをするのよ、陽ちゃん。まず……」

ミチルは伊月の作った長い紐を、ちょうど遺体がしていたように、まず首の前から項（うなじ）に回し、そこで交叉させて、再び前に持ってきた。そして……。

「これは、いくら旦那さんでも見てないはずだから、推測にすぎないけど」

そう言って、彼女は、両手を軽く挙げて見せた。

「奥さんは、リウマチで手の動きが不自由だった。つまり、私たちがするように、指を自在に曲げて紐を結ぶことなんかできなかったはずなのね。だから……」

ミチルは、できるだけ指を使わずに、苦労して紐を一重結んだ。そして、二重目の輪を作ると、片方の端を口にくわえ、もう片方を、両手でホールドして、一同の顔をぐるりと見た。

「こんなふうにして、二回目の結び目を作ったんだと思うの。もちろん、何度か失敗したでしょうね。結び損なったり、場所がまずかったり」

そう言って、口で一方の端を、両手でもう一方の端を持ち、固い結び目を作る。

「そうか！」

伊月はポンと手を打った。

「だから、一方の端が唾で濡れてたんだ。そしてまた、下口唇粘膜の剝脱は、紐で擦れたために起こったんだな。だから、紐には薄く血が付いていた……」

「そういうこと。これが、最初の謎解き」

「場所が悪いってのは、どういう意味です？」

「それはこの後の作業に関わってくるのよ、伊月先生」

「この後の作業？」

伊月は怪訝そうに首を捻る。

しかし、主任はそんなことはどうでもいいのだと言わんばかりに、先を促した。

「せやけど先生、そんな、どのみち確かめられへんような、些末なことはええんですわ。それより、その続きを聞かせてくださいや」

よほど、ミチルがどこかで思い違いをしていることに期待を抱いているらしい。

「はいはい、せっかちねえ」

ミチルは机の上に横たわったまま、小さく肩を竦めて苦笑した。そして今度は、定規を手にした。

「ちょっと短いけど……これを、こんなふうに、二重目の輪の中に差し込んで……。今度も、両手でしっかり握ることはできないから、両の手のひらで、こんなふうにしっかりと挟んだでしょうね」

「あ……！　両手掌の皮下出血！」

陽一郎が、小さな叫び声をあげた。自分が所見を書き留めただけに、損傷の一つ一つを鮮明に思い出せるらしい。他の面々も、大きく頷く。

そしてミチルは、百八十度、ぐるりと定規を回すと、定規を顔面に強く押しつけ固定し、そろそろと定規の上を滑らせて、両手を交代させた。そして、まったく同じようにして、何回か定規を回して見せた。

「ね、こんなふうに、同じ動作を繰り返していけば、紐が捻れて、どんどん絞まっていくでしょう」

「ああ、そうやりゃよかったのか！」

「うん。だけど、あんまり二つ目の輪が大きすぎたり小さすぎたりしたら、やりにくいから。だからさっき、結び目の位置が……って言ったのよ」

「なるほど！　だから、捻りがきつくて、紐がヨレヨレに……畜生、何だってそんな単純なこと、気がつかなかったかなあ」

伊月は悔しそうに机を叩き、主任と筧は顔を見合わせた。主任の酷く落胆したような表情から、ミチルの推測が夫の供述と一致していたことが知れる。

「こんなふうにどんどん棒を回していくと、棒のエッジが……おそらくは孫の手の縁の堅いところが、出っ張ってるとこ……つまり、おでこと鼻の頭と、胸に当たるでしょ。そのせいで、あの表皮剝脱やら皮下出血やらができたのね」

「だけど、絞めてるうちに苦しくなるでしょう……手が離れるかも」

何だか自分が首を絞められているような苦しげな顔で、陽一郎が訊ねる。どうやら、頭の中でシミュレーションしているうちに、息苦しくなってきたらしい。

「大丈夫、意識が落ちるまでにそう長い時間はかからないし、それに……」

ミチルは限界まで紐を絞めていき、そして、定規をひょいと下顎下縁に引っ掛けた。

「こんなふうに自分の顎で止めちゃうか、顎の下に挟むか……それでオッケーよ……と、苦しくなってきた」

「うわあ、早く解いてくださいよ」

「う〜ん、これ、巻くの楽だけど、解くの大変だわ」

人ごとのように言いつつ、息苦しさで赤い顔になったミチルは机の上に起きあがり、グルグルと定規を逆回しした。紐を自分の頸部から取り外し、小さな咳払いをする。

「……正解？」

掠れ気味の声で問われ、主任は苦虫を嚙み潰したような、悔しそうな顔で頷く。筧も、感心しきりといった様子で、長い顎を何度も上下させた。

「大当たりですわ」

「えへへ。じゃあ、こういうことね……」

ミチルは机の上に胡座をかき、嬉しそうに続けた。

「お風呂から上がった旦那さんは、奥さんの姿に驚いて、まずは孫の手を解き、紐を外した。だけど奥さんはもう死んでいた……」

「そうですねん」

「だけど……」

ミチルはふと真顔に戻って、主任に何か訊ねようとした。しかしその時……。

「なんや？　伏野君のストリップでも始まるんか？　机の上に乗ったりしてからに」

不意に聞こえた、飄々（ひょうひょう）とした男の声に、一同はぎょっとして顔を上げた。

「解剖ご苦労さん。……って、僕、何やまずいときに帰ってきたか？　秘密会議中か何かかいな？」

言うまでもなく、そこに立っていたのは、朝から出張していた都筑教授である。

一同は無言で顔を見合わせ、そして、同時にがっくりと肩を落としたのだった。

ミチルと主任から事件のあらましを聞いた都筑は、無精髭（ぶしょうひげ）の浮いた貧弱な顎を、痩せた手で撫で回しながら、うーんと唸った。また、何やら妙な川柳でも捻っているらしい。

「奥さんの自殺の動機は？」

そんな都筑にはお構いなしに、伊月は主任に訊ねてみた。

「やはり、病気を苦にして、らしいですなあ。手が不自由で字が書けんので遺書はないんですが、普段から『治らへんのやったらいっそ死にたい』とは言うておったそうですわ」

「じゃあ、旦那さんが嘘をついた理由は？」

ミチルも横から問いを挟む。さっき、都筑に邪魔されて口にできなかったのは、この疑問らしい。それは伊月にしても陽一郎にしても同じことだったので、彼らは皆、一斉に視線を主任に注いだ。

「それがねえ……。まあ、やっかいなジジイでして」

主任は、そう言って顔を顰め、それまでほとんど座っているだけだった筧を見やった。だんだん喋るのが面倒になってきたのだろう、「お前、言えや」と言いつける。

いくら見てくれがらしくないとはいえ、教授相手に口をきくのが初めての筧は、酷く緊張した顔で、はい、と頷いた。いつも持っている分厚い帳面の、いちばん後のページを開ける。

「実は、『女房が死んで一人にされたから、いっそ刑務所に入りたかった』って言うんです」

「……あ？」

それまで明後日を向いていた都筑が、ふと箟を見る。

「どういうことや？」

「つまり……あの夫婦には、東京に住んでる一人息子がおって、まあ、ようある話ですけど、あんまり上手くいってへんかったらしいんです。特に、息子と親父さんが」

「うん……それで？」

都筑は、落ち窪んだ小さな目をショボショボと忙しく瞬きさせながら、腕組みして箟を見ている。箟は、鉛筆でぐじゃぐじゃと書き込んだメモを、器用に解読していく。

「生活は年金と貯金で、と言うても、二人の住んでるマンションは、息子さんの名義らしいんです。それで、これは息子さんにも裏をとった話なんですけど、息子さん、いつもそのマンションを売りに出して、子供の学費に充てたい……そう言うてはったそうです」

「ご両親には、出ていけ……って言ってたの？」

「いえ……ええとまあ、『お母ちゃんが生きているうちは、仕方がないからそのまま住んでいてもええ、せやけど、お父ちゃん一人になったら、よそへ越すかホームへ行くかしてくれ』と宣言してはったんですね、その息子さん。冗談やのうて本気で、です」

主任も、横から強調した。

「何があったんか知りませんけど、ほんまにえらい仲悪い父子ですわ。その息子さん、お母ちゃんの遺体は引き取りに来ましたけど、お父ちゃんとは一度も面会せずに帰りよりましたからなあ。東京からわざわざ来たのに。盆や正月にも、奥さんの実家だけへ帰るそうですわ」

「ほう。そりゃ深刻やなあ。剣呑（けんのん）や」

都筑が、のんびりした口調で合いの手を入れる。筧は、大真面目な顔で頷いた。ギョロリとした大きな目が、少し充血している。きっと昨夜から、ほとんど眠っていないのだろう。

「それで、奥さんが自殺したときに、旦那さん、それを思い出して、これはまずいと思うたんでしょうね。後で訊いてわかったんですが、旦那さん、よそへうつるお金どころか、少しですけど借金あるらしいんですわ」

「借金？　奥さんの病気のせいで？」

ミチルの問いに、筧も主任も力無くかぶりを振った。

「それやったら美しい話ですけど、違います。この旦那さんの唯一の趣味が、競馬やったらしくて……それで」

「あ……競馬。だけど見に行く暇なんかないでしょう、看病あるのに」

「それが、言うても毎日と違いますしね。奥さんも、たまの息抜きにとその日は不自由も我慢して、行かせてやってたそうです」

「……そこで、馬鹿みたいにお金使っちゃってたわけ？」

　呆れたような響きを帯びた声で、ミチルは訊ねる。筧は、重く頷いた。

「たぶんストレスの捌け口が、そこだけだったんでしょうねえ。せやから、今日調べたら通帳の残高はゼロやし、家の中には小銭ばっかりでした。それと、消費者金融からの借入証書と……額はいずれも少額でしたけど、年金から返すのは少々難しいかもしれません」

「奥さんに、家の金やら年金やらを使うてしもたんがバレるの嫌さに、ちまちまと金を借りとった。そういうこっちゃな？」

「ええ、そうです。せやから、息子さんにそんなこと知られたら、糞味噌言われて今の家追い出されて、どっかの汚いホーム入れられる、二度と出してもらわれへん。そう思って怖くなった……と言うてます」

「うーむ」

都筑は低く唸り、陽一郎は絶句し、ミチルと伊月は同時に声をあげた。

「まさか刑務所って……」

「あ、どうぞ」

伊月が譲り、ミチルがその質問を続ける。

「まさか刑務所に行きたいって……。殺人犯になって刑務所に行けば、老人ホームに入らなくて済む、そういうこと？」

筧は、大きな肩をすぼめ、どこかすまなそうに頷いた。

「そうなんです。刑務所に放り込まれるんやったら、路頭に迷わずに済む、おまんまには困らへん、息子の世話にはならんで済む、借金からも逃げられる……咄嗟にそう思ったそうです」

「つまらんジジイの嘘に振り回されて、えらい骨折りですわ……。先生方にもご迷惑をおかけしまして、えらいすんまへん」

そうぼやきながら、主任は力無く頭を垂れた。

「そ、そんなことないって。事件的には……こう言うと不謹慎かもだけど、興味深いと思うわよ。自絞死って、そう多くはない症例だから」

「あ、俺もいろいろ勉強になりましたし……筧にも会えたし、なあ」

ミチルと伊月の妙なフォローにも、主任は情けなさそうに頭を振るばかりである。

覧も、疲れた苦笑を人懐っこい顔に落として、伊月を見た。法医学教室の面々がいるので、伊月にため口をきくことは控えているらしい。しかし充血した目で、同意のウインクを送ってみせる。

「だけど確かに、何だか気抜けするうえにくたびれる事件だわね。人殺しになったほうが、実の息子さんの世話になるよりマシ、かあ……。そういうものなのかしら」

ミチルの言葉に、伊月もぼそりと呟いた。

「それを年寄りのプライドっていうのかなあ？　何だか情けねえけど。俺だったら、一緒に首括っちまううね」

「確かに情けないけど、死ぬにはこの世に未練があったんじゃないですか？　死ぬのって怖いし。だけど、こんな嘘しか考えつけなかったってのは哀しいですよね……」

陽一郎が、皆の思いを代弁するかのように、か細い声で淡々と言った。

一同は頷き、そして各々溜め息とともに沈黙した。

夕闇が迫り、いつしか薄暗くなった教室に、都筑の間の抜けた川柳だけが、ぼそりと響いた。

「『お金さえ　あったら嘘も　吐(つ)くまいに』……か。どないもこないも、寂しいなあ」

間奏　飯食う人々　その一

その晩、九時。

伊月と筧は、「Mリカーカレッジ」にいた。

夕方、筧たちが大学に来たとき、二人は慌ただしく約束を取り交わし、大学近くの酒屋の地下にあるこの居酒屋で待ち合わせたのである。

とりあえず飲み物を注文してから、彼らはフードメニューをチェックし、思いつくままに七品ほどの料理を頼んだ。

「頼みすぎたかな。……だけど俺、腹減ってんだよ」

「僕もや」

大きな背中を熊のように丸めてまだメニューに見入りながら、筧はやや大きめの口でニッと笑った。

「タカちゃんたちは解剖終わったらそこでいったん仕事終わりやろ？　せやけど僕ら

は、そっからも仕事やからな。昼飯食う暇がなかったわ」

タカちゃん、と、小学生時代の呼び名をさらりと口にして、筧は黒目がちのつぶらな目を細くした。子供の頃にはなかった目尻の皺が、優しい顔をいっそう人懐っこく見せている。

「そうか、現場行きだの取り調べだの書類作成だの、延々続くんだもんなあ。……それはそうと、タカちゃんはやめろよ」

「何で?」

「何でって……そりゃあ」

その時、ウェイトレスが飲み物を運んできた。生ビールが筧の前に、そして何やらオレンジ色の液体の入った丸いグラスが伊月の前に置かれる。

「タカちゃん……それ、何?」

不思議そうに訊ねる筧に、伊月はちょっと照れくさそうに、ぶっきらぼうな口調で答えた。

「ファジー・ネーブル。俺、今いちビールとか日本酒とか、甘くない酒は苦手なんだよ」

「へえ。それでカクテルか。相変わらずお洒落やなあ、タカちゃんは。ほな、とりあえず乾杯しよか……ええと」

軟派な酒をからかうでもなく、むしろ感心したようにそんなことを言う筧に安心して、伊月はグラスを上げた。

「十四年ぶりの再会を祝して、だろ」

「ああ、それそれ」

筧は大きな手にジョッキを持ち、カチンと勢いよく伊月のグラスに当てた。

「そんで……何で『タカちゃん』がいかんて？」

ビールを一気に半分ほども空けてしまってから、筧が真面目な顔で訊ねてきた。伊月は、だってお前よう、と口の中でモゴモゴと呟く。

「この年になって『タカちゃん』じゃあ、キュートすぎるだろうがよ」

「ええやん、タカちゃんちっとも変わらへんから、他の名前で呼ぶ気がせえへん。僕のことも、昔の呼び方で呼んでええし」

「昔の呼び方って……俺、昔からお前のことは『筧』って呼んでたじゃねえか。不公平だよ、そんなの」

「あはははは、せやなー。でも、まあええやん。解剖室では、ちゃんと『伊月先生』て呼ぶから」

そう言えば、子供の頃から口のでかい奴だった、と、目の前の男の屈託ない笑顔を見ながら、伊月も苦笑いした。

「しょーがねえなあ。好きにしろよ。で、どうしてたんだ、あれから」

「ああ、僕はなあ……」

運ばれてきた料理をガツガツと平らげながら、二人は小学校六年から今日に至るまでの身の上を語り合った。

筧は、小学校卒業後、地元の公立中学、高校へと進み、高校卒業後、大学へは行かず、警察官の道を選ぶことにしたらしい。

「僕、勉強嫌いやから成績悪かって、進学クラスにも入られへんかったし。そんで、卒業してそのまま、警察学校に入ったんや。警察やったら、親も安心やん。うるさいこと何も言わんかったし」

ごつい身体を縮こまらせて、筧はそんなことを言った。

「それで、いつから刑事課に？」

「ついこないだ。春の人事異動ってやつや。もう、ここまで来るのに一苦労やってんで」

大袈裟な溜め息をついて、筧はそんなことを言った。

伊月は、胸元のペンダントをいじりながら訊ねる。

「何が？　刑事課行きたいでーす、って言やあいいんじゃねえの？」

「違うて！　そんな簡単なもんやないねんで、タカちゃん！」

筧は大声でそう言うなり、大きな拳でテーブルをどんと叩いた。皿とグラスが大きな音を立てて飛び上がり、伊月は慌てて、倒れかけたグラスを両手で摑む。

「馬鹿、そんなでかい声でタカちゃん言うな！　……いったい何がそんなに難しいんだよ？　刑事課ってそんなに大人気なのか？」

筧は「堪忍」と言うと、ビールを一口飲んで照れくさそうに笑った。

「そら、刑事いうたら男のロマンやん。日本の国も犯罪増えてきたから、何人おっても人が足りへん状態やし」

「じゃあ、余計に入るの簡単そうじゃん」

「入るだけやったら、まあ。けど警察いうんは、とにかく学校と試験が好きなとこやねん。せやから……えーと」

太い指を折りつつ、筧は天井を仰いで説明を始めた。

「高校卒業して、警察官採用試験受けて、初任科……あ、これが警察学校な、それに入るやん。十ヵ月してから捜査実習に出て、また学校戻って、やっと卒業や。学校出たらいったん地域に配属されて、そこで仕事をしもって、ホンマはどこに配属されたいか、希望出すねん。それから任用科試験っちゅうのを受けて、今度は任用科っちゅう学校へもういっぺん入って、また実習に出て、学校戻って、学校出て……。それで、希望の部署に人員の空きがあったら、やっと配属や」

「……えらく大層だな」

「せやろ？　これでも、刑事課に配属されるの、滅茶苦茶早いほうやねんで。地域におるときに特別警ら隊志願して、刑事課の人たちの使い走りして顔覚えてもろて。そんで、ほかの奴らよりはちょっとだけ早(はよ)う、声かけてもらえてん」

「へええ」

伊月はすっかり感心して、目の前のヌウボウとした筧の顔をつくづくと見た。

「使い走り」というにはいかにも気が利かなさそうな感じではあるが、彼の何とも人の良い笑顔が、刑事たちに好感を抱かせたのだろうか。

「お前が、そんな細かい手回し……って言うと悪いか、段取りする奴だとは思わなかった。驚いたぜ」

「そら僕、刑事になりたくて警察入ってんからなあ。刑事って格好ええやろ？　小学生の頃から、ずーっと憧れやってん」

（こいつがねえ……）

ちくわのチーズ詰めフライを口に放り込みながら、伊月は心の中で、呆れと感心の入り交じった呟きを漏らした。

今でこそ、解剖室で見た限りでは先輩警察官の指示に従ってきびきび動いているが、小学生の頃は、口調と同じくらい「おっとりのそのそ」としていた筧が、ずっと刑事に憧れていたとは……。

「タカちゃんは？　神戸に転校してから、どないしてた？」

「大変だったんだぜ。神戸ってえれぇお受験に熱心なところでさ。それまでのんびりしてた両親も、あっという間に感化されちまって……俺も塾に放り込まれたよ」

「勉強ばっかし？」

伊月は、大げさに肩を竦めて頷く。

「おうよ。そんで、苦労して有名な私立中学に入ったと思ったら、次の年にはまた親父の転勤で、東京の公立中学へ転校さ。受験勉強も水の泡。まあ結局、東京の暮らしが肌に合ったんで、大学卒業するまで向こうにいたよ」

「ふうん……大変やったんやなあ。せやけど、なんでまたこっちへ帰って来たんや」

「……俺な、朝弱いんだよ」

唐突な伊月の言葉に、素晴らしいスピードでスパゲティ・カルボナーラを平らげていた筧が、動きを止め、きょとんと瞬きする。

伊月のほうは、そんなことはお構いなしに冷めてしまったソーセージをフォークでつつき回しながら、言葉を継いだ。

「で、こっちに住んでて医者やってる叔父貴に『朝ゆっくりでいい部署ってないか？』って訊いたんだ。そうしたら、金は稼げないけど、基礎医学なら朝遅くてもいいぞ、って」

フォークに巻きつけかけたスパゲティをそのままに、筧は啞然とした表情で伊月を見つめた。

「まさか……それだけで、行く先決めたんか、タカちゃん！」

テーブルに片肘をつき、カクテルをちびちびと飲みながら、伊月はどこか拗ねたような目つきで頷く。

「まあ……ポリクリって、医大の五年で臨床実習があるんだけどな、そこで研修医が人間じゃないような生活してんのを見て、ビビってたってのもある。で、叔父貴曰く、自分が医大生の頃にクラブの顧問だった法医学の教授が今、O医大の学長になってるから、お前のこと紹介してやってもいいぞ、って」

「そんで？」

「それなら話が早いから、頼むわ、って言ったんだ。そうしたら、大学院生になるのがよかろうってその学長が勧めてくれたから、大学院の入試を受けたら通ったんだよ」

「簡単そうに言うなあ。ほな、法医学教室に入ったんは、ただのなりゆきなんか」

「ただの、って言われると、ちょっと引っかかるんだよなあ……。八割はなりゆきだけどさ、あとの二割は、やっぱり興味があったから、だと思う」

「どんな興味？」

スパゲティの最後の一巻きを口に放り込み、筧は面白そうに訊ねてくる。

伊月は、つまらなそうにフォークをもてあそびながら答えた。

「なんかな、死人専門の医者、って珍しいだろ？　内科医なんて世の中に溢れかえってるし、どうせなら誰もならねえような医者になったほうが、世渡りしやすそうじゃん」

「それだけ？」

「それに俺、短気だろ？　患者にクドクド文句言われたりしたら、癇癪（かんしゃく）起こしちまいそうだし。……それに、犯罪捜査に関与する、って、かっこいいじゃねえ？」

最後になってやっと出てきた本音に、筧は吹き出した。

「すんげえわかりやすい興味。タカちゃんらしいわ」

「うるせえや」

悪気のない筧の笑顔をじろりと睨んでから、伊月は通りかかったウェイトレスを呼び止め、カルアミルクを注文した。

「お前は、筧？ なんか飲むだろ」

「あ、僕はウーロン茶」

注文を伝票に書き入れて、ウェイトレスが立ち去ると、伊月はさっきのお返しとばかりに意地悪い口調で問いかけた。

「何だ、お前そんなでかい図体して、ビール一杯でいい気分か？ 天下の警察がそれじゃあ、頼りねえなあ」

しかし筧は、気を悪くしたふうもなく、違うよ、と言ってかぶりを振った。

「これからもう一度、署に戻るから。ホンマは僕、そこそこ飲めるねんけど……署内に酔っぱらい警官がいたら問題やろ？ せやし……」

「署に戻る？ お前、まだ仕事中だったのか！」

「いや、夜勤ちゃうから、そういうわけやないんやけど」

前に置かれた、グラスにたっぷりの冷たいウーロン茶を一口飲んでから、筧は照れくさそうに頭を掻いた。

「ちょっと、首絞めのこと勉強しようと思てんねん。伏野先生がいろいろタカちゃんに教えてはったことも、ちゃんとノートに書いたりしようかって。家帰ったら寝てまうから、職場で勉強や」

「はあ……熱心だなあ。感心なこった」

「僕、タカちゃんと違ってアホやから。地道にやらんとな。家も近くやし、大丈夫や」

「俺も馬鹿だよ。お前と違って、ものぐさなだけだ。ま、そういうことなら頑張れよ」

「うん、ありがとう。……それにしても、懐かしいなあ。信じられへんわ、タカちゃんとこんなとこで会うて、一緒に飲んでるなんて」

「そうだなあ。偶然って怖いよなあ」

つられて幼い日のノスタルジーに浸りかけた伊月は、しかし次の瞬間、筧の言葉に口の中のカクテルを吹き出してしまった。

「嬉しいなあ。タカちゃん、昔、僕が憧れて口説いた頃のままやねんもんな。……あ、タカちゃんどうしたん？　大丈夫か？」

ゲホゲホと激しくむせ返る伊月の背中を、筧はオロオロと無骨な手で叩く。お手拭きで汚れた口元を拭い、まだ咳き込みながら伊月は赤い顔で叫んだ。

「な……なんてこと言うんだお前！　俺は、お前に口説かれた覚えなんかねえぞ！」

「え？　口説いたやんか。覚えてへん？」

真面目な顔で詰め寄る筧に、伊月は今度は洟をかみながら激しくかぶりを振る。

「いややなあ。……あの頃、タカちゃん、凄い目立ってたから、クラスの男連中によう虐められとったやん。どつかれたり、上靴にウンコ入れられたり……。せやけど全然気にせんと平気な顔してるタカちゃんのこと、僕、格好ええなあ、って思うてたんや」

「……別に平気じゃなかったけどよ。泣いたりしたら馬鹿みてえじゃん」

「それが格好よかったんや。細ッこくて綺麗やのに、強くて、毅然としてて」

筧は、テーブルに両肘で頬杖をつき、少し上目遣いに伊月を見た。少年時代と少しも変わらない、純粋な賞賛に満ちた眼差しを向けられて、伊月は眩しげに目を逸らした。ふてくされたような声で、ぼそぼそと呟く。

「そんなんじゃねえの。俺は、喧嘩するほど真っ直ぐなガキじゃなかったんだよ。喧嘩するのがうざかったから、あいつらなんかいないと思い込むようにしてただけなんだよ……。存在しない奴らに何されたって、俺は痛くも痒くもねえぞ、って。世界中に人間は俺ひとりなんだって、依怙地になってただけなんだよ」

「それでも僕には格好良かったもん。あの頃、タカちゃんいつもひとりでいたやん？　四年の時、僕が帰り道に呼び止めて『友達になって』って言うたん、覚えてへんかなあ」

「……げっ。そういや、そんなこともあったような気がする」

　あからさまに顔を顰めてみせた伊月に、筧は頬杖をついたままで、肩を震わせて笑った。

「あの頃はタカちゃん、大阪弁喋ってたやんか。そんで、いきなりキッと僕のこと睨んで『何でや!?』って」

　伊月の脳裏に、夕暮れの帰り道、小さな田圃の脇道で自分を呼び止めた、やたら大きくてヌウボウとした半ズボンの少年の、どこか緊張した長い顔が甦る。

「そんで筧、お前、何て答えたんやっけ？」

　思わず長年使わずにいた大阪弁が甦り、伊月はハッと口元に浮かびかけた微笑を噛み潰す。そんな表情の変化を不思議そうに見ながら、筧は、ホンマに覚えてへんかなあ、酷いなあ、と、ますます目尻の皺を深くした。

「最初の日は、見事に振られてん。『伊月は格好ええから』って言ったら、『そんな理由で友達になれるかアホ』って言われて」

「……俺……そんなこと言ったか？　ネタじゃねえのか、それ」

「違う違う、ほんまやって。それで僕、次の日も再チャレンジしてんけど……。それも覚えてへん？」

「……悪ィ。全然記憶の彼方だわ」

伊月は、まるで酷い頭痛に襲われでもしたかのような、悲壮な顰めっ面で、眉間を揉んだ。

「今思うたら、なんや気色悪いんやけど、徹夜で考えて、僕、次の日にタカちゃんに言うたんや。『伊月が好きやから、友達になってくれへんか』って」

「あ……何となく……そんなこともあったかな……」

「思い出してきた？」

「……ちょっと……な」

伊月は思わず、両手で口元を覆ってしまった。夕日を浴びて、傲然と胸を張っている幼い日の自分の姿が、網膜に鮮明に再現される。それとともに、自分の台詞まで耳の奥にこだまして、彼は死にたいような気分になった。

一方の筧は、少し首を傾げるようにして、伊月を追及した。

「自分、何て言うたか思い出した？　なあ」

「うう」

「言うてみて」

至近距離から、人懐っこいくせに妙な力のある黒目がちの瞳に凝視され、伊月は辟易しながらもそっぽを向いて小さな声で言った。

「俺のことホンマに好きやったら、××をどついてこい……って……。俺にちょっかい出してた中で、いちばんでかくて強い六年生の名前を出したんだったよな、俺」

「僕がどないしたかも覚えてる？」

「次の日の朝一番に六年の教室に殴り込んで、そいつをのしちまって、保護者呼び出し。自分もそいつに殴られてボコボコの顔して、でもお前、すげえ自慢そうに報告しに来たよなあ」

「うんうん。ちゃんと覚えてるやん」

あまりにも開けっぴろげな筧の笑顔に、伊月もとうとう、顔を少し赤くしながらも、照れくさそうな笑みを薄い唇に浮かべた。

「みんながいる前で、目なんかこんなに腫らして、それで俺の前に突っ立って……。『これで友達やな！』なんて言いやがって」

『誰が虐めてきても、もう心配要らん、僕が守ったる！』……って僕が宣言したのも？」

「思い出したよ。あん時、俺は死ぬほど恥ずかしかったんだぜ？」

「ええやん」

ウーロン茶のグラスを置き、篁はポンとポロシャツの胸を叩いて見せた。

「まだまだ新人やけど、警察官になったし、所轄内に大学あるし。また守ったるで！」

「いらねえよ、ばーか。そーゆーことは、彼女にでも言え」

「いてへんもん」

「自慢するなよ、んなことをよ」

「タカちゃんは？」

「ま、こっち帰って来てからは、まだ見つけてない、ってとこだな」

「……へえ。まだ、ねえ」

ニヤニヤ笑われ、たまりかねて伊月は立ち上がってしまった。

「おい、お前、職場戻るんだろ？　そろそろ行こうぜ」

「あ……うん」

筧も、少し残念そうに席を立つ。

割り勘で支払いを済ませると、二人は外に出た。

明日は雨なのか、じっとりと湿気を帯びた空気の匂いが鼻をつく。そう言えば、薄明るい夜空には星はなく、灰色の雲が重く垂れ込めていた。

「お疲れさん。気ぃつけて帰りや、タカちゃん」

「お前も頑張れよな。……それにしても、何かくたびれたなあ、妙に」

「ほんまにな。この世の中、僕らにわからんことはたくさんあるんやなあ、って思た」

「うん。……やりきれねえ、って感じだよな。ま、所詮、俺たちにはカンケーないことだけどよ」

「そういう言い方、相変わらずタカちゃんぽいなあ」

筧はそう言って、少し困ったような顔で笑い、そして、一歩下がった。

「ほな、僕、戻るわ。また、メシ食いに行こな。……そんでもって、これからもよろしゅう頼むわ」

「ああ、こちらこそ。長いつきあいになるといいな。……じゃ、警電待ってる」

ニッと笑って、伊月は片手を軽く上げた。何度も振り返り、いっぱいに伸ばした腕を振る筧の姿が、角を曲がって見えなくなるまで、ぼんやりと見送る。

「……さて……帰るか、俺も」

JRの最寄り駅までの賑やかな道をぶらぶら歩きながら、伊月はふう、と溜め息をついた。

たった一日のうちにあまりにたくさんのことがありすぎて、脳が膨れ上がってしまったような感じがする。

(しかし、あいつはタフだよなあ……)

こんなにハードな一日の後に、まだ勉強する、と言える筧の勤勉さには頭が下がる思いだが、真似できるともしたいとも思わない。

「ま、俺は俺だよな」

今日という日は、解剖室に於ける(お)これからの長い年月の始まりに過ぎず、こんな生活が、おそらくこれから延々と続くのだ。

今夜、彼が一夜の惰眠を貪(むさぼ)ったからといって、誰に責められることもないだろう。

「明日できることは、今日するな……だ」

そんなことを呟きながら、伊月は大きく伸びをして、夜空を仰いだ。

町の明かりに隠され、星など一つも見えない夜空に、三日月だけがぽっかりと浮かんで見えた……。

二章　好奇心は猫を殺すか

1

「解剖ってさ、ないときゃないけど、あるときゃ続くのよねえ」

そんなミチルの言葉は、見事に実証された。

伊月が初めての司法解剖を経験したその日から、堰を切ったように「解剖ラッシュ」がスタートしてしまったのである。

都筑教授言うところの、「新人歓迎期間、ちゅうやつ」であるらしい。

解剖予定は、教室を入ってすぐの壁に掛けてあるホワイトボードに書き込まれることになっており、教室員は朝一番にそこを見ることになる。

はじめの数日こそ「お、今日も解剖だ」と不謹慎に喜んでいた伊月も、それが一週間になり十日になると、次第にげんなりし始めた。

「おい、今日もかよ。もう、体力保たねえって」

教室に入ってくるなりだらしない格好で壁にもたれ、伊月はぶつくさぼやく。

そんな彼を、秘書の峯子はからかった。今朝は、ボディラインがバッチリわかる、黄緑色のセーターにグレイのプリーツスカート。なかなか扇情的なファッションである。

「あら、だって伊月先生、解剖好きじゃないんですかあ？　それに、誰よりも遅く来るくせに、それってないですにゃ」

「だってさ、ネコちゃん。俺、家遠いんだぜ？　それに、いくら解剖好きだって言っても、ミチルさんほどじゃねえもん」

「そりゃね」

峯子は、朝刊のコピーに快調に鋏を入れながら、ふふっと笑った。

「あの人は、解剖しかしたくない人なんだもの、本当は。他の仕事は、仕方なしにやってるんですよ」

「変な姉ちゃんだよな」

呆れたように言う伊月を、峯子は、これからスクラップ帳に貼りつけるのであろう紙片をヒラヒラさせながら上目遣いに見上げた。

「それより伊月先生……」

「わかってる、今日も俺がラストでしかも遅刻ってんだろ？　行ってきます」

袖口にヒラヒラとフリルが揺れる紫のシャツを翻し、伊月は教室を飛び出していく。

その後ろ姿を見送り、峯子は呆れたように溜め息をついた。

「人の顔色見るのは上手なんだから」

そこへ、ちょうど入れ違いに陽一郎が入ってきて、怪訝そうに訊ねる。

「どうしたんですか？」

「んー、だって伊月先生、伏野先生のこと『変な姉ちゃん』だって。……目くそ鼻くそを笑う、ってあの人のことだと思わない？」

「あはは、そうですねえ」

陽一郎は、控えめな笑い声を立て、そしてそこいらの女の子よりずっと細くて長い首を、小さく傾げた。

「そういえば峯子さん、気がついてました？　伊月先生ってね、伏野先生のこと、面と向かっては『伏野先生』って呼ぶのに、僕たちと噂話をするときは、『ミチルさん』って言うんですね」

「そういやそうねえ。どうしてかしら」

「親愛の情、かな？　何となくあの二人、姉弟みたいじゃないですか？」

峯子は、スクラップブックを開きながら、シニカルな仕草で肩を竦めた。

「……仲はいいけど、キャラクターは全然似てないわよ。伊月先生は……残念だけどそう長く続かないんじゃない？　来て一ヵ月でこの調子だし」

「峯子さんは厳しいんだから」

陽一郎は、宥めるような口調で言った。

「伊月先生も、あの人なりに頑張ってるじゃないですか。文句言いながらでも休まないし……まあ、来るの遅いですけど」

手にしたノートで自分の胸元をパタパタと叩きながら、彼は女の子のように細い声で、にっこりと付け足した。

「ほら、教授も言ってるみたいに、『枯れ木も山の賑わい』ってやつですよ」

スクラップブックから顔を上げた峯子は、憮然とした表情で言い返した。

「……アタシ、陽ちゃんのほうが、うんとキツいと思うわよ。それで、どうしてこんなところでのんびりしてんの？　解剖は？」

「あ、もう行きます。ちょっと教授に言われて、トライエージを取りに来ただけなんです」

「ありゃ。今は、伏野先生がシュライバーやってんの？」

「多分そうです」

「じゃあ、早く行って交代してあげないと。伏野先生は、崇ちゃんの子守で忙しいのに」

「崇ちゃん……そんなふうに呼ばれてるって知ったら、伊月先生怒りますよ」

思わず、先日聞いた「小学生時代の伊月」を思い出してクスクス笑いながら、陽一郎は足早に教室を出ていった。

2

ちょうどその頃。

「おっはよーございまーす……うっ」

機嫌良く解剖室に入ってくるなり、伊月は思わず顔を顰めた。

「何だよ……えらく臭（くせ）えなあ」

衝立越しにもはっきり嗅ぎ取れる、生臭さ。

今はもう慣れっこになった血液の臭いである。しかし今日はそれに、もっと不快な臭いがいくつも混ざっている。

饐(す)えたような臭い、便臭、そして、何とも言えない獣じみた臭い……。

もうすっかり着慣れた……そして少々色褪(いろあ)せ、くたびれてきた術衣を引っかけ、伊月は奥の部屋に顔を出した。

ちょうど刑事が事件の概要を説明中で、シュライバー席に座っているミチルは紙面から顔を上げずに無愛想に言った。

「おそよう」

「おう、真打ちはゆっくりのお出ましやなあ」

これは、机の脇(わき)に立っている都筑教授の台詞である。にこやかだが、やんわりと棘(とげ)のある台詞に、伊月はひょいと首を竦めることで答える。

「……遅くなりまして……いやはや」

口の中で言い訳にもならないような言葉を呟きながら、伊月は清田が差し出すゴム手袋をはめつつ、解剖台に目をやった。遺体はまだ、ビニール製の大きな袋に入ったままだ。

伊月はミチルの背後から、彼女が書き込んでいる状況の聞き書きをひょいと覗き込んだ。

「今日はＩ署か。……あれ？　電車ものですか？　それなのに司法解剖？」

書きかけのそれにざっと目を走らせて、伊月は怪訝な顔をした。

「おや、朝から冴えてる発言ね。だけど、一歩下がって司法検案よ」

間髪を入れず、ミチルが混ぜっ返す。

司法解剖・検案とは、あくまでも「犯罪の関与の可能性がある死体について行う解剖・検案」であり、その他の外因死……たとえば明らかな自殺などは、ほとんど対象にならない。

監察医制度のある政令都市ならば、「異状死体のうち犯罪に関係のないと考えられる死体」は、監察医の行う行政解剖あるいは検案に回される。だが、それ以外の地方では、それらの異状死体のうちほんの一部が「承諾解剖（他の名称で呼ぶ機関もある）」として、法医学教室で解剖されるのみである。

列車事故はほとんどがいわゆる「飛び込み自殺」であり、法医学教室に持ち込まれてくることは滅多にない。伊月は、先日お供した都筑教授の学生講義で、そう聞いたばかりだった。

「すいません、取ってきました」

そこへ、小さな紙箱を持った陽一郎が、ひょいと入ってきた。

「あ、陽ちゃん。交代してくれる？」

陽一郎に席を譲ったミチルは、伊月と並んで立ち、めくれ上がった上っ張りの裾を引っ張りながら言った。

「今回のは、ちょっとばかり状況がややこしいの。……すいませんけど、ちょっと戻って、最初からもう一度説明していただけます？」

後半は、説明している刑事への言葉である。

小太りの小柄な刑事は、いいですよ、と愛想良く言って、ノートのページをパラパラと戻した。

陽一郎は、聞き書きを補足すべく、ボールペンを手にする。

「えーとですな、事件発生は昨日の午後八時四十六分。ＪＲ　Ｉ駅京都(きょうと)線下り方面ホームに入ってきた通過電車……新快速に、若い女性が轢(ひ)かれました。直ちに救急と警察が駆けつけたんですが、もう……まあ、列車事故ですから、酷いもんで」

「……ああ、それで……」

遺体が袋に入ったままの理由に、そこで伊月はようやく思い当たった。

「その後の調べで、この女性は、I市の○○内科医院で事務職員をしている、長谷雪乃さん、二十四歳とわかりました。仕事を終え、兵庫県A市内の自宅に帰る途中だったということです」

「その人……轢かれたって、どんなふうに？　目撃者はいるんですか？」

この辺りは都筑教授もミチルも既に聞いているらしく、質問するのは伊月ひとりである。

「まあ、ホームには帰宅途中の人たちがいましたんでね、見ている人もそこそこおるんです。それで……何人かに話を聞いたんですが、その証言が揃いも揃って何とも奇妙ですのでね。念には念を、というわけで、司法検案をお願いしたわけですわ」

「奇妙、ですか？」

二度目の説明なので、話すほうも要領が良くなっているらしい。刑事は、手元にあった現場の地図を伊月に見せ、ホームの一点を指さした。

ホーム上の売店の近く、やや上り方面寄りの、黄色い停止線の少し手前辺りから、ホームの端に向かって、刑事の太い指が一直線に滑る。

「本人……長谷さんですな……は、駅のホームのこの辺りに立って、電車を待っとったそうです。連れはなし、本を読むでもなく、ただぼうっと立ってたってことで。それが、急に、電車の入ってくるほうに背を向ける形で、じりじりと……つまり、本人は後退しとるんですが、結果的にはホームの端のほうへ寄っていって、そして、電車がホームに入ってくるまさにその時、そのままの姿勢で後ろ向きに線路に倒れていったんだと……」

刑事はちょっと言葉を切り、歯切れの悪い口調でこう付け足した。

「その……目撃者の話では、まるで誰かに……その、突き飛ばされたみたいに、妙に勢い良く……ね」

「突き飛ばされたの？」

それはまだ聞いていなかったのか、ミチルが伊月の隣で身を乗り出すようにする。

陽一郎は、聞き書き用の紙に何と書いたものかと、白い眉間に浅い縦皺を寄せて、ボールペンで紙をつついている。

刑事は、よく日焼けした塩辛い顔を顰め、

「せやから『まるで』ですわ」と力無い声で言った。

「ほんまに突き飛ばされてたら、言うたら何やけど、自分らも簡単なわけです。その落とした奴を手配して、このお姉ちゃんの死因を先生らに決めていただいて……。いつもの殺人事件の手順どおりで捜査したらええんですからね」

「ほな、突き飛ばされたわけやないんかいな？」

術衣を着ていても、どこか「魚屋のオヤジ」のように見える都筑教授は、両手を握り合わせ、手袋を手に馴染ませながら、怪訝な顔をした。

「みんなして『突き飛ばされたみたい』言うわりに、落とした奴なんかいてへんらしいんですわ。長谷さんはひとりでおった、周りには誰もおらんかった。……目撃者の証言は一致しとります」

「そら、かなわんな」

「……都筑先生、おばちゃんみたいな合いの手入れてないで」

ミチルは苦笑しながらも、刑事に訊ねた。

「どうしてみんな、突き落とした人がいないのに、『突き飛ばされたみたい』だって思ったのかしら。具体的に、どんな格好で彼女はホームに落ちたのか、聞いてます？」

「それがですね。証言を総合して最初から言いますと」

刑事は立ち上がり、床の上にプラスチックの長い定規を置いた。

「これをホームの縁（へり）やと思ってくださいね。先生らのおられるほうが、電車の来る線路側で、わたしが立っとるのがホームの上。で、最初彼女は、ホームの端から少し内側の黄色の線……ほら、ここから向こう行ったらあきませんで、っていうあれですわ、あれの少し手前に立っておったそうです」

若い女性とは似ても似つかぬいかつい身体で、刑事は定規から少し離れて立った。伊月は、陽一郎を代理に立てたほうがまだリアリティがあるなあ、などと思いながらも、遅刻の罪を挽回すべく、真面目な顔で質問した。

「その立ち方だと、最初は電車の来るほうを……ホームの端っこのほうを向いて立ってたわけっすよね？」

「そうです。肩にはショルダーバッグを提げて、普通に立ってたそうです」

「バッグの中身は？」

「財布と化粧道具と携帯、ってとこですかね。怪しいものは何一つありませんでした」

「靴は？　ハイヒールとかじゃなかったですか？」

妙に女性的な質問は、陽一郎からのものである。

「いや、靴は脱げてしもうてましたけど、普通の……何ちゅうんですか、パンプス？　踵のそないに高くない靴でしたわ」

ふうん、と言いながら、陽一郎はせっせとペンを走らせる。

法医学の人間が目撃者たちと接触することは、滅多にない。警察からの、いわゆる「又聞き」情報が頼りなのだが、彼らにも聞き落としはあるし、聞いていても話し忘れていることもある。

だから、いろいろと質問して情報を引き出し、まるで自分たちが直接事情聴取したように状況を再構築していく……それも、法医学者に要求される手腕の一つなのだ。

だからこそ、医師ではない清田や陽一郎にも自由に発言させ、より広い視野で情報を集めよう、というのが、都筑教授の方針である。

「それで？」

伊月に先を促されて、刑事はくるりと反転した。伊月たちに背を向ける格好で、首だけをねじ曲げて話し続ける。

「電車が来るちょっと前、彼女はいきなりこうして、向きを変えたそうです。目撃証言では、『痛っ』っと悲鳴をあげて振り向き、それから凄く驚いたように身体ごと後ろを向いたんだということです」

「痛い？　何がかしら」

「わかりません、その時も、誰も彼女のそばにはいなかったそうです」

「じゃあ、何か飛んできて当たったかな？」

伊月は、隣に立つミチルを見た。

「……空き缶とか？」

ミチルも皮肉っぽく眉を吊り上げて、伊月を見返す。

だが、刑事はキッパリと首を横に振った。

「……何か当たったようには見えなかったという証言ですし、実際、ホームにもそれらしきものは落ちておりませんでした」

「だけどなあ、『輪ゴムパッチン』とかだったら、輪ゴム一つで結構痛いからなあ。誰かに悪戯されたのかもしれないぜ」

「輪ゴムパッチン！　伊月先生、美人な小学生時代にそんなことやってたんですか？」

書きものの手は休めずに、しかし華奢な背中を震わせて、陽一郎が笑う。

「うるせえや、美人はやめろっての」

手袋の手で頭をはたくわけにもいかず、長靴で机の脚を軽く蹴飛ばしてから、伊月は少々ムッとした顔で、刑事に先を促した。

「ま、とにかく。痛いっつって振り向いて、そこで見たものに凄く驚いたみたい、ってのは？　誰もいなかったのに、何を見てそんなに驚いたんです？」

「それがわかれば苦労はないんですがねえ。目撃者の数人は、彼女の驚いた顔を見て、思わず辺りを見回したんだそうですが、何もなかったと、そう言っとります」

「誰もいないのに、痛がって、驚いて……わけわかんねえな」

伊月の言葉に、皆……刑事までもが頷く。

「まあいいわ、とにかく最後まで話を進めましょう。長谷さんは、何かに驚いたように振り返った。それから？」

ミチルが、どこか放心したような顔で、しかしそれとはアンバランスなきりりとした声で言う。どうやら、考え事を始めると、エネルギーがすべて脳へ集中し、顔面の筋肉を支配する神経が弛緩してしまうらしい。

刑事は、相変わらず不自然な体勢のままで、首をねじ曲げて再現を再開した。

「いちばん彼女の近くに立っていた目撃者……これは会社員ですが、この人が、彼女が何やら言うとるのを聞いてます」

「ほう、喋っとったんか」

都筑教授が、顎を片手で撫で回しながら訊ねた。彼は髭剃(ひげそ)りがあまり上手でないらしく、あちこちにできた小さな剃刀(かみそり)負けの瘡蓋(かさぶた)が気になって仕方ないのだ。

「その人は、長谷さんが『どっかおかしい人』か、はたまたてんかん発作でも起こしたのかと思ったらしいですよ。何しろ、何にもない所をじっと見て、わなわな震えながら喋ってたらしくてね」

「てんかん発作か……そりゃやすげえな」

いつか脳神経外科のポリクリ（臨床実習）で見たてんかん患者の姿を思い出し、伊月は灰色のビニール袋に包まれたままの遺体にチラリと目をやった。

「喋ってたって、どんなことを？」

「嗄（しわが）れた声で、はっきりとは聞こえなかったそうなんですが、何でも、『どうして今さら』とか『私は何も』とか言ってたように記憶していると」

「何それ」

ミチルと陽一郎は同じ台詞を口にして、目を見合わせた。

「まるで、捨てた男にいきなり襲いかかられたみたいな台詞ですね」

澄み渡った高い声で凄い台詞をさらりと言ってのけ、陽一郎はニコリとした。今度は、ミチルと伊月が顔を見合わせる番である。

「確かにそんな感じだけどよ。……もちろん周りに、男なんていなかったんですよね？　ケータイで話してた、なんてこともなくて？」

それがないんですわ、と刑事は力無く首を横に振った。

「そういうことが一つでもあれば、こっちもいろいろ調べようがあるんですけど。ただ、何もないところですべてが起こった、ということなんですな。で、ちょうど線路にかかる状態で、少し斜めの仰向けで倒れたところへ、電車が……さあーっとね」

刑事は、新快速のスピードを表現しているつもりらしく、右手を目の高さで水平に素早く滑らせた。

「何か病気……特に精神疾患の既往歴はないんかなあ」

都筑が質問したが、刑事はやはり沈んだ調子で、

「それもないんです。既往歴は特にないし、ついこの間、勤務先で健康診断があって、問題なしと言われたばかりだそうです」

「そうかー。ほんまにふつうの女の子が、いきなり様子がおかしゅうなった、っちゅうわけやな」

「ちなみに、家族も職場の同僚も、知らせを受けて駆けつけた友人も、長谷さんが生前特に悩んでいた様子はないと言ってます。自殺するほど悩んでいるような問題があるとは考えられないと」

「人柄についてはどうや？」

「おとなしい、真面目な仕事ぶりのお嬢さんだったと。小さい頃からピアノが趣味

の、どちらかといえば内気な人だったようです。今まで、派手なトラブルに巻き込まれたことはありません」

「……男関係は？」

ミチルが訊ねると、刑事は曖昧に首を捻った。

「まあね、こればっかりはまだ断言はできませんが、とりあえず周囲の人は、彼女に恋人がいたなんて話は聞いとらんそうです。これが、本人の写真です。隣が母親」

そう言って、刑事は胸ポケットからサービス判の写真を一枚出し、テーブルに置いた。一同は、頭をくっつけ合うようにして、それを覗き込む。

短大の卒業式なのだろう。薄水色のシンプルなスーツを着て、花束を胸に抱いた若い女性――長谷雪乃は、面白くもなさそうな澄まし顔で、写真に写っていた。

化粧っ気のないふっくらした顔は、どちらかというと幼く見える。おそらく、高校生と言っても通用するだろう。

隣に立ち、雪乃の肩を抱いている母親は、雪乃とは対照的に、とても嬉しそうに微笑している。母親も雪乃と同じくらいの身長だが、こちらはほっそりしていて、顔もあまり似ていないようだ。

「……品行方正で、地味なお姉ちゃんかあ。ちょっと俺の好みじゃねえな」

「何だかこの人、愛想悪そうですね」

伊月と陽一郎が、口々にコメントを発し、それを聞いた都筑教授は、小さな目をパチパチさせて二人をたしなめた。

「こらこら、失礼なこと言うたらあかん」

「……すんません」

「すみませんっ」

伊月はひょいと肩を竦め、陽一郎は、白い顔を真っ赤にして、ゴリゴリと書きものに精を出し始める。

ミチルは苦笑しつつ、都筑を見て言った。

「始めますか、検案」

3

「開けさせてもらってよろしいですか?」

ピンク色のゴム手袋とゴム引きの上っ張りをつけた若い警察官が、ミチルの一言に素早く反応し、解剖台へと歩み寄った。

「ああ、開けてもらえますか」

都筑が頷くと、清田もさっと台に駆け寄る。やたらにフットワークの軽いこの小柄な技師長は、教室でも廊下でも解剖室でも、常に小走りで移動する癖があるらしい。

ミチルに促されて、伊月も解剖台に近づいた。陽一郎も、立ち上がって背伸びし、今まさに警察官と清田が両側から開こうとしているビニール袋の中を覗き込む。

袋の真ん中を走るジッパーを少し下ろしただけで、噎せるような血の臭いが一段と強くなる。

一足先に中を見ることになった清田が、大袈裟に顔を顰めてみせた。

「うひー、こらあ、酷いですわ先生」

「……酷いやろなー」

呑気に言いながら、都筑は伊月とミチルの間からひょいと顔を覗かせた。

清田と警察官が、そろそろとビニールを開く。

「……うげ」

その瞬間、伊月は妙な声をあげ、一歩下がってしまった。

電車に轢かれたのだから、一般常識として「酷いこと」になっているだろうという想像はしていた。よく「駅員がバケツを持って、バラバラの死体を集めて歩く」などという話を聞くからだ。

だが、目の前に現れつつあるその遺体には、伊月の想像など吹っ飛ばして余りある「迫力」があった。

何しろ、左上腹部から右下腹部にかけて斜めに走る鋭い創により、胴体が真っ二つになっているのである。

奇術でよくある「胴体ノコギリ断ち」……あれが失敗したらこうなるのではないかと思うほどの、思い切りのいい切れ様だ。

「ありゃりゃ。気前よくいったわねえ」

ミチルは口笛でも吹きそうな顔でそう言うと、さっさと清田の手伝いに回った。

文字どおり皮一枚で繋がった上半身と下半身を、細心の注意を払って持ち上げ、ビニール袋を取り去るのだ。

袋の内側には、血液やねっとりした腸内容が、多量にこびりついている。

ここに入ってきたときに嗅いだ生臭い臭いの正体はこれ……「内臓の臭い」だったのかとぼんやり納得していた伊月の鼻先に、ミチルは取り去った袋を無造作に突きつけた。

「これ、重さ量って」

「うわっ……おっとっと」

驚きつつもそれを受け取った伊月は、中の液体が零(こぼ)れないよう素早く畳み、体重計に載せた。この袋の重さを、先刻袋ごと量ったこの遺体の重量から差し引くのである。

それが終わると、伊月はいったん手を綺麗に洗った。そして陽一郎が用意してくれたスケッチ用のボードを手に取った。

清田は濡れタオルを持ってきて、血や腸内容にまみれた遺体を綺麗に拭(ふ)きあげていく。

それが終わると、外表の写真を撮り、いよいよ都筑教授の出番である。

「ほな、いくで、森君」

教授が筆記役の陽一郎に声をかけると同時に、清田が長い棒と短い棒を持って飛んでくる。その二本の棒で、遺体の身長を測るのだ。

「百五十二センチ、四十四キロ。体格やや小、栄養は常。強直……」

定石どおりの所見を淡々と述べていく都筑教授の邪魔にならぬよう、ミチルは反対側に立ち、タオルを差し出したり、ピンセットを手渡したりする。

都筑の所見に従い、損傷の形状、位置、そして大きさをスケッチしていくのは、相変わらず伊月の仕事である。

最近は伊月も要領がよくなり、都筑が通常所見を述べている間に、先に損傷を人体図に描き込んでおくようになった。そうすれば、色鉛筆は耳の上に挟んでしまい、後は悠々とシャープペンシルで、各損傷の位置と大きさを足せばいいだけなのである。

そこで伊月は、赤と青の色鉛筆片手に、雪乃の遺体をじっくりと観察しつつ、スケッチを開始した。

電車が轢過(れきか)していったのは、腹部と両上肢であるらしい。左上肢は上腕中部で、右上肢は肘のすぐ下で、無惨に切断されている。腹部は左上腹部から右下腹部に向けてすっぱりと轢断されており、創口から腸管がはみ出している。背面でかろうじて皮膚が一条だけ連続を保っているが、それとて、強く引っ張れば、簡単に切れてしまうだろう。

上半身は車体底面に擦過され、油で黒く汚れ、かつ多数の線状表皮剝脱が走っている。顔面も同様で、決して無傷ではないのだが、幸い挫創などの大きな損傷がないため、葬儀の時にはちゃんと「見られる状態」にできるだろう。

そんなことを考えていると、都筑教授が不意に、

「おっ」と声をあげた。

「どうしました？」

ミチルがすかさず教授の傍らに移動する。

頭部を両手で探っていた教授は、頭部を持ち上げようとしつつ、ひょいとしゃがんだ。首を解剖台と水平に傾げ、うーんと唸る。

どうやら彼の見たいポイントが後頭部であることを悟った清田が、すかさずグイと頭を持ち上げる。……と言っても、死後硬直が高度に発現しているため、上半身を中途半端に起こすような形になり、小柄な清田にはかなり無理のある作業である。仕方なく、伊月も反対側から上背部を支えるように手を添えた。

「骨折ですか？」

都筑の隣に同じように屈み込んだミチルが訊ねると、都筑は、いいや、とかぶりを振り、雪乃の長い髪を掻き分けてみせた。

「ここや。骨折は触れんけど……」

そこに手を触れたミチルも、ああ、と小声で言って頷いた。

「ちょっとだけ腫脹（しゅちょう）してますね。それに、皮下出血と表皮剥脱……。軌道上の砂利で打ったのかな。でも見えにくいなあ。清田さん」

「はいはいはい、刈りましょうっ」

清田が電気バリカンを持ってやってくる。

「……え？　刈っちゃうんですか？」

伊月は思わず咎めるような声でそう言ってしまった。

正確に所見を取るためとわかっていても、やはり若い女の子の、しかも艶々と長いストレートヘアを刈り取ってしまうのは、いかにも残酷な気がしたのである。

ミチルは「仕方ないでしょ」と言いたげな目で伊月を見たが、都筑のほうは、

「ああ、そうかー。可哀相やなあ」と、目をショボショボさせながら言った。

やはりこの手の「可哀相」という感覚は、同性より異性相手のほうが強いのだろうか。

「どうします？」

清田がバリカンを構えたまま戸惑いがちに訊く。都筑教授は、ちょっと考えてからこう言った。

「頭部はほかのところには損傷ないようやし……。とりあえず後頭部の傷のところだけ刈ってくれるか、清田さん。ちょっとカッパになるけど、丸坊主にされるよりずっとマシやろし」

「ああはいはい、そうしましょうそうしましょう」

清田は伊月に遺体を……正しくは遺体の上半身を横向けさせ、後頭部の損傷部より
ほんの少し大きめの範囲の頭毛を、あっと言う間に刈り取ってしまった。

バリカンを置くと、清田はすかさずカメラマンに変身した。まさしく八面六臂(はちめんろっぴ)の活躍ぶりである。

頭毛がなくなり、露になった後頭部正中やや右の頭皮には、なるほど、ミチルが言うとおりの所見……平たく言えば「浅いたんこぶ」が現れている。

「これって、頭打ったんですよね？　その……線路に落ちたときに」

「せやな」

都筑教授は洟を啜りながら頷いた。彼はどうやらスギ花粉症らしく、ここしばらく、滝のような鼻水を流して暮らしているのだ。

「これで目撃証言は裏打ちされたわけや。後ろ向きに線路に転落する……そら、落ちるときのポーズによって、ほかにもお尻打ったり背中打ったりもするかもしれんけど、後頭部はほぼ必ず打つわな」

「あるいはこの衝撃で、意識を消失していたかもしれませんね、列車に轢過されたときには」

ミチルの言葉に、伊月も同意した。

「……ほんとにそうならいいっすね」

ミチルは「感傷的ね」と言いたげな皮肉な視線を伊月に向けたが、敢えて何も言わなかった。そして、都筑が損傷の所見を陽一郎に筆記させ終えるのを待って、伊月に遺体を元どおり仰向けにするように指示した。

都筑は続いて、顔面の所見に移ろうとした。が、ふと何かに気づいたように、再び両手で遺体の長い髪を掻き分け始めた。

「伊月先生、伏野先生、これ見てみ」

呼ばれて、二人は都筑の両側からその手元に注目する。

「ハゲになっとるな、ここ」

「ありゃ、ほんとだ」

ミチルが目を丸くする。左耳のすぐ上あたりで、髪が一房抜け落ち、五センチ×三センチほどの横に長い類楕円形の「ハゲ」になっていた。

いや、ハゲというのは語弊がある。どうやら、死の直前に頭毛がむしり取られたらしく、その部分の頭皮には点状出血が多数認められる。

「どうしたんだろ。何かに髪が引っかかって抜けたのかしら」

「そうとしか思えませんね。いやに景気よくむしられてる」

「痂皮は見られないし、凝血すらごくわずかしかない。新鮮なものだわ。死亡の直前にできたものみたいですね」

　ミチルの言葉に、都筑は、んー、と唸った。

「引っかかったというても、引っかかるようなもんは何かあるんかいな?」

　訊ねられて、刑事が現場の写真を持って来る。

「特に……引っかかるようなものは……もちろん、線路を止めるナットなんかに引っかかったおそれはありますが」

「せやけど、いくらロングヘアいうても、線路に落ちただけで、そこまでこっぴどくナットに絡まるとは思われへんなあ」

「あ、電車の底面は?　擦れたときに引っかかったのかも」

　伊月はパッと顔を輝かせてそう言ったが、

「……あんな頭の横っちょだけ?　それだったら、もっと豪快にいくでしょうよ」

　と即座にミチルに突っ込まれ、チェッと口を尖らせた。

「じゃあ、何ででしょうねえ」

　清田の声に一同が顔を見合わせたとき、不意に聞き書きのメモを見ていた陽一郎が、

「……あのう」と、控えめに声をかけた。

「何や？」

都筑はじめ一同の視線を一身に浴びて、陽一郎は白い顔を真っ赤にしながら、か細い声で言った。

「あのう、さっきお聞きしたところによると、この人……ホームで『痛っ』って悲鳴を上げて振り向いたんですよね……」

「……あ」

「そうか」

ミチルと伊月は、顔を見合わせてポンと手を叩いた。

「その時に髪を引っこ抜かれたんじゃないですか、都筑先生！」

伊月は勢い込んで都筑を見たが、都筑はくしゃみを堪えているらしい妙な表情で、ぼそりと言った。

「それはええけど、誰にや？　彼女の周囲には、誰もおらんかったんやで」

「う……それは……」

伊月は助けを求めるようにミチルを見たが、彼女とて、小さく肩を竦めるばかりである。

「ど、どうなんでしょう、先生」

しばしの沈黙の後、刑事が都筑に遠慮がちに質問した。

しかしこの飄々とした若い教授は、世間話でもするような調子で、

「わからんわ」と答えた。

「今わかるのは、この死体から死の直前に髪の毛が一束、ごっそり引き抜かれたっちゅうことだけや。それ以外の憶測を入れるのは、まだ早い」

いつものとぼけたような語り口ながら、どこかに毅然としたものを感じたのは、伊月だけではなかったらしい。

「はあ、すんません」

刑事も、頭を掻きながら酷く恐縮したように引き下がった。

またしても、解剖室の空気がどんよりと澱みかける。

「じゃあ、とりあえず写真を撮って……。そして先に進みましょう」

そんな重い空気を無理矢理なぎ払うようなミチルの声に、皆も頷き、清田は大きなニコンのカメラを取り上げた。

「ほな森君、顔面の所見いくで」

都筑はピンセットを持ち、遺体の上眼瞼を翻転させた。結膜の性状を見るためである。

胴体が真っ二つにされているということは、大動脈が切断されているということだ。恐らく、極めて短時間のうちに、体内の血液の大部分が失われてしまったことだろう。

それならば結膜は当然蒼白だろうと思っていた伊月だったが、実際は、都筑がピンセットで器用にめくり上げたそこには、著明な溢血点が見られた。

「あれ？　失血してるはずなのに、何でこんなに……」

「そら君、腹部がちぎれる前に、車体の物凄い重さがかかるやろ。大動脈の血液が、ごっつい勢いで末梢に押し出されるわけや。せやから、その血圧に耐えきれずに末梢血管が破綻して、こういう溢血点ができてくる」

「ああ、なるほど」

伊月の後ろで、警察官たちも、ほうほう、と感心したような声を上げた。

顔面の損傷を計測し、性状を述べてしまうと、教授は快調に頸部、項部、胸部……と所見を進めていく。

陽一郎は、時々わからない医学用語を訊き返しながら、カリカリとペンを走らせている。

伊月の横で死体の左上肢にこびりついた血液を丁寧に拭き取っていたミチルは、ふと何かを見つけたらしく、持ち上げた腕に自分の顔を近づけた。

「……どうかしたんすか？」

伊月が怪訝そうに訊ねると、ミチルは少し照れたように笑い、

「ううん、別に何でもないんだけど、これ何だろうって思って」

と小声で言って、ちぎれた左手を持ち上げ、とある箇所を伊月に指し示した。

「……どれ？」

「ここ……ほら」

ミチルの指先が指しているのは、左手背面の第三指間……つまり、中指と薬指の付け根の間である。そこには、直径三ミリほどの、青黒い痣(あざ)のようなものがあった。

「これ、なんすか？」

伊月もぎゅっと細い眉をひそめ、その痣に顔を近づける。

ミチルは小さく首を捻った。

「皮下出血じゃないわ。色合い的には入れ墨みたいに見えるけど、模様にはとても見えないから、そうじゃないわよね」

「品行方正で地味なお嬢様が、入れ墨ってこたあないでしょう。それにこれ、痣かシミにしか見えませんよ。もとからあったもんじゃないですか？」

「……かもね。ま、こんなのは、どうでもいいか」

ミチルは小さな溜め息混じりに、ちぎれた腕を、切断部で上腕にくっつけるようにして置いた。

全身の所見を言い終わり、写真を撮り終わってから、都筑はミチルに声をかけた。

「ああ、あのなあ……」

「……はいはい」

ミチルは物置台の上から、小さなプラスチックの瓶をいくつかと、スポイトとピンセット、それに鋏を持ってきた。

「血液と尿、ですよね？」

通常、検案の時は、身体にメスを入れることはしないため、血液及び尿は、体表から穿刺(せんし)して注射器で採取する。これがなかなかコツのいる作業で、伊月も一度だけやらせてもらったのだが、見事に失敗し、都筑に助けを求める羽目になった。どうやら心臓を外してしまい、胸腔内を一生懸命突き刺していたらしい。

だが今回のケースでは、腹部で体幹が轢断されているせいで、腹腔内が露出している。そのため、穿刺用の長い針は必要ないのである。

「せやけど、あるかいなあ、血液」

確かに、皮膚は蒼白で、死斑はほとんど見られなかった。体内に残存する血液は、いくらもないはずだ。

だがミチルは、腸管を器用に掻き分け、大腿静脈をほんの少し切って、スポイトを差し入れた。だが、血液はスポイトの管壁に付着するばかりで、少しも採取できない。

「あらら。困ったわね」

と、さして困ってもいない口調でそう言ったミチルは、ぼうっと見ている伊月を呼び、

「ちょっと太股絞って」と指示した。

伊月は意味がわからず、首を傾げてミチルを見る。

「太股絞る？」

「そう。膝の辺から力いっぱい絞って、なけなしの血液をこっちに送ってほしいの」

「ああ、なるほど。じゃあ、いきます」

やっと得心した伊月は、遺体の太股を、渾身の力を込めて絞り上げた。筋肉が硬直

しているので、なかなかの力仕事である。

絞り上げを何度か繰り返すうちに、スポイトの中に、暗赤色の血液が溜まり始めた。

「あ、来た来た」

ミチルはやけに嬉しげに、それを二つのチューブに分注し、

「これだけ取れれば、十分でしょう。これ、持って帰ってください」

と、そのうちの一つを、刑事に差し出した。

「科捜研に。薬物検査をなさるでしょう?」

「ああ、はい、頂きます」

刑事はそれを受け取ると、ビニール袋に入れてアルミのトランクにしまい込んだ。

「陽ちゃんは、アルコールと血液型の検査をお願いね」

そう言って台に置かれたチューブを見て、陽一郎は頷く。

「それから尿は……と」

同じように、ミチルは膀胱からも苦労の末、スポイトで少量の混濁尿を採取し、二つの容器に分け、一つを警察に、一つを陽一郎に渡した。

陽一郎はすぐさま傍らの紙箱を開け、何やら小さな白い板状のものを取り出した。

「何それ？」

伊月が寄って行って覗き込むと、陽一郎はニコッと笑いながら、ピペットにチップをつけながら答えた。

「これはトライエージっていって、主に尿中の依存性薬物のスクリーニングに使うキットなんです。バルビツールとか阿片とか、いろいろ調べられるんですよ」

なるほど、少しばかり厚みのあるその板の中央は溝のようになっていて、その脇に、薬品名がずらずらと列挙されている。

「どうやって調べんの？」

「まずは尿を取って、ここに入れるんです」

陽一郎は慣れた手つきで尿をピペットで吸い上げ、それを板の上端にある穴の中に注ぎ入れた。穴の中にはごく小さな球体が三つ入っていて、それは尿にたちどころに溶けてしまう。

「それで？」

「それで十分間待つだけ」

涼しい顔でそう言う陽一郎に、伊月は、

「……何だよ。全然簡単じゃねえか。これなら猿でもできるな」と、いかにも馬鹿にしたような調子で言った。

陽一郎は、色素の薄いやや吊り気味の目で、恨めしげに伊月を見上げる。

「猿でもできるように作ってあるのがキットなんですよ！」

「……のわりには、えらく勿体ぶった代物だよなあ」

「それは僕のせいじゃありません！」

「あーうるさい、ええから、待っとる間に検案書書いてしまおか」

苦笑いしながら割って入った都筑は、陽一郎の書き物机の脇に立った。

「あ、はい」

陽一郎は慌てて、下書き用の検案書を出してくる。

都筑は、ちょうどええわ、とまだトライエージを眺めている伊月に訊ねた。

「死因は何や？」

突然質問されて、伊月はドギマギして切れ長の目を見開いた。

「えーと……。腹部轢断、は直接死因じゃないし……失血死……かな？　あ、でも、大動脈が切れてるんだから、出血性ショックも当然起こるよな。ええと……」

オタオタしている伊月に、都筑は小さな目を細め、いかにも面白そうに笑いながら言った。

「失血死も嘘やないけど、腹部臓器もズタズタやし、脊椎も折れとるし、まあ、いろんな損傷が一度に起こって死んだようなもんやん。直接死因になりうる損傷が同時に多発して、どれか一つ選んだら、かえって嘘になる。そういう時は、素直に『轢死』って書いてええんや」

「……なんだ、そうなんですか」

拍子抜けしたように、伊月は肩をそびやかした。清田を手伝って洗い物をしていたミチルが、頃合いを見て都筑たちのほうへやってきた。

本件の鑑定医は都筑なので、検案書の記載事項についての全責任は都筑にある。しかし、検案書を作成するときは、全員で議論しながら書こう、というのが都筑の方針だ。とにかく「みんなでやろう」が好きな男なのである。

「死亡時刻は事故発生時刻とほぼ同時刻と考えてええし、場所はわかっとるな」

はいと頷いて、陽一郎は警察の書類を確認しながら、それらの項目を埋めていく。

「解剖所見の欄に、注釈つけて検案所見書こか。どう書く？」

再び質問され、伊月は両手を腰にあてて、仰向いた。

「ううーん、腹部轢断、両上肢轢断。大動脈完全断裂……ええと……それから何かな」

「腹腔諸臓器挫滅あるいは破裂、後頭部打撲傷、上半身前面に広汎な表皮剝脱……そんなところかしら」

伊月とミチルの所見に、陽一郎が控えめに付け足す。

「髪の毛は？」

どうやら、あの「ハゲ」がやたらに気になるらしい。

「ああ、そうそう。左側頭部で頭毛一部脱落……を付け足しておきましょうか」

都筑は身体のわりに大きく見える頭をこけしのようにフンフンと縦に振りながら、再び伊月に、

「死因の種類は？」と訊ねた。

「ええと……2番の交通事故……あ、ちょっと待った！」

ミチルが何か突っ込んできそうなのに気づいて、伊月は慌てて言いかけた答えを引っ込めた。

「外因死……だけど、事故か自殺か他殺か……どうするんすか？」

「君はどう思うんや？」

都筑は、あくまで伊月の見解を求める。

伊月は、頭を掻きむしりたいような気分になりつつ、陽一郎の聞き書きの紙を見な

がら考え込む。

「状況を見たら自殺だけど……話聞いたら他殺みたいで、だけど彼女を線路に落とした人間はそこには存在しなくて……。じゃあやっぱり、自殺か事故ってことになっちまいませんか？」

「伏野先生はどう思う？」

質問を振られて、ミチルも眉根を寄せ、唇をアヒルのようにしながら、うーんと唸った。さすがの彼女も、少々困惑しているらしい。

「頭の中は伊月先生と一緒です。警察の方はどんなふうに考えてらっしゃるんです？」

「いやー、我々もまだ捜査を始めたところですし。これからの方針は、先生のご意見を拝聴して、その……」

刑事も一歩下がり、両手を振って後込（しりご）みする。

「『物言わぬ　死体のみ知る　まことかな』っちゅうわけか」

お得意の川柳もどきを口にして、都筑教授は、ニヤニヤと笑った。

「検案結果からわかるのは、確かにこの人は、プラットホームから線路に背中から落ちて、仰向けの状態で列車に轢かれた。落ちたときに後頭部を打撲した。左側頭部の髪の毛が束で抜けてる。それだけや。病気もない。これで、酒もクスリもやっとらんかったら……何で落ちたか、今の状況ではわからんわなあ」

「わからんわなあ、って、それでいいんですか？」

伊月は眉を左右段違いにして、都筑を呆れたように見る。確かに都筑の言うとおりなのだが、その言い様は、伊月にはいかにも無責任に聞こえたのだ。

しかし都筑は平然と言った。

「わからんことをわかったふりして言うわけにはいかんやろ、君。わからんことはわからん。……ということは、君らは事故と殺人と自殺、三つの可能性を考えつつこれから仕事をせんとあかんっちゅうわけやな、気の毒やけど」

前半は伊月に、後半は刑事に向けた言葉である。

「……そうですなあ」

刑事は太い眉を八の字にして、いかにも情けない顔で頷いた。

その時机上のタイマーが、十分経ったことを報せた。

陽一郎は、再びピペットを手に取り、さっき穴に入れた尿をすべて吸い上げた。球体がすっかり溶けて、尿は赤く濁って見える。

「これを、今度は溝に流します」

板の中央の溝のような部分が、検出ゾーンであるらしい。陽一郎は、その細長い部分にまんべんなくピペットの中の赤い液を流し込むと、伊月を上目遣いに見て、「これであと一分だけ」と言った。

伊月も今度はからかわずに、目で頷く。

一分経つと、今度は小さな瓶に入った洗浄液を、検出ゾーンに広がるように、三滴ほど落とす。

そうすると、検出ゾーンにくっきりした着色帯が出現した。

「おっ、何か反応出てる！」

「これはポジティブコントロールです。検査の手順が間違ってなくて、キットが悪くなってなければ、絶対にここは陽性反応が出るんですよーだ」

早合点して喜んでしまった伊月に、さっきの仕返しとばかりに陽一郎がツッコミを入れる。

チェッと舌打ちして悔しがる伊月を見て、ミチルはクスッと笑った。

「薬物は一応、反応ありませんね。厳密には科捜研の検査結果待ちですけど。アルコールは僕が後で調べるとして……じゃあ、さっきの続きは……」

陽一郎の視線を受けて、都筑は再度伊月に訊いた。

「ほな、死因の種類はどないする？」

「そうっすね……」

伊月は、どちらかというと投げやりな調子で、ミチルをチラリと見てから言った。

「そんじゃ、今はとりあえず……ええと、11番の、その他及び不詳の外因死……でオッケー？」

「おっけー。また、捜査状況と検査結果によっては変わるかもしれない、ってことでね」

ミチルが同意して初めて、陽一郎は「11 その他及び不詳の外因死」にチェックする。

（まだまだ信用されてねえなあ、俺）

考えてみれば、伊月はまだ医師国家試験に合格したかどうかわからない身分なのである。信用するもへったくれもないのだが、それでも彼は、ちょっとふてくされたいような気分になって、長靴の先で床を蹴ってみた……。

間奏　飯食う人々　その二

「ねえ、伏野先生」

その日の昼休み、学食で昼食を取りながら、伊月はミチルに訊ねてみた。

「どう思います？　朝の検案のこと」

定食の、石のように固い唐揚げを噛み切ろうと悪戦苦闘しながら、ミチルは額に皺を寄せ、上目遣いに伊月を見た。

「はにわ？」

「……はにわ？」

伊月は眉をひそめてミチルを見たが、すぐに、ああ、と苦笑した。

「もしかして『何が』って言ったんすね」

箸と歯で、思い切り唐揚げを引っ張りながら、ミチルが頷く。

伊月はそれを食人族でも見るような目で眺めつつ、言葉を継いだ。

「結局、都筑先生は『わからん』ですませちゃったけど、伏野先生はあの人、何で線路に落ちたんだと思います？」

やっと二分割することに成功した唐揚げをモグモグと頬張りながら、ミチルは明後日の方向を向いて首を捻った。

「さあ」

「さあ、って……投げやりだな」

カレーを平らげつつ、伊月が不満そうに薄い唇を歪ませると、やっと口の中を空にしたミチルは、だってさ、と溜め息をついた。

「ことさら投げやりになるつもりはないけど、教授殿の言うとおり、ホントにわけわかんないじゃない？」

「まあ、そうですけど。だけど……自殺するなら、後ろ向きに線路に落ちる人なんかいないと思いませんか？　普通、線路に寝て待つか、ホームに入ってくる電車に向かって飛び込んでいくでしょう。俺、どうしても腑に落ちないんですよ」

「それはそうよね」

私もカレーにしとけばよかった、と呟きつつ、ミチルは人差し指を立てた。

「警察の人に余計なこと喋ると、捜査の邪魔だと思って何も言わなかったけど……。

私も不思議だったのよね、それ」

「やっぱり？」

「都筑先生だって、本当は気になってるのよ。ただ、今までに、警察の人の言うことを鵜呑(うの)みにしたばっかりに超大事な所見を見落としたこともあり、逆に、都筑先生が『こうに違いない！』って間違った推理をしちゃったために、犯人逮捕がうんと遅れちゃったこともあり……。だから、できるだけ慎重になろうとしてるの」

「じゃあ、やたら俺たちに意見を求めるのも……」

「『できるだけ多くの目で見たほうが、正しい結論にたどり着ける確率が高いだろう』ってことらしいわ。みんなで討論することによって、考えが偏らないように……って思ってるんでしょうね」

ふうん、と伊月はつまらなさそうに言って、片眉を吊り上げた。

「余計なことは言わない、みんなで結論を導き出す……かあ。でも、何だかそれってつまんない気がしますけどね」

「つまんない？」

付け合わせのマカロニサラダを口に運びながら、ミチルは首を傾げた。

「何て言うのかな、俺、法医学者ってもっと何でもわかるのかと思ってましたよ。こう、所見をつなぎ合わせて、目の覚めるような推理とか結論とかを、ばばーん！　と出してくるみたいな……そんなイメージがあったのに」

いかにもがっかりという伊月の口ぶりに、ミチルは思わず苦笑する。

「ドラマと現実は違うのよ」

「そりゃわかってますけど、あんなふうに堂々と『わからん』って言われると、ガックリくるなあ、俺。何かこう、こじつけでもいいから言えばいいじゃないですか」

噛んで吐き出すようなその口調に、ミチルはふと真顔になって言った。

「あの『わからん』がどんなに凄い台詞かがわかんないうちは……まだまだだと思うけどなあ」

「まだまだって、どういう意味です？」

何だか今日は、朝から馬鹿にされ通しのような気がして、伊月はちょっと喧嘩腰にミチルを睨んだ。しかし彼女は、いつものように小さな喧嘩を受けるでもなく、冗談でかわすわけでもなく、真面目な顔のままで言った。

「考えてもみてよ。私とか伊月君が『わかんない』って言うのと、都筑先生が『わからない』って言うのって、全然意味が違うと思わない？」

「どういうふうに？」

「私たちが『わかんない』って言うのは、上の人に助けを求めたり、下駄を預けちゃったりするためじゃない？　要は、ちょっとだけ甘えちゃう時の言葉だわね」

「そりゃ……そうですね」

「だけど都筑先生は教授だから、上には誰もいないんだもん。『わからない』って言っても、仕方ないなあ、って教えてくれる先輩はここにはいないし、もし私たちが何か教えてあげられたとしても、それって教授的には凄くかっこ悪いことになるわよね」

伊月はやはりムッとした顔で頷く。

「そりゃそうっすよ。いちばん上にわからねえって簡単に言われちゃ、下っ端の俺たちだって格好悪いし、それにさっき、警察の人だって困ってたじゃないですか」

「警察の人も、都筑先生に頼ってるからこそ、困っちゃうのよ。……みんなが自分の発言に期待してる、そんな状態で『わからない』って言えるのって、凄いことだと私は思うけどな」

「凄い？　俺は『凄く無責任』だと思いますけどね」

「それは違うって」

ミチルはきっぱりとかぶりを振った。その語調の強さに、伊月もちょっとたじろいでしまう。

「偉い立場の人って、わからなくてもそれらしいことを言っておけば、周りは逆らわずに納得するじゃない。ちょっと強引なこじつけでも、それ言ったのが教授なら、けっこうみんな黙って受け入れるでしょ」

伊月は黙って頷く。

「そうしようと思えばできるのに、しない。頭の中で推理してても、それを軽はずみに口に出さないことや、自分にわからないことは、素直に『わからない』って言うこと……それって、組織のトップにいる人にとっては、とっても大変で……だけど何より大事なことだと思う」

「そう……なのかなあ……」

「そうよ」

ミチルは、珍しく熱っぽい口調で言った。

「そりゃ、カリスマ性とかそういうものとは無縁かもしれないけど、だけど、うちの教授は日本一謙虚で誠実よ。あの先生のグレートなところは、もっと長く一緒にいないとわかんないって、伊月君」

「そんなもんですかね」

まだ疑わしげな伊月に、そうよ、と言って、ミチルはいつもの笑顔になって言った。

「でも、私はまだそこまで人間ができてないから、早まった推理も無茶な深読みも大好きなのよね」

「……そうこなくっちゃ」

伊月もニヤリと笑って、身を乗り出す。

「そんで、伏野先生はどう思うんです？」

「うーん……。わかんないのはわかんないんだけど、やっぱり、話を聞く以上では、自殺とは考えにくいわよね」

何だかだ言っても楽しそうに、ミチルは頬を指先で掻きながら言った。

その時、背後に人の気配がして、トレイを持った陽一郎が現れた。

「ご一緒していいですか？」

彼はにこっと笑って、二人の間の席に掛けた。トレイの上には、ワカメうどんが載っているだけだ。身体も小さいが、食も細いらしい。

「さっきの話してるんでしょ？　アルコール濃度測りましたよ。血中、尿中ともに、検出されませんでした」

「ありがとう、陽ちゃん。……ということは、酩酊による錯乱の可能性もなくなったわけだわね。正式な検査結果はまだとはいえ、クスリもやってなさそうだし……」

「ますます、どうして線路に落ちたんですかね」

陽一郎は、うどんを一口啜ってから言った。

「お二人とも、やっぱり自殺じゃないって思ってるんですね？　僕もなんです」

へえ、とミチルは面白そうに陽一郎を見た。唐揚げは諦めたらしく、トレイごと脇に押しやってしまう。伊月はそれを一つつまみ上げ、しげしげと眺めた挙げ句、また皿に戻した。

「じゃあ、陽ちゃんは、あの人がどうして線路に落ちたんだと思う？」

そう訊ねられて、陽一郎は、細い首をわずかに傾げて答えた。

「僕ね、やっぱりあの人のそばに誰かいたんじゃないかと思うんですけど。そして、電車が通過する直前、その誰かと口論になって、線路へと突き落とされたんじゃないかな。そうしたら、不思議でも何ともないわけでしょ？」

「おいおい。だって、周囲にいた人がみんな、彼女の周りには誰もいなかった、って言ってるんだぜ？」

「うーん……その誰かっていうのが、透明人間だったとか……」

大真面目な顔でそんなことを言う陽一郎に、伊月はプッと吹き出す。

「SF映画じゃねえんだぞ。そりゃあんまりな説だろう」

さすがに自分でも荒唐無稽な仮説を語っているとわかっているのだろう。陽一郎は、ちょっと困ったように笑った。

「うーん……だって、僕の想像力なんてその程度ですもん。じゃあ、伊月先生はどう思われるんです？」

「俺？　俺はさあ……」

伊月は言葉に詰まって、ゴホンと咳払いした。陽一郎を馬鹿にしてはみたものの、自分も特に素晴らしい考えがあるわけではなかったのである。

ミチルと陽一郎に興味津々の目を向けられて、伊月は内心冷や汗をかきながら必死で考え、そして、うん！と手を叩いて言った。

「俺の仮説はさ、途中まで森君と一緒だけど、そっからちょっと違う」

「どう違うの？」

「実は彼女を突き落とした人間は存在した。だけど、ホームにいた証言者全員が嘘をついてる！　ってのはどうかな」

「……おいおい」

「伊月せんせーい」

少し期待して聴いていた二人は、ほぼ同時に非難の声をあげた。

ミチルは、テーブルに両肘をついて、呆れたと言わんばかりの顔で言った。

「それこそSFならぬ突飛な推理小説の読み過ぎじゃない？　何だって、見知らぬ同士のはずの目撃者が、みんなして嘘つかなきゃならないのよ」

「うーん……それが今回の事件の謎、ってのじゃ、やっぱ駄目かな」

「ダメダメでしょう」

ミチルに冷たくあしらわれ、再び考え込んだ伊月は、やがてこう言った。

「じゃあ、実は電車を待っていた客たちは全員知り合いで、長谷さん殺害を企む共犯者だった、とかは？　で、みんなして長谷さんをホームから突き落として、後は口を噤んだ……ほーら、不思議じゃなくなった」

「伊月君……それ、本気で言ってる？」

「……冗談に決まってんでしょ」

何となく今日はふてくされ癖がついてしまったらしい伊月は、さっき皿に戻したばかりの、冷え切っていよいよ硬さを増した唐揚げを、大きいまま口に放り込んだ。味のないパサついたそれを、整った涼しい顔をムーミンのように変形させ、モグモグと咀嚼する。

そんな伊月の様子を肩を震わせて見ていた陽一郎は、それでもフォローのつもりか話題転換のつもりか、ミチルに話を振った。

「伏野先生は？　どう思われます？」

「私？　えっと……」

ミチルは、茶色い髪を片手で掻き回して、ちろりと舌を出した。

「……実はさあ、長谷さんが催眠術をかけられてたらどうだろう、とか考えてたんだなあ、実は」

ああ、と失望の声をあげて、陽一郎と伊月が仲良くテーブルに突っ伏す。

「先生、それ、俺と森君のこと、全然突っ込めない仮説じゃないですか。もしかしたら、いちばんいけてないっすよ……」

片眉を吊り上げてそう言う伊月に、陽一郎もこくこくと頷いて同意する。

ミチルは仄かに顔を赤らめながら、言い訳した。

「だってさあ……ほら、やっぱり柔軟な思考って大切だと思わない？　事実は小説より奇なり、って言うし」

伊月と陽一郎は無言で顔を見合わせ……やがて伊月は、悄然(しょうぜん)とした口調でこう言った。

「……何となく俺、都筑教授のグレートさがわかってきた。あの人の『わからない』ってのが、いちばん賢い台詞に思えてきましたよ。だって俺たちみたいなのって、まさしく……」

陽一郎の両耳に、ミチルと伊月の声が同時に飛び込んできた。

「馬鹿の考え、休むに似たり」

三章　もう青い鳥は飛ばない

1

長谷雪乃の解剖があった日からしばらくは、何事もなく過ぎた。

「あら、新人歓迎期間は、もう終了しちゃったのかしらん」

峯子が解剖書類を整頓しながらそんなことを言うほどに、あんなに毎日あった解剖が、パッタリと途絶えてしまったのである。

「うう、物足りない……」

真面目な顔でそうぼやくミチルを横目に、伊月はホッと胸を撫で下ろした。

先日、峯子が見せてくれた過去の解剖記録帳によれば、O医科大学法医学教室のここ数年の年間解剖数は、だいたい百二十体前後である。

教室員になってまだ二週間だというのに、伊月はすでに十体の解剖を経験した。つまり、年間解剖数の一割近くを二週間で経験してしまったわけで、これはなかなかの「濃さ」だと言っていいだろう。

初日に、

「なあ伏野君、あの爺さんが横断歩道渡ってて轢かれた事件あったやろ。覚えとるか」

「ああ、あれね。……いつの事件でしたっけ？」

「あのな……あれ、いつのやった？　って、僕が君に訊こうと思うてたんや！」

「ありゃりゃ。そりゃ困っちゃいましたね」

という都筑とミチルの会話に呆れ返った伊月だったが、今になって、二人がそういう事態に陥るのは、不真面目でもボケでもないことがわかってきた。

連日解剖が続くと、その日その日をこなすのに必死で、いったいどれがどんな症例であったか、さっぱり思い出せなくなってしまうのだ。

そのことを話すと、ミチルはチェシャ猫のような怪しげな笑みを浮かべて言った。

「伊月君も、やっとうちの子らしくなってきたわね」

週末も実に平和に経過し、伊月は呼び出しをくらうこともなく、自宅で延々と惰眠を貪って過ごした。一度はビリヤードでもしようかと思いはしたが、とても出かけていく元気はなかったのだ。

週が明けても、月曜日、火曜日は平穏に過ぎ……。

そして、長谷雪乃の奇怪な列車事故のことも記憶の片隅に押しやられつつあった、水曜日の朝。

「おーはよいっす」

伊月がいつものように午前九時半ギリギリに教室の扉を開けると、ついに「解剖予定表」が、ホワイトボードに貼りつけられていた。

それを見た伊月が口を開く前に、峯子がやけに嬉しそうな顔で伊月を見て言った。

「解剖、入りましたよ。皆さんもう解剖室へ下りちゃいました」

峯子の柔らかそうな頬にプックリしたえくぼができているのは、彼女が上機嫌な証拠だ。それとは対照的に、伊月は眉間に縦皺を寄せ、弓なりの眉をひそめてみせた。

「俺の歓迎期間は終了したんじゃなかったのかな」

峯子は軽く首を傾げる。

「さあ？　第二弾かも。さっき陽ちゃんがガスクロ立ち上げていったから、またややこしい事件なのかしら」

「がすくろ？」

「えーとほら、フルネームは何て言うんでしたっけ、あの大きな機械……」

「ああ、ガスクロマトグラフィー？」

「そう、それそれ！」

ガスクロマトグラフィーというのは、簡単に言えば気体化させた検体を分析する方法で、法医学教室の実験室にも、どこかの教室から貰ってきたお古の旧式ガスクロマトグラフィー装置がデンと鎮座している。

陽一郎はそれを一酸化炭素とアルコールの検出に使うと言っていたから、今日の事件にも、そのどちらか、あるいは両方の分析結果が必要なのだろう。

「一酸化炭素だったら、焼死かな？」

期待を込めて、伊月は言ってみた。

解剖症例を選り好みしてはもちろんいけないのだが、それでも、症例には確実に「時間のかかるやつと、かからないやつ」があることに、伊月は気付き始めていた。

解剖に要する時間を左右するもっとも大きな要素は、外表所見の多さである。

たとえば、交通事故やメッタ刺しの症例は、外表に損傷が多いため、それをいちいち計測、観察、写真撮影していると、非常に時間がかかってしまう。更に、解剖に移っても、外表損傷のそれぞれが、体内でどのようになっているかを追跡していかなくてはならないので、通常の解剖よりずっと手間いりなのだ。

それに較べると、特に「よく焼け」でありながら身元がハッキリしているような症例だと、「全身高度焼損」以外に外表所見の言いようがないことが多く、解剖も、重要なポイントをきっちり押さえていけば、比較的短時間で終えることができる。

伊月は今日、ミチルに「暇だったらＤＮＡ抽出をやらせてもらう」約束なのである。

単に自分のＤＮＡを自分の血液から抜き出すだけの実験だ。別に明日に延期になったところでどうということはないのだが、せっかくやる気で来ただけに、終日解剖室で過ごすのは、避けたい事態であった。

しかし峯子はあっさりと、

「焼死じゃないと思いますけど？」と言った。

「何で違うってわかるんだよ？」

ムッとした顔で問い返した伊月に、峯子は、だってホラ、と、解剖予定表を指し示した。

「今日の所轄は、H署の交通課ですもの。自動車が事故で炎上、とかじゃなければ……こんがり焼けた死体は期待できないんじゃないかしら」

「げっ、交通事故か……。外表所見多そうだなあ」

「わかったら、とっとと下りて、スケッチに勤しんだほうがいいんじゃないですかにゃ？」

「はいはい。そうさせていただきますとも、ええ」

長めの髪を後ろで鹿の尾のように結びながら出ていく伊月の後ろ姿を見送って、峯子は呟いた。

「頑張ってね崇ちゃん……って、めっきりお姉さんな気持ちですにゃ」

2

解剖室に入ると、この前の長谷雪乃の時とよく似た異臭が、ぷんと鼻をついた。

例によって陽一郎が警察官相手に事情の聞き書きをしており、ミチルはその横に立って、一緒に話を聞いている。

清田は鼻歌混じりにメスに刃をつけ、他の器具と共にトレイの上に綺麗に並べている。

　いつもの解剖開始前のひとときだが、唯一、都筑の姿だけが見えなかった。

「おそようございます。都筑先生は？」

　いつもはミチルにくらう「おそよう」の挨拶を自ら口にしつつ、伊月は術衣を手に、彼女の横に立った。

「ま、今朝は比較的おはようかな」

　意外にも機嫌良くそう言って、ミチルはニッと笑った。

「都筑先生は、遅刻しますって。今日はスギ花粉が凄い勢いで飛んでるみたいね」

「ああ、花粉症なんでしたっけ。起きられないんすか？」

「そうみたい。いっそ休めばいいのに、ほら」

　ミチルが指し示した「鑑定処分許可状」には、しっかり鑑定医として、都筑の名が記されている。

「自分が鑑定医だから、解剖が終わるまでには必ず来ます、って。いっそ私に回してくれればよかったのに」

「どうして回さなかったんです？」

　伊月の素朴な質問に、ミチルはちょっと寂しげに笑って答えた。

「今日の症例は、ちょっとややこしそうだから、って」

ああ、と伊月は心の中で納得した。

ミチルは院生時代から解剖に携わっているので、キャリアとしては六年目で、解剖の技術的には中堅クラスと言ってもいい。だが、鑑定医になったのはこの春からで、まだまだ「自分の責任に於いて解剖を行い、書類を発行する」ことについては初心者なのだ。

おそらく、鑑定書を出さなくてはならないような事件は、まだ任せてはもらえないのだろう。

しかし、そのことにはそれ以上触れずに、伊月はひょいと陽一郎の手元を覗き込んだ。

「ややこしい、ってどういうふうに？」

幸い、まだ状況説明は始まったばかりであったらしい。陽一郎の手元の紙にはまだ、被害者の氏名と年齢、それに住所しか書き込まれていなかった。

「被害者は海野（うみの）ケイコ、二十四歳、か。自宅は、H市A区三丁目……」

「そうですねん」

交通課の警察官が、銀縁眼鏡を押し上げながら立ち上がり、伊月に軽く頭を下げた。

「あ、わたし、H署交通課の係長をしとります、相川といいます。今後とも、どうぞひとつよろしく……」

出動服の上に緑色のブルゾンを羽織り、きちんと七三に分けた白髪混じりの頭に、銀行員のような銀縁眼鏡。刑事課には、あまりいないタイプの中年男である。課が違うと、働いている人のカラーもずいぶん違ってくるものらしい。

「あ、こちらこそどうも」

伊月も慌てて礼を返した。

「ええと、じゃあ、事件発生時刻と場所から教えていただけますか?」

陽一郎が、ボールペンを器用に「予備校回し」しながら訊ねると、相川係長は、再び椅子に腰掛け、大学ノートを開いた。これまた、珍しいほどにきっちりした字で、メモが取ってある。

「事件発生は、昨日の午後四時四十五分頃です。場所は、H市M区二丁目……自宅から、まあ、そこそこ近くですわ」

「この人、結婚してるの? 平日の夕方に自宅近くをウロウロしてるってことは主婦? それとも学生かしら」

ミチルの問いに、相川係長は、いやそれが、とノートのページをパラパラめくった。

「海野さんは独身で、両親と共に一戸建てに暮らしてます。職業はコンピュータープログラマーで、火曜日がいつも休みなんだそうです」

ああなるほど、とミチルが頷き、陽一郎がそれをカリカリと書き留める。

「この人は、自宅から三十分ほど離れた英会話学校に通っておられまして、昨日もそこへ行く途中だったらしいんですな」

「いいなあ、英会話学校。僕も通おうかな」

陽一郎は羨ましそうに言いながら、筆を走らせる。

「母親の話によると、授業は午後五時に始まりますので、昨日もいつもどおり、午後四時半に家を出たそうです。特に変わった様子はなく、これまたいつもどおりに、七時頃に帰ると言い残して出かけたそうなんですな」

「……それで?」

ミチルに促されて、係長は、パラパラと横長の地図を広げた。

「英会話学校への道は、とりあえず家の前の大通りを真っ直ぐ京都方面へ、なんです。もうこの地図のとおり、ひたすら真っ直ぐ、登り坂を上っていけばええだけです。道路を横断するのは、坂を上りきってから、それも一度だけですわ」

「うんうん……で、ここのところで事故が起こったのね？」

地図の中央に真っ直ぐ走っているのが、二車線とはいえずいぶん道幅の広い、いわゆる表通りであろう。その道路上、ちょうど紙面の中央あたりに、人形（ひとがた）と二台の車の絵が描き込まれている。そこをミチルは、指先で指し示した。

「そうです。まあ、起こったことだけ簡単に説明しますとですね」

係長は、キャップをつけたままのボールペンの先で、人形が書いてあるすぐ近くを軽く叩いた。

「家と同じ側の歩道を歩いていたこの海野さんが、何らかの原因で、車道に突然飛び出したんですね。で、A区からM区方向に走ってきた普通乗用車に衝突し……」

歩道から乗用車のところまでボールペンを進め、そして、衝突した地点から、それを反対車線に滑らせる。

「こう、ぶつかって、対向車線に撥ね飛ばされたんですな。ちょうどそこへ走ってきた対向車……これがまた、運の悪いことに荷を積んだ十一トントラックでしてね、それに轢過されました」

そこで言葉を切って、係長は、解剖台に視線を向けた。ミチルと伊月もそちらへ首を巡らせる。

「どちらの車両も、まあ、六十キロくらいは出ておったようなんです。特に第二車両はトラックですから……」

前回の解剖の時と同じように、海野ケイコの遺体は、まだ袋に入ったままだ。

「トラックに轢過」という言葉を聞いただけで、遺体の損傷の酷さが窺われ、伊月は顔を顰める。今日は、外表の所見を取るだけで午前中が潰れてしまいそうだ。

「出してよろしいですか？」

器具の準備を終えた清田が、早速袋に手をかけて訊ねる。

「お願いします。骨折端が飛び出してるかもしれないから、手を傷つけないように注意して」

ミチルはそう指示すると、地図に再び目を戻した。

「で、その後は？」

相川係長も、再びノートを見ながら言った。

「すぐに一一九番に連絡が入りまして、救急車が事故の五分後に到着しました。何しろ、事故現場から車で二分ほどのところに、K医大の分院がありますのでね、場所的には便利なところですわ。ですが、救急隊が到着したとき、既に本人は明らかに死亡しておりまして……」

係長の目は、再び解剖台に向けられる。

清田と補助の若い警察官の手で、ちょうど遺体が袋から取り出されるところであった。

「うわ」

「ひゃあ」

伊月と陽一郎が、異口同音に奇声を上げる。

「もう、この状態ですから……救急隊も、死亡確認をするよりほかありませんでした」

相川係長の、どこまでもフラットな銀行員のような解説に、一同は無言で頷く。露になった海野ケイコの遺体は、一言で言うなら「ズダボロ」であった。

着衣は既に脱がされていたが、身体じゅうが血液にまみれている。四肢は妙な角度で折れ曲がり、そして……何よりも彼らにとって衝撃だったのは、「頭がペシャンコ」になってしまっていることだった。

「……ミチルさん……頭が煎餅みたいになってますよこの人」

伏野先生と呼ぶことすら忘れて、伊月は呆然として言った。

さすがに見慣れているのか、ミチルはさほど動揺していなかったが、それでも、

「凄いわねえ……。頭部を見事に轢過されたわけだ、トラックに」

と、妙に感心したような口調でそう言い、相川係長を見た。

「そうなんです。ですから、この一撃で即死、ちゅうんがいちばん簡単なんですけど、一応、衝突した第一当事車両と、轢過した第二当事車両、いったいどちらのせいで死亡したかを、解剖で決めていただかんといかんのです」

実にあっさりと係長はそう言ったが、ミチルはいかにも面倒くさそうに、眉間に皺を寄せた。

「それって……とーっても面倒でややこしいと思うんだけど」

「すんません。まあ、目撃者の話では、第一車両に吹っ飛ばされた時は、まだもがいてたということなんですがね」

係長は、真面目くさった顔でそう言って、肩をちょっと竦めてみせる。

「……ああ、目撃者がいるのね。……それはそうと、最初に戻るけど、この人、何だって車道に飛び出したりしたの？」

そのミチルの問いに、相川係長は、初めて言葉に詰まった。

「それがその……よくわかりませんので」

「……はい？」

ミチルは思わず訊き返す。伊月も、思い出したように術衣に袖を通しながら訊ねた。

「今、目撃者が、って言ったじゃないですか。その人に訊きゃわかるんじゃないんですか？」

「ええ、いるんです、目撃者は。すぐ後ろを偶然歩いていて一部始終を見ていた、犬の散歩中だった主婦の方がいらっしゃいましてですね。一一九番通報をしたのもこの方なんです」

「じゃあ、その人に事情聞いたんでしょう？　何て言ってるんです？」

「いやそれが先生……」

少々居丈高（いたけだか）になってしまった伊月の語調に腹を立てもせず、係長は大学ノートのページを再びめくる。

「その奥さん曰く、本人……海野さんが、突然錯乱状態になって、止める間もなく道路に走り出したと、そう言うんですわ。もう、犬と一緒にビックリしてるしかなかったらしいです」

「錯乱状態？　具体的に言うと、どういう感じ？」

ミチルが、少し尖った声で質問する。

「ええと……。何でも、二メートルほど先を普通に歩いていた海野さんが、いきなり『キャッ！』と悲鳴を上げてうずくまったんだそうです」

「……？　それでどうしたんすか？」

今度は、手袋と腕カバーをつけながら、伊月が訊ねる。

「奥さんが声をかけようとしたら、今度はゼンマイ人形みたいに跳ね起きて、『嘘』とか、『何で今なの？』とか、訳のわからないことを言いながら、鞄なんかその辺に放り出してしまって……。そして、何かに追いかけられてでもいるように、悲鳴を上げながら、一目散に車道へ駆けだしたんだと」

「……その奥さんの連れてた犬に怯えたってことは？」

陽一郎が問いかけたが、相川係長は、軽い苦笑混じりにかぶりを振った。

「海野さんは動物好きだったそうですし、その奥さんが連れてる犬というんが、あれですわ、もうヨボヨボのヨークシャー・テリア」

「ああ、それじゃあ、怖がりようがないですねえ。周りに、彼女が恐がりそうな他の人とか物は？」

陽一郎の問いに、係長はあっさりと言った。

「彼女の近くには誰もいなかったし、何もなかったそうです。我々、現場に行ったときも、落ちていたのは彼女のバッグだけで、周囲には特に注意を引くような物は何もありませんでした」

「…………」

妙な沈黙の後、ミチルは、眉根を寄せ、唇をドナルドダックのようにして伊月を見た。峯子言うところの「イヤ〜ンな感じ」に相当する表情である。

「何かさあ……」

いかにも嫌そうな声で、ミチルは言った。

「これってつい最近、どっかで聞いたような話だと思わない？」

伊月も、薄気味悪そうな顔をして頷いた。

「俺もそう言おうと思ったとこですよ」

「僕も……」

陽一郎も、何とも浮かない表情で、ミチルを見返す。

「あの、どうかなさったんですか？」

事情を知らない係長だけが、怪訝そうに三人の顔色を窺った。

「いいえ、これの一つ前の解剖が、これと状況的にちょっと似かよった症例だったたっていうだけですけど。ええと、あのですねえ……」

何とも言えない既視感に襲われながらも、伊月は五日前、長谷雪乃の解剖の時にミチルがしたのと同じ質問をいくつか、相川係長にぶつけてみた。

そして、その答えは……。

これといった病歴……特に精神疾患の既往は皆無。

酒はたしなむ程度、煙草は吸わない。

依存性薬物使用歴なし。

特にトラブルを起こしている人物はおらず、また、何かに悩んでいる様子もなかった。

家族及び異性との関係を含め、私生活にも仕事上にも、今のところ、大きな問題となりそうな事柄は見あたらない。

「つまり、この方も、自殺を考えていそうなタイプじゃないわけですね？」

陽一郎があっさりと問うと、係長も軽く頷く。

「そうです。ご両親も、自殺なんかゆめゆめ考えないタイプの、どちらかと言えば勝ち気なお嬢さんだったと……」

「それに、目撃者の話を聞く限り、これは自殺じゃなくて、確実に事故ですよねえ、伏野先生」

どこか小猿を思わせる色素の薄い目で見上げてくる陽一郎に、ミチルは渋い顔で頷いた。

「そうね。何かに驚き怯えて、状況判断ができない状態になって……」

「たまたま飛び出した先が車道で、たまたま車が走ってきてたってことっすね」

「それほどまでに何かに怯えてた、ってところが、ますますこの間の事件に似てきたわね……」

「そうですねえ」

ミチルと伊月は、陰鬱な視線を交わし、そのまま視線を解剖台の上へと滑らせた。

「ま、イヤ〜ンな感じを抱えたまま、とりあえず解剖に突入してみますか」

「……そうね。できるだけ先入観は捨てて、まっさらさらの気持ちで始めましょう」

伊月のややもすれば投げやりな言葉に、ミチルも軽く肩を竦めて答えたのだった。

3

鑑識が微物……つまり、体表面から塗膜片(とまくへん)や硝子(ガラス)片などの微細な検体を採取済みであることを確認してから、ミチルは清田に、遺体の体表にこびりついた血液を綺麗に拭き取るよう、指示した。

法医学教室に入ってはや三十年のキャリアを誇る清田は、緩く絞った濡れタオルで、テキパキと遺体を拭きあげていく。血液や単なる汚れはさっさと拭き取るが、タイヤマークの残った部位は表皮を損なわないように、ポンポンとタオルで軽く叩くようにする。

こうして遺体を綺麗にしてしまってから、清田はいったん手を洗ってからカメラを持ち出し、左右二方向からまずは遺体全身の写真撮影をした。

「じゃあ、始めましょうか」

ミチルは定規とピンセットを持ち、遺体の頭部のすぐ脇に立った。伊月も、スケッチ用のボードを持って、その横に控える。

身長、体重などの「いつもの外表所見」を言い終えると、ミチルは頭部顔面損傷の記述に移った。

「頭部顔面は高度に挫滅し、頭部皮下に頭蓋の粉砕骨折を触れる。左眼球は破裂、右眼球は眼窩より脱出。鼻腔には、漏出した脳組織が充満……」

目の前にある遺体の頭部を、伊月は思わずスケッチを忘れ、凝視してしまった。

ミチルが淀みなく述べる所見は、非常に事務的、医学的で、あまり「惨い」印象を聞く者に与えない。だが、実際の損傷はといえば、そうした言葉を聞いて想像するよりずっと壮絶なものなのだ。

(俺……プライベートでこんなの見たら、卒倒するかもな)

「……触ってみれば？」

伊月の視線に気づいたのか、ミチルはそう言って、少し場所を空けた。

手袋が汚れるので躊躇いつつも、伊月はミチルが勧めるままにボードを脇に置き、両手でそっと頭蓋に触れてみた。

「……うが」

その瞬間、思わず奇妙な声を上げてしまう。

本来ならば「丸く脳を包んで」いるはずの頭蓋冠は、割れたタイルのようにベコベコしており、刃物のように鋭利な骨折端が、厚い頭皮を突き破り、あちこちから突出している。そうしてできた挫創からは、同じくクリーム状に挫滅した脳組織が、ダラリと零れ出していた。

顔面の骨も頭蓋冠と同じ状態で、鼻骨は粉砕され、鼻は平たくなった顔面に、さらにめり込んだようになっている。顎骨(がっこつ)もバラバラに折れ、これまた骨折端が、頬や上口唇粘膜を鮮やかに切り裂いている。

「……酷ぇなあ……」

「十一トントラックが、土砂を満載して頭の上を通ったんですからねえ。酷いもんです。あ、生前の写真があるんでした。こういう感じの人なんですけど」

相川係長は、ブルゾンの胸ポケットから一枚の写真を出して、ミチルと伊月に見せた。清田も、小柄な身体をいっぱいに伸び上がらせて、それを覗き込む。

「ひょー、面影のかけらもないですなあ」

清田のコメントが、一同の思いを代弁していた。

ぐしゃぐしゃに「壊れた」遺体の顔は、写真の中の女性の快活そうで若々しい笑顔には似ても似つかない、恐ろしくグロテスクなものに見えた。

ただ、凝固した血液でところどころ束になった、少し長めの髪……その、上半分は黒いままで、下半分を金色に脱色してある独特のヘアスタイルだけが、写真とそっくり同じだった。

「何か、事故ってのは恐ろしいもんですね」

しみじみと呟きながら、伊月は流しで手を洗い、ペーパータオルでよく拭いてから、ボードを再び取り上げた。

ミチルが適当にまとめながら列挙する損傷を、できるだけ正確に、紙の上に写し取ろうとする。だが、図がノーマルな頭蓋のイラストであるだけに、ぺちゃんこになった頭部のとあるポイントが、図の頭蓋冠のどこに相当するのか、それを決定するだけで一苦労で、とても大きさだの何だのと詳しいことを書き込んでいる余裕がない。

おそらく、伊月がこの損傷を検案しろと言われたら、一つ一つの傷を計測して、きっと悠久の時を外表所見に費やしてしまうに違いない。

どの損傷をまとめていいのか、どの損傷は個別に記載しなくてはならないのか、それを瞬時に判断するのも、法医学者のテクニックの一つなのだろう。

「見て。顔面にはタイヤ痕が少しだけど残ってるでしょう」

確かに、顔面を斜めに走るように、トラックのタイヤの太くて深い溝が残したタイヤ痕が、表皮剝脱と皮下出血の形で、一部はっきりと見て取れる。

「そして、後頭部には表皮剝脱が凄いわね。路面で擦ったからだわ」

「ということは、反対車線に撥ね飛ばされた時には、仰向けに倒れてたってことですね」

「そうね。そして頭部と、そして万歳ポーズで上がってた両上肢だけが轢過されたんだわ、ほら」

そう言ってミチルは、死後硬直を解いた両上肢を、万歳の形に曲げてみた。なるほどそうしてみると、両前腕中部掌側に、顔面のものと同じ模様のタイヤ痕が、連続して走ることになる。その部で左右とも、橈骨および尺骨が見事に粉砕骨折しているのも頷ける。

「……あれ、この傷は？」

伊月はふと、側頸下部……ほとんど鎖骨の上あたりに、奇妙な損傷があるのに気づいた。たくさんの、平行してヨレヨレと走る短い裂け目のような傷。

よく見れば、同じような傷が、肩関節のあたりにも見られる。

「あ、それは進展創」

ミチルはあっさりと言って、陽一郎に所見に付け加えさせた。

「進展創？　何ですそれ？」

「頭部顔面を轢過されると、凄い張力がかかるじゃない。そうすると、轢過された場所から少し離れた、しかも皮膚の弱いところに、こうして、皮膚割線に沿った亀裂ができちゃうの」

「ああ、なるほど」

そういえば講義で聴いたような気がすると思いつつ、伊月はそれをスケッチに書き留める。

「第二車両……トラックによってできた損傷は、主にこれだけ。あとは全部、第一車両と衝突した時と、反対車線に飛ばされたときにできた損傷よ」

ミチルはそう言って、まずは下腿を伊月に示した。

「見て。両足とも、下腿骨が折れてるでしょう。それも、骨折端は右から左方向につき抜けてる。……ということは？」

いきなり質問を投げかけられて、伊月はしばらく考えてから、シャープペンシルの先で頭を掻きながら答えた。

「ということは、この人、本当に歩道から車道にまっすぐ飛び出した瞬間、車に撥ねられたんですね。だから、A区からM区方向へ走ってきた乗用車に、真横……右側からブチ当たったんだ！」

ミチルは満足げに頷く。

「そうそう。だからこれが、最初の傷……バンパー創になるわね。足底からの高さは……三十八センチ。どうですか？」

最後の言葉は、相川係長に向けられたものである。係長は書類を繰り、これまた満足げに笑って頷いた。

「こちらの計測では、第一車両である乗用車の地表からバンパーまでの高さが三十七センチ。いい感じですね。それがバンパー創と考えて間違いないと思います」

「そして……」

伊月は、再びボードをストレッチャーに置き、両手で遺体の腰のあたりを触ってみた。

腰の両側から力を入れて押してみると、骨盤の右側が骨折しているのがわかる。

「それから。ボンネットで腰から背中あたりをぶつけて、多分その衝撃でちょっと身体が捻れたみたいになって、反対車線に飛ばされた……んですね」

「おそらくはそうだわ。乗用車のボンネットはへこんでます？」

「ええ、へこんでおります。それと着衣のズボンから、第一車両の塗膜片が出ておるようです」

「オッケー。そして後は、路面に叩きつけられて転がったときの、打撲擦過傷だわね。じゃあ陽ちゃん、所見を上から順に言っていくから。伊月先生もスケッチよろしく」

ミチルは定規を手に、まずは前面の損傷所見を述べていった。

かなり手際よくまとめてはいるのだが、それでも、無数ともいえる傷を、後で教授が写真と照らし合わせたときにちゃんとわかるように記述させていくのは、相当に骨の折れる作業である。

所見を言い終わり、清田が写真を撮ってしまうと、ミチルは清田と補助の警察官に、遺体を俯せにするように指示した。

伊月も手伝い、彼らは三人がかりで海野ケイコの遺体を裏返した。百六十五センチ、六十キロのケイコの身体は、骨太だとはいっても、そう扱いに手こずるほうではない。

遺体を完全に反転させ、これまた血だらけの背中をホースの水で洗い流したその瞬間、伊月はあっと小さな叫びを漏らした。

やはり、腰から背中にかけては広い範囲に皮下出血が広がっているが、それより何より伊月を驚かせたのは、ケイコの上背部に、鮮やかな入れ墨が施されていたことであった。

入れ墨といっても、ヤクザが入れるような、登り龍だの菩薩だの牡丹だのではない。

上背部両側……ちょうど肩胛骨の上あたりに藍一色で彫り込まれたそれは、小さな翼の入れ墨であった。

「……この人、彫り物入ってるんだ」

さすがのミチルも驚いたらしく、じっとそれに見入っている。

相川係長ただ一人が、「それがですねえ」と、ノートを繰りながら言った。

「これはタトゥーというものらしくて、若い人の間には、なかなか流行っておるようです。まあ、ヤクザ者ではなく、お洒落で彫り込む若者が増えておるそうですわ。この方も、どうもそうらしいですね。親御さんはかなり反対したそうですが、二年前、入れてしまったそうです」

「お洒落ねえ……。確かに綺麗だけど、痛いんだろうなあ、こんなの」

「痛そうですよね。僕なんか、絶対我慢できない」

伊月の言葉に、いつの間にかそばに来ていた陽一郎が同意する。

「だけど、綺麗なもんだなあ」

死斑がほとんど出現していないため、若い女性特有の白い張りのある肌に、藍色の、細かい線で羽根を一枚一枚彫り込んであるその華奢な翼は、くっきりと美しく映えていた。

まるで、本当にそこから翼が生えているような……そして今にも羽ばたきそうな錯覚を覚え、伊月は思わず頭を何度か振った。

「……藍色の翼……青い鳥、か」

そう呟いてみると、隣で陽一郎が、ちょっぴり切なげな表情で付け足した。

「でも、もう飛べない青い鳥、ですね」

4

背面の打撲擦過傷の足底からの高さを測り、車のボンネットの高さとほぼ一致していることを確認すると、ミチルはその他の細々した損傷を、手早く片づけた。

そして、それらの損傷の写真を撮り終えてしまうと、彼女は遺体を俯せにしたままで、メスを手にした。

「……背中、切るんすか？」

清田の差し出すメスを受け取りつつ、伊月は不思議そうに訊ねた。

「うん」

短く答え、メスを両手で持って遺体に一礼したミチルは、腰背部の皮下出血の部位を、正中で切開した。

皮下には、黄色い脂肪組織を赤く染め、広い皮下出血の広がりが観察された。その中でも、ちょうど仙骨右端の皮下に、驚くほど大量の血液が貯留している。

「おそらく、ここが下腿に続く第二の打撃点ね。ボンネットがぶつかったのはここだわ」

ミチルが五センチの定規を取り上げ、切開創のすぐ近くに置くのとほぼ同時に、カメラを持った清田が駆けつけてくる。コッヘルで切開創を広げながら、伊月の視線はやはり、翼の入れ墨に注がれていた……。

背面の切開創を綺麗に縫合してから、伊月と清田は、再び遺体を仰向けた。ここからは、いつもどおりの手順で解剖が行われる。

皮膚を剥離し、大胸筋を取り除いて、肋骨骨折の箇所を確認する。それから臍の部分で腹壁を摘み上げ、切開を加える。

「うわ！　うわわわ」

少し切開しただけで血液が零れだし、伊月は思わず焦ってしまった。

「大丈夫ですわ、はい、少しずつ切ってください」

清田が、素早く杓を切開創の脇に当て、零れかけた血液を汲み取り、目盛り付きの計量容器に溜めていく。

血液が流れ出さないように、切開した部分をミチルに両側からピンセットで引き上げてもらいながら、伊月は杓を突っ込める程度に、切開を広くしていった。

腹腔内には、多量の血液が貯留しているようだった。これなら、死斑が薄くなるのも十分に頷ける。

「……どこからだろう、この出血」

清田が気前よく暗赤色の流動血を汲み出すのを見ながら、伊月は首を捻った。

「自動車にぶつかったときの体勢を考えたら……？」

ミチルは、清田が杓を動かしやすいように、腹壁を摘んだピンセットの高さを微妙に変え、また腸管を必要に応じて脇に寄せてやりながら、そう言って笑った。

「こんなに出血するっていえば、可能性はそうたくさんないわよ」

「うーん……」

首を捻る伊月の前で、貯留血が徐々に取り除かれ、腹腔内臓器が露になってくる。

そこで初めて、伊月はポンと手を叩いた。

「あ、そうか！　どっちかというと、身体の右側を強く打ってて……ボンネットに乗り上げたとき、側腹部もかなりの打撃を受けたんですね」

「腹部は、胸郭みたいに骨に守られてないから、どうしても損傷を受けやすいのね」

「だからここがこんなに……」

伊月は、肝臓に注意深く手を添え、横隔膜から引き離すようにして観察してみた。

肝右葉に、かなり深い挫創が何条か走っている。

そして、右後腹膜腔にも出血が見られるところから、おそらく右腎臓も損傷を受けているはずだ。

「腹部は軟らかいから、外表にあんまり損傷が見られなくても、内臓は大きなダメージを受けていることがあるわ」

「なるほどねえ……」

感心しつつ、伊月は肋骨を切断し、胸腔内を露出する。

ここでも、肋骨の多発骨折が肺挫傷を引き起こし、胸腔内には、かなりの血液が貯留していた。肺は虚脱して、シュンとしぼんだ状態になっている。

「もっと高速走行中の車に背面から衝突されたら、脊椎を骨折したり、大動脈がちぎれちゃったりすることもあるけどね。交通損傷は、外も中も見るべきところがいっぱいで大変」

そんなことを言いながら、ミチルは心臓を取り出し、それを手に持ったまま、パタパタと長靴を鳴らして秤のほうへ歩いていった。

どうやら、腹腔内臓器の摘出は、今日も伊月に任せるつもりらしい。

「さ、気張ってください、先生」

清田が、丸眼鏡の奥の目を細くして、伊月に鋏を差し出す。

「……いっちょ、頑張りますかあ」

清田にサポートしてもらわなくては、まだまだ満足に臓器摘出などできないお粗末な腕前とはいえ、何かを任せてもらえるというのは、気持ちに張りがでるものだ。

心の中では腕まくりで、伊月は刃の曲がった鋏を受け取った。

午後零時半過ぎ。

臓器をすべて摘出し終わり、ミチルがその一つ一つについて順番に所見を述べているとき、都筑教授がふらりと解剖室に姿を現した。

「おはようさん。悪いなあ、遅うなって」

シャツにネクタイ姿の都筑は、鼻から下を白いマスクですっぽりと覆っている。小さな目は、心なしか潤んでいるように見えた。

「おはようございます」

ミチルたちは一斉に声をかけ、相川係長はじめ、警察官たちは慌てて立ち上がり、一礼した。

「先生、おはようございますっ。お世話になっとります」

「いやー、お世話できんで申し訳ないんや今日は……」

いつにもましてとぼけた口調でそう言って、都筑は陽一郎が差し出す聞き書きの紙を手に、遺体に歩み寄った。

「どうや？」

「んー、解剖自体はもうすぐ終わります」

伊月に手伝わせて、骨盤骨折の程度を調べていたミチルは、どこかうんざりしたような表情で、都筑を見た。そして、解剖所見をかいつまんで都筑に説明した。

「……というわけで、第一車両との衝突で、肝挫傷、右腎挫傷、肺挫傷、骨盤骨折、肋骨多発骨折と、それだけで十分に死に至る損傷を受けてはいます。ですけど、恐らく即死には至らなかったと思います。それに、第二車両であるトラックに轢過されたことによって受けた損傷……これですけど」

ミチルは、頭部顔面および両前腕の粉砕骨折とタイヤ痕を指し示した。

「おーおー。えらいこっちゃなあ」

都筑は、無惨に潰れた海野ケイコの顔面と、その横のトレイにかろうじて取り出された、床に落としたババロアのような脳を痛ましげな表情で見た。

そして、不意にズボンのポケットからヨレヨレのハンカチを取り出し、それを広げると、盛大な音を立てて洟をかんだ。

どうもハンカチが、ヨレヨレなのにゴワゴワしているのは、同じハンカチで何度も洟をかみ続けているかららしい。

「酷い花粉症ですね……」

「そうなんや。昨日からもう、滝のように鼻水が……ほらもう」

都筑はぐっと顔をミチルに近づけた。その鼻の下に、タラリと水洟が筋を作っている。

「……やだもう」

ミチルはあからさまに嫌そうな顔をして、一歩離れた。

「それはともかく、見てくださいな」

それでも彼女は気を取り直し、ごく真面目な口調で、タイヤ痕を指さして言った。

「このタイヤ痕が、生活反応そのものですから……。轢過された時には、この人が生存していたことを、これが証明してくれていると思います」

「生活反応？」

伊月が、都筑の頭上から顔を突き出すようにして、ミチルに訊ねた。

ミチルの眉が、ますます不機嫌そうにギュッと寄る。

「……伊月先生。まさか、生活反応も知らずに今まで解剖に入ってた……なんて言わないわよね」

声のトーンが、心なしか低くなっている。伊月は慌てて両手を振った。

「知ってます！　知ってますって。生活反応って、『その損傷ができたとき、その人が生きてた証拠になる反応』のことっしょ？　わかってますよ」

早口でまくし立てた後、伊月はちょっと声を潜め、できうる限りの「可愛い顔」で、こう続けた。

「……で、タイヤ痕の何が生活反応なんですか？」

それを聞いた瞬間、ミチルの眉間にそれは深い皺が刻まれた。

「……つまり……実際のところは、まったくわかってないわけね」

「あ……まあその……。実際に見たことはないです」

「見たことないわけないでしょうっ！」

ミチルは、布手袋の拳で、解剖台をドン！　と叩いた。伊月のみならず、ほとんど前後して立っている都筑まで、吃驚（びっくり）してのけぞる。

ミチルは、ピリピリした空気を全身から発散させながら、それでも押し殺した声でツケツケと言った。

「タイヤ痕っていうのは、タイヤの実質……ゴムの部分が触れているところには表皮剝脱、溝のところには皮下出血が起こりやすいの。表皮剝脱の部分に、出血が見られるでしょう？　そして、この溝に相当するところには、皮下出血と皮内出血が見られる……。これが、生活反応よ。死体を殴っても痣はできないし、肉屋で買ってきた肉を切っても、出血しないでしょう？」

怒っていても、こうして懇切丁寧に説明してしまうところが、ミチルの妙に几帳面なところだと可笑（おか）しく思いつつ、伊月は神妙に頷いた。

「ああ……何だかわかったような気がする」

「何だか？　気がする!?」

ミチルは眉を吊り上げる。

と笑った。

「ああ、わかりました！　はい、理解しましたっ」

背筋をむやみに伸ばして伊月がそう言うと、都筑はまた洟をかみながら、くっくっと笑った。

「ええ姉さん持って幸せやなあ、伊月先生よ」

「こんな不出来な弟を持った憶えはありません！　とにかく、そういうことで、直接死因は第二車両の轢過による損傷……つまり脳挫滅を取るべきだと思いますけど、どう思われます？」

まだ怒った口調で問いかけるミチルに、都筑はハンカチをポケットにしまいながら、「うん、ええんちゃうかなあ。ほな、それで行こう。森君、検案書書くで」と言って、陽一郎と机を挟んで向かいの椅子に、どっかと腰掛けた。

陽一郎は、検案書の下書き用紙を机に広げ、指示を待つ。

「まあ、死亡直後やったら、生活反応は起こるっちゅう報告もようけあるから、タイヤ痕に固執することはないかもしれんねんけどな」

都筑は、そんな呟きを漏らしながら、聞き書きの紙と、外表所見、それに内景所見に一とおり目を通した。そして鼻をグシュグシュ言わせつつ、陽一郎に言った。

「名前と生年月日はええな。死亡場所は、この事故のあったところ……ああ、ちゃんと書いとるな。時刻は、事故が起こった時刻……それでええわ。ほな、肝心なとこいこか」

ミチルと伊月は、背後にそれを聞きながら、遺体に臓器を戻し、縫合する作業に入った。

「んー、こりゃ大変や。どうするかなあ。……うーん……」

清田は、へしゃげた頭部を眺めつつしばらく唸っていたが、やがてせっせと脱脂綿で整復を試み始めた。無論、元の姿に戻すことはもはや不可能だが、せめて少しでもそれに近づけてやりたいというのが、解剖に携わった者の自然な気持ちである。

キャリアが長い分、顔面や頭部といった人目につきやすい部分の整復は、清田の独壇場である。少しずつ、様々なところに脱脂綿を詰めてはチェックしながら、清田はまるで芸術家のように、作業を続けた。

「直接死因は、脳挫滅。その原因は、頭蓋粉砕骨折、その原因が……頭部顔面圧迫、で、最後の原因が、トラックによる頭部顔面轢過っちゅうことやな。……まあ、正直言ってねえ」

都筑は、相川係長を前に呼び、こう言った。

「文書的にはこういうことになって、直接死因は第二車両のトラックのせいや、っちゆうことになってしもてますけど……。もし、トラックが来てへんかっても、第一車両と衝突してこれだけの傷を負ってれば、病院へ運んで治療を受けても、死んでた可能性は高いですわ」

都筑の前に直立した相川係長は、すかさず大学ノートに都筑の言葉を書き付けている。

遺体の切開創を下腹部から縫っていきながら、伊月はミチルに囁いた。

「ねえミチルさん、それじゃあ、二台目のトラックの運転手、可哀相じゃないですか。ほとんどとばっちりみたいなもんなのに」

こちらは顎のほうから縫っていきながら、ミチルも囁き返す。

「だけど、検案書の中では、そうしないと仕方がないのよ。でも、都筑先生のことだから、鑑定書でちゃんとフォローしてくれるわ。今、口頭で言ってるようなこと、文書できっちりとね」

「そうだといいなあ。何だか、二台目の人が可哀相で気になってるんですよ、俺」

「……伊月君はいい人ね」

どうやら機嫌が直ったらしい。ミチルは真顔でそう言うと、ちょっと手を止めて、都筑のほうへ顔を向けた。さっきまで快調に解剖の主要所見を述べていた彼が急に黙り込んだのが、気になったらしい。

都筑は、ハンカチで鼻をつまむように拭きながら、聞き書きの紙をじっと睨むように見ていた。相川係長が、怖々声をかける。

「あの、どうかしましたか？」

「……ほんで、君。何でこのお嬢さんは、歩道から車道に飛び出したんや、結局？」

ミチルと伊月は、無言で顔を見合わせる。

「それが、さっきも申し上げたんですが、どうにもわからんのです。今も、現場周囲で聞き込み等、続けておるんですがね」

相川係長は、綺麗なハンカチを出して、額の汗を拭った。

「まだ新情報が追加されるかもしれんわけやなあ」

「はあ、恐縮です」

「いや、恐縮してもらう必要はないねんけど……。ほな、今回も死因の種類は、11番のその他及び不詳の外因死やな。……それでええかな、伏野先生、伊月先生？」

ミチルと伊月はもう一度顔を見合わせ、そして、同時に視線を都筑に向けた。

「おっけーです！」

異口同音に、同じ言葉が漏れる。確かにこの二人、確実に波長が合ってきているようだった。

「……だそうや、森君」

「はあい」

陽一郎は笑いながら、可愛らしい丸文字で空欄を埋めていく。

「おーい、ちょっと手を止めて見に来てんか」

都筑に呼ばれて、ミチルと伊月は書き物机の脇に立ち、検案書に書き漏らしやミスがないかをチェックした。

「『何らかの理由で、歩道から車道に飛び出したところ、普通乗用車と衝突した。その後、反対車線に飛ばされ、走ってきた十一トントラックに轢過され、死亡したもの』……ねえ、先生」

ミチルに声をかけられ、都筑は、

「何や？　何かまずいか？」と、小さな目をパチパチさせた。

ミチルは、少し躊躇(ためら)いがちに口を開いた。

「……何だかこの記載、こないだの長谷雪乃さんの検案書に書いたことと、似てると思いませんか？」

「ん？　そういやそうかなあ」

都筑は呑気そうに言って、伊月の顔を見た。

「君も何か言うことあるんか、伊月先生」

「……同じことを言いたかったんです、実は」

都筑は小さな溜め息をついて、そしてちょっと困ったように、ミチルと伊月を交互に見た。

「また何か要らんこと言いたそうやけどな、君ら」

都筑の声には、二人を諫めるような響きがあった。

「たまたま重なった偶然に、無理矢理関連や理由を求めてはあかん。想像するのは勝手やけど、それを口に出してしもた瞬間から、僕らドクターには責任が生じるっちゅうことを忘れたらあかんねんで」

「……でも」

伊月は何か言い返そうとしたが、ミチルが素早く術衣の裾を引いて制止した。そして、彼女は少々不満らしき顔つきながらも、殊勝らしく言った。

「そうでした。軽率な発言は災難の元ですね」

都筑は、身体のわりに大きな頭を縦に振って、ニヤリと笑った。

「せや。君も鑑定医になってんから、くれぐれも気をつけてな」

「……はい。さ、縫合すませちゃいましょう」

ミチルはにっこり笑い返すと、まだ何か言いたそうな伊月の腕を摑み、有無を言わさず遺体のほうへと戻った。

「何でもっと突っ込まないんです？」

不満らしく伊月が早口に囁くと、ミチルは小さく肩を竦めながら、さっき放り出した針を再び手に取った。

頸部の皮膚縫合を再開しながら、彼女はボソリと言った。

「いくらうちが民主的でも、解剖室では鑑定医が絶対よ。私たちがあそこで何か余計なことを言ったら、H署のあの係長が混乱しちゃうでしょ」

「……そりゃそうですけど」

「その話は後にしましょう」

ミチルは伊月のほうを見ず、手元を見つめたままキッパリと言った。

「今は、お針子さんに専念してちょうだい。まだまだ縫うところはたくさんあるのよ」

伊月は、遺体の全身をしげしげと……特に、清田が快調に整復している……つまり、どうにか人間らしくなりつつある頭部顔面を見ながら、言った。

「……もしかして、裂けてるところ、全部縫うんですか？」

骨折端が飛び出したためにできた挫裂創をすべて縫うためには、相当な時間がかかってしまうに違いない。

しかしミチルは、こともなげに頷いた。

「だって、少しでも綺麗にして返してあげたいじゃない？　優しい伊月先生は、そうは思わないのかしら？」

チクリと嫌味を言われて、伊月はムッとした顔で針を取り上げた。

「はいはい、心を込めて縫わせていただきますとも」

ミチルと清田が、クスクスと笑う。

「伊月先生は男のわりに手先が器用やから。上手いもんですわ」

清田のそんなフォローに、伊月はちょっと機嫌を直し、針を取り上げた。ミチルが左上肢を縫い始めたので、自分は右上肢に回る。

そして、各々が自分の仕事に没頭し始めた頃……。

「……伊月君」

ミチルが、奇妙な顔と声で、伊月に囁きかけた。

「何です？」

ミチルは、左前腕の骨折部位の挫裂創を縫いかけたまま、遺体の手首を摑んで呆然としている。伊月は心配そうに、ミチルの顔を覗き込んだ。

「どうかしました？」

「これなんだけど……」

そう言って、ミチルは遺体の左手首を摑んだまま、その甲を、伊月に見せた。

「手が、何か？」

「……覚えてない？」

ミチルの手袋の人差し指が示しているのは、左手甲の、第三指間——中指と薬指の付け根の間——である。

そこにあるのは、直径三ミリほどの青黒い痣……。

伊月の脳裏に、先週の記憶が突然フラッシュバックした。

「……ミチルさん」

切れ長の目を見張った伊月に、ミチルはごく小さく頷いて見せた。

「そう。長谷雪乃の左手のまったく同じ場所にも……似たような痣があったわね」

伊月は、ゴクリと生唾(なまつば)を飲み込んだ。背筋に、寒いものが走る。

「……ミチルさん。これも、単なる偶然ですかね？」

「どうかしらねぇ」

ミチルは真面目な顔でそう言って、そっと左手を台に戻した。そして、都筑に気づかれないように、こっそりそれを写真に収めた。

そして、カメラを台に戻そうとしたミチルの耳に、頭部を縫合していた清田の独り言が聞こえた。

「はあ、やっとここまで来た。……お、ここは髪の毛のうなっとるわ。縫いやすうてええけど」

何かが、ミチルの神経を逆撫でした。

「……髪の毛が、ない？」

ミチルは、清田の背後から、その手元を覗き込んだ。

清田は、忙しく手を動かしながらも、こくこくと頷いた。

「ほら、ここんとこ、轢かれたときに抜けてしもたんでしょうかなあ。ハゲになってしもて」

「……そう……ですね」

ミチルは乾いた声でそう言い、そっと持ち場に戻った。

針と糸を取り上げつつも、やはり視線は、さっき見たものに戻ってしまう。

海野ケイコの左耳のすぐ上。その部分の頭毛が一掴み、ごっそりと抜け落ちていた。その部分の頭皮には、点状の新鮮な出血が見て取れる。死の直前に生じた損傷に違いないのだ。

(長谷雪乃も……同じ場所の髪が、なくなってた)

ミチルはゾッとしながらも、努めて平静を装い、作業を再開した。しかし、何となく胸にわき上がる「嫌な予感」は去ってくれそうもない。

(何だか凄くイヤだなあ)

彼女がそう思ったとき……。

「あ、そうですわ先生がた。さっき、署に電話したとき、不吉な話を聞きましたよ」

書類を整理していた相川係長が、不吉な話というわりにはにこやかな顔で、そんなことを言った。

陽一郎が検案書を清書しているのをじっと見ていた都筑教授が、

「何やいな?」

と訊ねると、係長は、内緒話でもするような嬉しげな口調でこう言った。

「うちの刑事課の奴らが出動したらしいんですけどね、それが、Aダムで子供の靴が見つかった、っちゅう一一〇番通報があったかららしいですわ。明日あたり、また事件かもしれませんなあ」

「うわ、いらんこと聞いてしもた！」

「大丈夫や清田さん。靴やろ？　誰か落としただけやて」

清田が大袈裟な声をあげ、都筑がそれを受けて呑気に笑う。

「本当に、そんな不吉すぎること、言わないでくださいよ。もう、俺の歓迎期間は終了したはずでしょう？」

伊月も軽口を叩き、ミチルや陽一郎もつられて笑い出した。

こうして解剖室は、ようやくいつものののんびりした雰囲気を取り戻したのだった……。

間奏　飯食う人々　その三

その日は、解剖が終了して遅めの昼食を取ると、もう午後三時を回っていた。

ミチル言うところの「お針子さん業務」に予想外に手間どり、解剖を終了するのがすっかり遅くなってしまったのだ。

伊月はミチルに、約束どおりＤＮＡの抽出方法を教えてくれとせがんだのだが、

「時間が半端だから、明日にしましょ。私は自分がやりかけの抽出やっちゃうから、それを見ててくれてもいいけど」

と、あっさりと却下されてしまった。

人が実験しているのを見ているだけでは退屈なので、伊月は事務室に戻り、自分の席で法医学の参考書を開いた。

何しろ、学生時代は法医学など試験に通ればいいだけのおざなりな勉強、つまり、大学近所のコピー屋に出回っている過去数年分の試験問題、通称「過去問」を入手

し、その答案だけを訳もわからず暗記するという方法で切り抜けてしまったため、解剖のたびに訳のわからない用語に遭遇し、頭を抱える羽目になるのである。

　今までは、大学院一年生対象の講義に出席する以外は、ひたすら解剖に入っていた伊月である。解剖が途絶え、時間ができると、自然と参考書に手が伸びた。

　解剖室で同じ遺体を見ていても、ミチルや都筑教授は、自分の何倍、いや何十倍もの情報を読みとってしまう。それはやはり、経験と知識がもたらす差なのだ。

　実は結構負けず嫌いな伊月には、それがどうにも悔しくてならなかった。

「経験の長さ」は如何(いかん)ともし難いが、「知識」なら、自分が努力することで、ある程度はレベルを上げることができる。書物から得た知識があれば、実際に学んだことを目の前にしたとき、今よりずっと広く、深い視野でそれを見ることができるだろう。やはり、自分の五感で経験したことに関しては、人間、真摯にならざるを得ないのだ。

　また、久しぶりに再会した小学生時代の友人、今はT署の刑事課にいる筧兼継が、実に熱心かつ精力的に自分の仕事に取り組んでいることに、刺激を受けたことも事実である。学生時代は手を触れもしなかったその分厚い参考書を、伊月は今、確かな熱意を持って読み進めていた。

　とはいえ、伊月はやはり伊月なのである。

　一時間もすると、目がショボショボして、欠伸が止まらなくなってしまう。

「うーむ、よく勉強した！　小便行って、ちょっと運動しよう！」

　この場合の運動とは、「実験室へ行き、ミチルと陽一郎にちょっかいを出す」ことを指す。

　伊月は席を立ち、大きな伸びを一つしてから、ヨレヨレと部屋を出た。

「……ん？」

　伊月がトイレから出て教室へ戻ろうとすると、ちょうどエレベーターから誰かが降りてくるところだった。

　このフロアーのどの教室の教室員でも、出入りの業者でもなさそうな、今まで見たことのない大柄な女性である。

（もしかして、うちの客かな？）

　峯子はさっき郵便局へ行くと言い残して出ていったし、都筑教授は会議に出てまだ帰らない。というわけで、今、事務室は無人のはずである。

法医学教室を訪ねてきた人なら応対しなくては、と、伊月は廊下をドカドカと勢いよく歩いていくその女の後を、まるで尾行するようについていった。

大柄といっても、身長は、百七十センチくらいだろうか。今のご時世では長身というほどでもないが、骨太なせいか、実寸よりずっと大きく見える。

年の頃は三十前後、髪をクレオパトラの如きおかっぱにして、若草色の装飾皆無のスーツを纏（まと）っている。足元がパンプスではなく、履き潰したワークブーツなところが、何とも「現場系」な感じがして、伊月はこいつはうちの客だ、と直感した。

果たして、事務室の扉をノックしようとしたその女性は、伊月に気づいて、動きを止めた。大きいが何故か半分閉じたような目が、ジロリと伊月を見る。

今にも「何見てんのよ」と言い出しそうなその剣呑な視線にたじろぎながらも、伊月も白衣のポケットに両手を突っ込み、ぶっきらぼうに訊ねた。

「あのー、うちの教室に、何か用ですかね？」

その瞬間、その女は、

「え？」

と言って、吃驚（びっくり）したように一つ瞬（まばた）いた。外見によく似合う、ハスキーな声をしている。

「法医学教室の人？」

「そうですけど」

「ふうん……そうなんだ」

女は、ツカツカと歩み寄ってきて、いかにも興味深そうに、伊月の頭から爪先までジロジロと見た。

「新しい人？」

「……今月の頭からいます」

伊月も腕組みして、女を見返した。目つきの悪さでは、伊月とて負けてはいない。身長は伊月のほうがずいぶん高いのだが、やせっぽちの彼のことである。体積は、二人とも同じくらいだろう。

「新人かあ、じゃ、アタシのことも知らないわけだ」

女はフンと鼻で笑って、低い声で言った。

「伏野センセ、いる？」

学生にでも対しているような口のきき様に、伊月もムッとして言い返す。

「伏野先生なら、たぶん実験室にいますよ。……あんた誰です？」

「あ、ちゃんといるの。感心感心。……あ、私？　アタシはねえ」

女が居丈高に名乗ろうとしたとき、実験室の扉が開いて、陽一郎がひょいと顔を覗かせた。

「伊月先生、どうかしたんですか？　……うあ」

女の姿を認めた陽一郎の顔に、微かな怯えの色が浮かんだ。

それに気づいた伊月が、「どうした？」と声をかける間もなく……。

「あ！　陽ちゃあああああああああん！」

雄叫びに近い声と共に、女は陽一郎に向かって突進した。

そしてそのまま、立ち竦む陽一郎を力いっぱい抱きしめる。

「うわああ、藤谷さあああん」

小柄でやせっぽちな陽一郎は、女の身体にすっぽり埋もれて、顔も見えなくなってしまいつつ、悲鳴を上げた。どうやら、藤谷さん、というのがこの女の名らしい。

「陽ちゃん！　会いたかったわ～」

「ふ、藤谷さん、苦しいですってばあ」

陽一郎は、今にも死にそうな細い声で抗議するが、女は抱擁を緩める気などないらしい。陽一郎が、か細い手足をジタバタさせているのだけが、伊月には見える。

（く……熊に襲われてる子供みたいだ）

あまりのことに、伊月はその場に立ち竦み、そんな呑気なことを考えているばかりである。陽一郎を助けに行くことすら、思いつかない様子だ。

その時、伊月の背後から、呆れ返ったような声が響いた。

「ちょっとちょっと！　うちの技術員に何してんの！」

言うまでもなく、ミチルである。

女はその声に陽一郎を離すと、いかにも嫌そうな顔で振り返った。

「イヤなとこに現れるわねえ。実験室にいたんじゃなかったの？　どこでサボってたのよ？」

「サボってるんじゃなくて、実験の待ち時間に、図書館行ってたのよ。まったく、廊下で何をするやら……中、入んなさい」

ミチルはツケツケと言いながら、女の背中をぐいぐいと押して、実験室へと押し込めた。伊月も行きがかり上、後についていく。

「陽ちゃん、お茶」

「はあい」

陽一郎がバタバタと実験室を出ていくのを見送って、ミチルは深い溜め息をついた。

「まったくもう、油断も隙もありゃしない」

とはいえ口調ほどには怒っていないらしいミチルは、口元に苦笑を浮かべ、自分の丸椅子を引き寄せて腰を下ろした。

「あ、そうか。紹介しとかなくっちゃね。うちの新人、伊月崇先生。この春、H医大を卒業してここの大学院生になったの」

まだ胡散臭そうな顔で、伊月は立ったまま、目を伏せるだけの礼をした。

女は少々驚いたように、再び伊月をしげしげと見た。

「じゃあ、ドクターなんだ、一応」

「国試の結果はまだ出てないけどね。きっと来月にはドクターになる人よ」

「ふーん、また物好きが一人、か」

まるで男のようなサバサバした口調でそう言って、女はニヤッと笑った。

伊月はますますふてくされ、切れ長の目を眇(すが)めてミチルを見た。

「物好きで悪かったっすね。で、こちらのお姉さまは？」

ミチルは、笑いながら、女を指し示した。

「こちらは、大阪府警科捜研の藤谷綾郁(あやか)女史」

「科捜研？　こないだから思ってたんですけど、その科捜研って何です？」

「科学捜査研究所。いつもうちに解剖が入ったって報せてくるのは科捜研よ」

「あ、そうか。で、科捜研でこの人、何してんです？」

「科学的な捜査なら何でもやるのよ！」

綾郁は自慢げに胸を張った。

「……ふうん」

正体がわかっても、伊月はまだ胡散臭そうな目つきで綾郁を見ている。

身体を構成するすべてのパーツが大きめなのだが、各々のバランスは悪くない。よく見れば、エキゾチックな美人といえないことのない顔立ちなのだが、如何せん、動作が大きく、言行に異様な迫力があるので、美しさを感じる前に妙な恐ろしさを感じてしまう。

「よく顔を覚えておくのね。可愛い陽一郎君にご執心で、用もなく押し掛けてくる、怖いおばさんよ」

「おばさんって何よ！　あんたとさして変わらないわよ、年！」

「少しだけでも上は上」

眉を吊り上げる女……綾郁を軽くいなして、ミチルは訊ねた。

「で、今日は何か用なわけ？　それとも、本当に陽ちゃん目当てで遊びに来たの？」

「用だわよ。いくらアタシでも、そこまでの公私混同はしません！」

綾郁が鼻息も荒くそう言い放ったとき、陽一郎がお茶の用意を抱えて戻ってきた。

ウーロン茶のペットボトルと紙コップ、それから、スナック菓子が三種類。

「本当は、技術員が実験室でもの食べさせたりしちゃいけないんですけど」

陽一郎はそう言いつつも、一同にお茶を注ぎ分け、そしてスナック菓子の封を開けた。

「今日、来たのはねえ……」

自分も丸椅子を引き寄せて座った綾郁は、お茶を一息に飲み干して言った。

「薬物検査の結果！　サンプルが早く回ってきたから、速攻で調べて持ってきてあげたの。こないだの長谷雪乃も、今日の海野ケイコも、依存性薬物はやってない。何も検出されなかったわ」

「どっちも、アルコールも検出されてません！」

伊月を隠れ蓑にするように椅子をくっつけて座った陽一郎が、顔だけピョコンと綾郁のほうへ出して、便乗報告する。

「確かに、早く結果を出してもらおうと思って、解剖始まってすぐサンプル取って届けてもらったけど、電話ですむようなお知らせを、わざわざ持ってきてくれたわけね。どうもありがと」

さくっと嫌味を言って、ミチルは足を宙に浮かせ、椅子をクルリと回した。

「それにしても、クスリもお酒もやってない、か。二人とも全然普通の女の子ってことね」

ミチルの言葉に、綾郁は頷き、広い肩を竦めた。

「そゆこと。二人とも、きっと堅実に暮らしてた普通の女の子」

「……にしちゃあ、どっちもちょいと不自然な死にかたしてるよな」

伊月は、空いた実験机に軽く腰掛けた。

ミチルは、自分の机の上に並べたエッペンドルフチューブの中にＤＮＡ抽出用の洗浄液を分注しながら、伊月のコメントに同意した。

「長谷雪乃は駅のホームから通過列車に飛び込み、海野ケイコは歩道から車道に飛び出して、車に轢かれた。どっちも、それだけ聞いたら完璧に自殺のシチュエーションよね」

それを聞いて、綾郁は太くて真っ直ぐな眉をひそめる。

「何？　自殺じゃないの？　アタシは検査を頼まれただけで、詳しいことはまだ知らないんだけど……もう結果出たからいいや。教えて」

「詳しいこと聞かずに、検査やっちまうんですか？」

伊月が驚いて訊ねると、綾郁は、場合によってはね、と説明した。

余計な知識は、検査する側の人間の操作に、微妙な影響を与えかねない。先入観にとらわれて検査を行うと、何故か期待どおりの結果を出そうと身体が勝手に頑張ってしまうことがあるらしいのだ。

「もちろん、状況を把握してないと検査項目すら列挙できないケースもあるから、一概に何も知らないのがいいとは言えないけど。……で、今回は、何がそんなに不審なわけ？」

「それがねえ……」

ミチルから簡潔に現場の状況を聞いた綾郁は、即座に、

「そりゃ変だわ」と言った。

「道理で、こんな検査依頼が来るわけだ。あんたたちや捜査の連中からすりゃ、ヤク中かアル中だったほうが、嬉しかったわけね」

ミチルはチューブの蓋を閉めながら、浅く頷く。

「そういうこと。だけど、そうでなかったのなら、やっぱり何かほかの理由があるはずだわ」

「ほかの理由？」

不思議そうな顔の綾郁に、伊月もうんうんと頷いた。

「そうですよ。だってミチルさん、都筑先生はいつも『穿った深読みをしすぎたらアカン』って言うけど、どう考えたっておかしいっすよ。一都一道二府四十三県の中の大阪府、しかも司法解剖は大学五つで分けてるわけでしょう。そんなちっぽけなエリアで、こんな短期間のうちに、似たような事件が二件なんて」

「そうなのよね。しかも、偶然にも左手の同じ部位に同じ様な痣、そして左側頭部の同じ様な箇所に、頭毛の脱落。……これって、本当に『偶然』なのかしら」

ミチルは、チューブを一本ずつ取り上げ、指の腹で弾くように内容物を混和させつつ、嘆息した。

「私たちの仕事は捜査じゃない。死体から、できるだけたくさんの情報を読みとることと。それが私たちにとっていちばん大事なことだもの。だから……」

ミチルの言葉を、綾郁が受ける。

「思い込みは、視野を狭めるからよくないし、捜査の人をいたずらに混乱させるような憶測を語るべきじゃない、ってことでしょ。あんたのボスが言ってるのは」

「そう。だけど……」

いったんは頷いておきながら、ミチルはふと悪戯っぽい目をして、ニヤッと笑った。

「だけど、自由な発想は、視野を広げる助けになると思わない？」

ポテトチップスをバリバリと勢いよく噛み砕きながら、綾郁はニカッと笑った。

「なるなる。だから言ってみなよ。みんなはこの二つの事件のこと、どう思ってるの？　実際のとこ、何か関係あると思ってるわけ？」

チューブの蓋を閉めてしまって、やっと両手が空いたミチルも、早速お菓子に手を伸ばす。細いくせに、恐ろしく甘い物好きな彼女は、チョコレート菓子を一摑み、手のひらに取った。それを片っ端から口の中に放り込みつつ、ミチルは言った。

「これは全然根拠のない勘だけど、なーんか二つの事件、関係あるような気がする」

「俺も」

ミチルの手から、キノコの形のチョコレート菓子を一つつまみ上げながら、伊月も頷く。

「陽ちゃんは？」

綾郁に訊ねられて、陽一郎はコップ片手に躊躇いつつ答えた。

「シュライバーしながら、なんだか似てるなあ、って思ってましたから……。関係あるような気がするけど、でも、あったら怖いかも」

「怖い？」

眉をひそめる綾郁に、ミチルが笑いながら言葉を添えた。

「陽ちゃんは、長谷雪乃が、誰かにホームから突き落とされた説を唱えてるのよね。ということは、海野ケイコも……」

「長谷雪乃を突き落としたのと同じ人物に、今度は海野ケイコが追いかけ回されて車道に飛び出す羽目になった、っての？」

呆れたような声音で言われて、陽一郎は白い顔を真っ赤にして俯いた。手の届くところにある煎餅を手に取り、闇雲に囓りながら、蚊の啼くような声で言った。

「やっぱり変ですよね、だって誰もそんな人、見てないんだから」

「そうなってみると、俺の説もまずいよなあ」

伊月も溜め息混じりに、背中をだらしなく丸め、顎を突き出して天井を仰ぐ。

「君の説はどうなの？」

「あんたにゃ言いたくありませんけどね……。俺の説は、長谷雪乃は、ホームにいる全員に殺された。だから、目撃者全員が、嘘をついている、っていう、前衛的な仮説だったんですよ」

「ぎゃははは！　じゃあさ、今回は犬の散歩中だった主婦のおばさんに追いかけ回された、そしておばさんが口を噤んでる、ってことになるわけ？　で、最初の事件の時にホームにいた客と、散歩おばさんがつるんでるって？　それってすっげー前衛的！」

綾郁は、大きな手でバンバンと机を叩いて大受けしている。

「だーかーらー、言いたくなかったんだよな」

ふてくされたように伊月は言い、しかし、何かを思いついたように、急に背筋を伸ばした。

「……ということは、意外にミチルさんの説が活きてくる……か？」

「……って？」

綾郁はまだ笑いながら、しかし興味深そうにミチルに目を向けた。

ミチルは少々恥ずかしそうに、チョコレートをボリボリと囓りながら、よしてよ、と言った。

「何言ったのか、もう忘れたわ」

「俺が覚えてますよ」

伊月は存外真面目な顔で言った。

「ミチルさん、長谷雪乃は催眠術をかけられてたんじゃないかって言ったんですよ。だから、ちょっと考えてみましょうよ。もし、長谷雪乃と海野ケイコの間に何か関係があったとしたら……」

「同じ人物が、長谷雪乃を殺害したのと同じパターンで、海野ケイコを催眠術にかけて、まるで自殺みたいに歩道から車道に走り出るように仕組んだっての？　あ、でも、今まで聞いた中では、いちばんマシみたい」

綾郁も、笑いを引っ込めてミチルを見た。

ミチルは、珍しくはにかんだような笑いを見せて、やめてってば、と言った。

「サイキックドラマじゃないんだから、そんなわけないわよね。つい、馬鹿みたいなこと言っちゃったのよ、あの時は」

「そうでもないかもよ。これだけ不気味な事件なんだから、この際、何でもアリじゃない？」

綾郁の言葉に、伊月と陽一郎も頷く。

ミチルは戸惑ったように肩を竦めた。

「何でもアリって？　何をどうするつもり？」

「だから……長谷雪乃と海野ケイコ、この二人に何か関係があると仮定して、それがいったい何なのかを、ちょっくら調べてみるってのは？」

「調べてみるって……どうやってよ？」

ミチルが呆れたように問うと、綾郁は大きな目をバチンとつぶってウインクして見せた。

「警察使っちゃえ。ちょっとした職権乱用だけどさ。もし何か関係があったとしたら、捜査のほうも大助かりなんだから、この際いいじゃないよ」

「よくないって。あの二人にも、死人とはいえプライバシーってものがあるんだから」

「何よう！　ミチルさんって、普段は滅茶苦茶な人のわりに、こういうときだけ常識人になっちゃうんだから」

「人聞きの悪いこと言わないでよ！　私はいつでも常識人ですっ」

「どこが～？」

ミチルと綾郁の言い合いがエスカレートしかかったその時、実験室の扉が勢いよく開いて、峯子が入ってきた。

「あああ！　またこんなところでこんなコトして！」

峯子は、ミニスカートの足を踏ん張り、両手を腰に当てて、まるで小言を言う母親のような口調で一同に言い渡した。

「まったく……実験室でお菓子食べちゃ駄目でしょ！　それに、事務室にまで聞こえるような大声でお喋りしないの！　はい、早く片づけて。……都筑先生に見つかったら、怒られちゃいますよ」

まるで子供の悪戯を見つけた母親のように、峯子は一同を追い立てた。仕方なく、四人は自分たちが食べ散らかした机の上を、ゴソゴソと片づけ始める。

結局、二つの事件の関連性について有力な結論を得られないままに、しかし互いの考えを話し合ったことでいったんは安心して、彼らはとりあえず話を打ち切り、解散することにしたのであった……。

四章　果てしない束の間を求めて

1

翌日の午後、午後二時四十分。

教室の机に伏せて居眠りしていた伊月は、誰かの足音に、ふと目を覚ました。

パンプスのような硬質の音ではない、それでいてサンダルのペタペタした音でもない、リノリウムの床を真上から踏みしめるような、重くてよく響く足音である。

伊月はまだ組んだ両腕に顔をうつ伏せたままで、半分夢うつつにその足音が廊下の向こうから近づいてくるのを聞いていた。

(……病の誰かかな)

メインのエレベーターホールは廊下の突き当たりにあるのだが、法医学教室のすぐ脇にも、業者搬入用のエレベーターが一基だけある。解剖室や裏口に近いので、法医学教室の面々と、隣の第一病理学の人々が、よく利用している。

しかし、こんなふうに、文字どおり「寝た子を起こす」ような歩き方をする人間は、このフロアーにはいないはずだ。

(客……遺族の人かな)

時折、法医学教室で解剖された人の遺族が、訪ねてくることがある。保険金受け取りの手続きに必要な検案書の追加発行を依頼しに来るのだ。

果たして足音は、事務室の前でピタリと止まった。遠慮がちなノックの音がする。

「……うーん」

低く唸って、伊月はようやく身を起こした。

秘書の峯子は、郵便を取りに行ってしまっている。陽一郎は風邪で欠勤しているし、都筑の姿も見あたらない。ミチルと清田は、おそらく実験室にいるのだろう。

(面倒くせえなあ。俺、検案書の出し方、今ひとつまだわかってねえんだよな)

とはいえ、居留守を決め込むわけにもいかず、伊月は寝起きの掠(かす)れた声を張り上げた。

「どうぞー」

数秒の沈黙の後、扉が細く開き……。

「失礼しまーす……」

そんな間延びした太い声とともに顔を覗かせたのは、T署刑事課強行班の巡査……というより、伊月の小学校時代の同級生、筧兼継であった。

「……うお？　筧？」

思いがけない訪問者に、伊月が眠そうな顔ながら驚きの声をあげると、筧はニコッとして扉を大きく開け、事務室に入ってきた。

今日は、解剖室で見たような出動服ではなく、ポロシャツにコットンパンツ、それにジャンパーという軽装である。

「あ、よかった、いたいた。しばらくぶりやな～」

「何だ、お前かよ」

伊月は椅子をクルリと回して身体ごと筧のほうを向くと、両手の指を頭の上で組み合わせ、大欠伸とともに伸びをした。

「何？　昼寝してたんかいな」

いかついコンバットブーツで床を鳴らしながら、筧はのっそりと伊月の席までやってきた。伊月は、寝乱れた長い髪を手ぐしで撫でつけながら、もう一つ欠伸をする。

「んー、沈殿溶けるまで、暇だから寝てた」

「沈殿？」

「おう。ミチルさんにＤＮＡの伝統的な抽出法を習っててさ。沈殿が酵素で溶かされちまうまで、次の作業に移れねえんだ。けっこう時間かかるらしいわ」

「ふーん、ＤＮＡかあ。何か、かっこええな」

相変わらずの人懐っこい笑顔と素直な賛辞に、伊月はきまり悪そうに額を指先でポリポリ掻きながら言った。

「かっこよくなんかねえよ。で、お前、何の用だ？　そんな格好して」

「そんな格好て……刑事課は私服勤務やもん。僕みたいな下っ端は、たまにこういう格好で仕事することもあるねん」

筧は、ジャンパーのポケットを探り、小さいが厚みのある紙包みを取り出した。

「これ持ってきたんや」

「……何だよ？」

それを手渡された伊月は、重さを確かめるように、手の中で小さく投げ上げながら訊ねた。

「写真やん、こないだの解剖の。警察の撮った写真、ここにプリントして一組持ってくることになってるんやって。係長に持ってってこいって言われたんや」

「ああ、解剖写真か。サンキュ」

伊月はそれを、机の上にポンと無造作に置いた。こういう「資料もの」の管理は、峯子に一任されている。後で渡しておけば、きちんとポケットアルバムに入れて保管しておいてくれるはずだ。

それから伊月は立ち上がり、寝ているうちにクシャクシャになってしまった白衣の裾を引っ張りながら、筧に言った。

「けど、それだけのためにわざわざ来たのか？　次の事件の時でもいいのに」

筧は黒目がちの大きな目を細め、目尻にクッキリと皺を寄せて、

「ええねん」と笑った。

「どうせ、今日は珍しく、ちょっと暇やから。それに『次の事件』なんて、写真のこと忘れるくらい先のほうがありがたいやん。せやからそんなもんに期待せんと早う持ってけって、係長が言うてた」

「そりゃそうだ」

伊月も苦笑して、筧の頑丈そうな肩をポンと叩いた。

「まあ、暇なんなら茶でも飲んでけよ。コーヒーでいいか？」

「ああ、うん。……だけどほかの人たちは？　今日、えらい人少ないな」

「ああ。森君は休みだし、教授は……会議かな。ネコちゃんは郵便取りに庶務へ行っただけだから、そのうち帰って来るさ」

伊月は、戸棚からカップとインスタントコーヒーを取り出しながら答える。みんなが昼食を食べたりミーティングをしたりする大きなテーブルの隅っこの席に座った筧は、教室じゅうをキョロキョロと見回して訊ねた。

「伏野先生と……あのちっこくて高速移動する人は？」

小さくて高速移動する人、とは、恐らく清田のことなのだろう。伊月は小さく吹き出しながら答える。

「清田さんもミチルさんも、実験室だろ。この時間は、みんな昼寝したい気分だからな。あっちで寝てるかもしれねえ」

「伏野先生って、下の名前『ミチルさん』やねんな。秘書さんはともかく、伏野先生まで名前で呼んでんのか、タカちゃん？」

「んー、面と向かっては『伏野先生』って呼ぶようにしてたんだけど、こないだ解剖の時に狼狽えてうっかり『ミチルさん』呼ばわりしちまってな。だけど本人が怒らないから、何となくそのまま……」

伊月はそう言って苦笑しながら、コーヒーカップを筧の前に置き、自分もその向かいに腰を下ろした。

「うちのお茶くみ森君がいねえから、インスタントで悪いけど」

「『ミチルさん』のほうが、呼びやすそうやもんなあ。……いただきます」

筧はシュガーポットを引き寄せると、驚くほど大量の砂糖をコーヒーに放り込んだ。そして、啞然とする伊月にかまわず、ガチャガチャとかき混ぜ、ミルクは入れずに口に運んだ。

「うん、ええくらいの濃さやで」

「……そりゃよかったけどよ。そんなに砂糖入れちまったら、濃さもへったくれもねえだろうが」

腕組みした伊月が呆れ返ったようにそう言ったとき、事務室の扉が勢いよく開いた。入ってきたのは、峯子ではなく、白衣姿のミチルである。

「伊月君、誰か来てるの？　……あ、お客様？」

筧の姿を見て一瞬ギョッとした顔になったが、すぐにその顔に見覚えがあることに気づいたらしい。

「……あら、ええと……」

と言いながら、まだ少し戸惑ったような表情で、筧の顔を見上げた。

筧は、さっきまでの話題が当のミチルのことだっただけに、恥ずかしそうに頭を掻きながら、ペコリと頭を下げた。

「あ、どうも。T署の筧です」

「そうそう、伊月君のお友達の筧君！」

ミチルはポンと手を打ち、いらっしゃい、と言った。

「お邪魔してます。こないだの事件の写真、届けに寄らしてもらいました」

「ああ、あの老夫婦の事件ね。ご苦労さま」

「ミチルさんもお茶飲みます？」

伊月は立ち上がりかけたが、ミチルは、

「自分で入れるからいいわ」とそれを制し、冷蔵庫からダイエットペプシのペットボトルを取り出した。別にダイエットのためではなく、純粋に人工甘味料の味が好きで、それを愛飲しているらしい。

マグカップにペプシをなみなみと注いでから、ミチルは伊月の隣に座った。そしてほかの人間がその場にいないことを確認し、少しだけ身体を筧のほうへ乗り出した。

「ちょうどいいとこに来てくれたわ。……ねえ、筧君」

「……何ですか？」

筧も少し緊張したように、肩を揺すって、背筋を伸ばす。

ミチルは、伊月をチラリと見てから、彼女にしては少々歯切れの悪い口調でこう訊ねた。

「変なこと訊くけどさ。ほかの署が扱った事件の噂なんて、聞くことあるかしら？」

「ほかの署、ですか？」

筧は大きな目をキョトンと瞬（しばたた）いた。

「そら、本店から人が来て、捜査本部が置かれるような事件やったら、話も伝わってきますけど……」

「自殺で片づけられちゃうような事件の話は、やっぱり入ってこないわよね？」

「……普通はあんまり……」

「そっか」

残念そうなミチルの顔に、伊月は思わず、あ、と小さな声をあげてしまった。

「ミチルさん……所轄に訊くのはちょっと気が引けるから、筧に訊いてみようと思ったんですね、例の件」

「ご明察」

照れくさそうにミチルは頷き、ひとり事情のわからない筧は、不思議そうに、ミチルと伊月を交互に見比べた。

「例の件、って何です？」

「うん、実はこないださ……」

ミチルは、長谷雪乃の事件と海野ケイコの事件のあらましを、かいつまんで筧に話して聞かせた。伊月も時折、言葉を挟んで補足する。

長谷雪乃の事件について語っているあいだじゅう、筧はフンフンと頷きながら、興味深そうに耳を傾けていた。どうやら、何一つその事件については知らない様子である。

ミチルは内心失望しながらも、いったん始めてしまった話だけに、仕方なく海野ケイコの事件に話題を移した。

最初は同じように、ただ面白い話を聞いている素人の趣だった筧は、しかし、ふと真っ直ぐな太い眉をひそめ、腕組みして何かを考え込むような顔になった。

「……どうかした？」

ミチルは、話を中断して訊ねてみた。

「……あ……え？」

自分が物思いに耽っていることに、そこで初めて気づいたらしい。筧は、ハッとして片手を振った。

「ああ、何でもありません。ちょっと……」

「ちょっと、何？」

ミチルに下から覗き込むように見つめられて、筧はよく日焼けした顔を赤くした。

「何だよ？」

伊月にも詰め寄られ、筧はわずかにしゃくれ気味の顎に手を当てて首を傾げつつ、ボソボソと言った。

「うーん……何かその名前、聞き覚えがあるような気がするんやけどなあ。……タカちゃん、知らん？」

伊月は形のいい眉をギュッとひそめ、片手で頬杖をついた。

「海野ケイコを？　俺は聞いたこともねえよ。昔の彼女か何かか？」

「違（ちゃ）う違（ちゃ）う、そんなんやったら、『気がする』やのうて、ちゃんと覚えてるて。タカちゃんと違（ちご）て、彼女なんて、そうそうできるもんやないねんから」

苦笑しつつ、それでも筧は何かが心に引っかかっているらしく、盛んに首を捻った。

「でも、何かなー。どっかで聞いたような名前やねんけどなあ」

「何か漫才師みてえな名前だから、そのへんの芸能人とこんがらかってんじゃねえの？」

「そうかなあ……うーん、あ、すいません。気にせんと話、聞かせてください」

「うん。……じゃあ、続けるけど……」

ミチルも不思議そうに筧を見ながら、しかし、そのまま事件の概要を語り、それに引き続いて、彼女たちが何故、この二つの事件に引っかかりを感じているかを話して聞かせた。

「……というわけでね。恐らくどちらの事件も結局、事故あるいは衝動的な自殺、ってことで片づけられちゃいそうな感じなんだけど、私たちは、なんだか気になって」

「確かに……変わった事件ですねえ」

筧は短くて固そうな髪をわしわしと掻き回し、そして、つぶらな目でミチルを見た。

「それで、その二人のことを調べてみたいとか思てはるんですね？」

ミチルは、ひょいと肩を竦めた。

「仕事の範疇を越えてることはわかってるの。捜査は警察の仕事だもんね。だけど、純粋な好奇心……ううん、違うな。生理的な気持ち悪さ、っていうのかな」

「気持ち悪さ？」

　ミチルは、真剣な顔で頷いた。

「うん。見るべきものはすべて見たと思う。そりゃ、できたら長谷さんの遺体も解剖できればもっとよかったけど、それは警察の上のほうの判断でしょうから仕方ないし、死因に間違いはないと思うの。海野さんのほうもそう。彼女の遺体はきちんと解剖したし、見落としはなかったと思う」

　ミチルの視線を受けて、伊月も瞬きで頷く。

「見るべきものをちゃんと見て、死因もわかって……。それなのにいわゆる『事の起こり』がわかんないせいで、何だか凄くそれぞれのファクターの収まりが悪いの。それがとっても気持ち悪いんだわ」

「なるほどねえ……」

　筧は、わかったようなわからないような顔をして、それでも一応頷いてみせる。そんな筧に、伊月は訊ねてみた。

「お前は、今の話聞いてどう思う？　お巡り的にさ」

「お巡り的になんて言われたら、何や話しにくいけど……。僕個人としてやったら、やっぱりちょっと気になるやろうなあ。もうちょっと調べてみたいと思うかもしれん」

それを聞いた伊月は、きらりと目を光らせた。

「……調べてみたくねえか？」

「調べるて、僕が？」

筧は目を丸くして、太い指で自分を指さす。伊月は、ニヤリと笑って頷いた。

「もう、話を聞いちまった以上、乗りかかった船だろ？　事件が気持ちよく片づかないと、お前も気持ち悪いだろ？」

「そ……そらそうやけど……」

意外な手段でからめとられたような気がして、筧はオタオタと両手を宙に彷徨(さまよ)わせた。彼が困惑の眼差しを向けた先は、当然のことながらミチルである。彼女は、溜め息混じりに言った。

「でも、ほかの署の事件について調べるって、いくら刑事さんでも無理じゃないかしら」

筧は困った顔で頷く。

「はい。いくら何でも、それは無理やと思います」

「そうよねえ。……で、さっきの……海野ケイコの名前に心当たりは？　思い出した？」

ミチルの期待を込めた問いかけに、筧は力無くかぶりを振った。

「なんか……ホンマに聞き覚えがあるような気がちらっとしただけですから。もしかしたら、タカちゃんの言うとおり、芸能人の名前に似たようなのがあったんかもしれません。すんません、お役に立てへんかって」

神妙に頭を下げられて、ミチルは慌てて、いいのよ、と言った。

「もしかして、事件のこと何か聞いてて、私たちの知らないことを知ってたら……って思っただけだから。気にしないで」

「……はあ。あ、でも、もしかしたら同期がその辺の署に行ってるかもしれへんので、署に戻ったら調べてみます。上手いこと誰かおったら、何か聞けるかもしれませんし」

「助かるわ。でも、お仕事の邪魔にならない程度にね」

「はい。まあ、期待せんと待っとってください」

筧はそう言って立ち上がった。

「さて、そろそろ戻らんと。いくら暇やいうても、新入りが怠けてたらあかんし」

「そうだな。刑事課の人にもよろしくな」

「引き留めてごめんなさいね」

伊月とミチルも立ち上がり、筧を戸口まで見送る。

「ほな、失礼します。コーヒー、ご馳走さんでした」

人懐っこい笑顔を残して筧が去っていった後、伊月は皮肉っぽい目つきでミチルを見た。

「結構、本気でやる気だったんすね、例の事件のこと」

「悪い？」

珍しくストレートに拗ねた顔つきで、ミチルは唇を尖らせた。伊月は小さく肩を竦め、

「別に」と言って、ちょっと笑った。

「若年寄かと思ってたら、意外に熱いキャラクターだってわかって、俺は喜んでますよ」

「……誉められてない」

と言いつつも、ちょっと照れくさそうに目を細めたミチルは、しかし次の瞬間にはいつもの調子に戻って、伊月の二の腕を軽く叩いた。

「そういう生意気言う子には、続き教えてあげるのやめようかな。そもそも私、ここには沈殿溶けたよ、って言いに来たんだけどなあ、『タカちゃん』」

「あっ、そんな殺生な！」

「知らないっと」

スタスタと実験室へ引き返すミチルの後を、伊月がバタバタと追いかける。

扉が閉まる音が消えると、事務室には静寂が訪れた。

峯子は、まだ戻らない。恐らく庶務課で、仲良しの職員と話し込んででもいるのだろう。

事務室は無人になった。……と思いきや、カチャリという小さな音とともに、教授室の扉が開いた。顔を覗かせたのは、不在だと思われていた都筑である。

花粉症の薬の副作用である強烈な眠気に耐えかね、教授室の扉を閉め切って昼寝をしていたため、伊月もミチルも、彼はどこかへ行ったものと思いこんでいた。が、どっこい筧の来訪に目を覚ました彼は、その後の三人の会話を薄い壁越しにあらかた聞いてしまったのである。

「……また要らんことをしよるな、あいつらは。二人にしたら暴走も二倍、困ったもんや」

小さな目をしょぼつかせ、鼻水をすすり上げながら、都筑はぼやいた。しかし、その顔は、言葉とは裏腹に、どこか楽しそうだった。

「『若人は　やるな言うたら　やりたがる』……やれやれ」

妙に嬉しげにそう呟くと、都筑は昼寝を再開すべく、教授室を「密閉」したのだった……。

2

筧兼継が、息せき切って法医学教室を再訪したのは、その夜のことだった。

実験室にいたミチルと伊月は、ドタドタ床を震わせるような凄まじい足音とともに、セミナー室の扉が力いっぱい開けられる音を聞いた。

「……客かな?」

「客にしちゃ、えらく元気だわね」

顔を見合わせた瞬間に、今度は実験室の扉が、そばに立っていたら弾き飛ばされそうな勢いで、バーンと開いた。

「!」

反射的かつ無意識に、ミチルを庇うように立った伊月の目に映ったのは、文字どおり汗みずくの筧の姿だった。

T署からここまで走ってきたのだろう、肩で大きく息をしながら、筧は、はー、と声にならない声をあげ、伊月とミチルを見た。

「な……何だよお前？」

警戒は解いたものの、驚きさめやらぬ伊月に訊ねられても、筧は息が切れて、しばらく何も言うことができない。長身を屈め、腿に両手をついて喘ぐ筧を見て、ミチルはついと立ち上がった。綺麗に洗ったビーカーに水を汲み、筧の眼前に差し出す。

「……コップ取りに行くのめんどくさいから。きれいだから大丈夫よ」

そんな言葉を聞く余裕もなく、筧はそのビーカーを引ったくると、貪るようにゴクゴクと水を飲み干した。それだけでは足りず、自ら流しへ行き、立て続けに四、五杯、息もつかずに渇ききった喉へ流し込む。

「……ふはー」

それで、やっと人心地がついたらしく、筧はビーカーを持ったまま、二人のほうへ向き直り、いつもよりはずっとへたってはいるが、一応は笑顔を見せた。

「いったいどうしたの？」

「何があったんだよ？」

ミチルと伊月からの異口同音の問いに、筧はシャツの袖で額の汗を拭い、まだ息を乱しながら、切れ切れに答えた。

「あれから……仕事してたら……思い出し……てっ」

「だから、何をだよ？　あー、汗みずくで汚ねえなあ。これ使え」

伊月が大袈裟に顔を顰めて投げて寄越したハンドタオルで顔と首をゴシゴシと拭きつつ、筧は掠れた声で話し続けた。

「仕事終わる……まで……もう、うずうずしてたんや……。せやし……署の駐車場からここまでずっと走ってきて……」

「だから、何で走ってきたんだよ？　ああ、とにかく座れって」

伊月はそばの丸椅子を引き寄せて、筧をそこに座らせた。

「だから、昼間の話……やんか」

それを聞くなり、ミチルはそれまで眠そうだった目をパッと見開いた。

「昼間の話？　何か聞けたの？」

「いや……聞けたんやのうて、思い出した……んです」

「思い出した？」

伊月も、筧のほうへ身を乗り出す。

「僕、やっぱし……知ってましたわ、海野ケイコ」

ようやく呼吸が整ってきたらしく、やっと筧にいつもののんびりした喋り方が戻ってきた。しかしそれは、ミチルと伊月を余計に苛(いら)つかせることになった。

「知ってた？　知り合いだったの？」

「知り合い……とは違うんですけど、ほら、近所にいたやん、タカちゃん」

「ああ？」

鳩が豆鉄砲をくらったような顔をして、伊月は細く長い脚を勢いよく組んだ。

「近所って……。お前の近所は俺の近所じゃねえもん。お前んちはA区だけど、俺んちはM区だったろ」

「あ、そっか。……えと、昔、タカちゃんも僕も、H市の、海野さんと同じあたりに住んでたんですわ。小学生の頃」

ひとり訳のわからなかったミチルも、その説明でやっと、ああ、と頷く。

「そういえば、伊月君と筧君ってM小学校……の同級生、って言ってたっけ」

「そうです。タカちゃんは五年から六年に上がるときに転校してしもたんですけど、それまでは三年四年五年と、ずっと同じクラスやったんです」

「で、伊月君のお家はともかく、筧君のお家は、海野さんのご近所にあったわけね」

筧は、シャツの中にタオルを突っ込んで汗を拭きながら、大きく頷いた。

「海野さんちは、僕の実家の二軒隣なんです。別に友達とかやなかったけど、顔は知ってました。同じ小学校の二年下にいたし」

「へえ、俺、全然知らねえや」

本当に初耳だったらしく、伊月は感心したように筧を見た。

「なんか気になって、実家のお母(か)んに電話したんや。そしたら、間違いなく海野ケイコさんは、海野さんちのお嬢さんで、一昨日亡くなったとこや、今日、お葬式やった、って」

どことなく自慢げに胸を張る筧を、脚を組んだままの伊月は、疑わしそうに見やった。

「じゃあ、確実だ。……けどお前、それだけ言いに来たんじゃねえだろうな？　お前と海野ケイコがご近所同士でした、なんて聞いても、俺たちゃちっとも嬉しくないんだぜ？」

意地悪な物言いだったが、筧は気を悪くした様子もなく、ニコニコと頷いた。

「わかってるて。せやけど二年下の学年やで？　タカちゃん、思い出さへんかなあ？」

「何をだよ？　俺は海野ケイコなんて全然知らねえって言ってんだろ」

「海野さんのことは知らなくても、絶対知ってるはずやのに。滅茶苦茶大騒ぎやったやん、あん時」

「だーかーらー。俺が何を知ってるってんだよ？」

あくまでマイペースにのんびりした筧の話しぶりに、伊月は苛々して、組んだ脚の浮いた爪先で、実験机の脚を蹴飛ばした。

仕方なく、ミチルが喧嘩の仲裁でもするような調子で、言葉を挟む。

「ねえ、いったい海野ケイコさんが、その小学校で何をしたの？　あの時っていうのはいつ？」

ええと、と眉間に指を当ててちょっと考えた筧は、ああ、と顔を上げて言った。

「僕らは五年生やったから、あの子らはちょうど、三年生の時です。……うちの小学校の生徒が誘拐される事件が起こったんです」

「誘拐？」

ミチルが驚きの声をあげたのと、伊月が、ああっ！　と叫んだのは、ほぼ同時だった。

伊月は長い髪を両手で掻き上げるようにして、

「あああ！　思い出した！」と悔しそうに言った。

「おい筧、あれ、五年の冬休み直前だったよなあ？」

「そうそう。クリスマス前の寒い頃やった。思い出したんやな？」

「思い出したとも！」

伊月は長い髪を片手で後ろ一つにまとめつつ、何故か怒ったような顔で筧を見、そして、ポカンとしているミチルに言った。

「子供の記憶ですから、確実じゃあないんですけど。俺たちの小学校で、女の子が確か四人、行方不明になったんですよ。放課後遊びに行って、そのまま帰らなかった。……それで、二日後、三人は見つかったんだけど、とうとうひとりは帰らずじまい……そんな事件だったよな？」

「そうそう。確かそんな感じやった」

「誘拐……。もしかして、海野ケイコさんは……」

筧は、こくりと頷いた。

「ええ、たしか見つかった三人のうちのひとりが、海野さんやったんですわ。お母ん(か)にもそれは確認取っときましたから、確かです」

「過去に誘拐されたことがある……。警察でそれ、わからなかったのかしら？」

　筧は、うーんと唸って、首を横に振った。

「誘拐された、いうても、本人が悪いことしたわけやないですからねえ。前を洗っても、すぐには出てきませんし」

「その時の担当刑事が覚えてた、とかいうこともないのかよ？　……あ、海野ケイコの事件は交通課担当か……。刑事課じゃねえんだな」

「うん。それに、警察は人事異動が早いから、そうそう担当刑事が同じ署に残ってるなんてことはあらへんしな」

「そうかー。まさか、海野ケイコがあの事件に係わってたとは知らなかったな。偶然って怖いなあ、筧」

　伊月は、組んだ膝頭を抱え込むようにして、上体をゆっくり揺すった。まるで、上半身の貧乏揺すりである。

「ほんまに。よう、名前聞いてピンときたと思うわ。……なんや、あの頃は一大事件やったのに、いつの間にか忘れてしもうてるもんやな」

　筧のしんみりした言葉に、伊月も、ふん、と溜め息のような同意の言葉を漏らす。

「そんなもんだろ？　身内に起こったことでもなきゃ、いちいち覚えてらんねえよ。

本人だって、こんなことにならなけりゃ、忘れていたいような出来事だったろうしな」

ミチルは、唇に片手を当ててじっと二人のやりとりを聞いていたが、話の切れ目に、筧に矢継ぎ早に質問した。

「誘拐って、目的は何だったの？　その子たち、何かされたのかしら？　犯人は捕まったの？」

おそらくは記憶にないのだろう。伊月は、両手のひらを上げ、お手上げのポーズを作って筧を見た。

「俺は年明けて引っ越しが決まって、自分のことでゴタゴタしてたから……。それで余計に覚えてねえのかな。お前どうだ？　知ってっか？」

筧は、やや曖昧に頷いた。

「確か、捕まったような気がしたんやけど……。あ、でも結局、残りのひとりは見つからへんかった記憶があるなあ。身代金要求されたなんて話も聞かんかったように思うし……」

「なのに、一人だけはとうとう帰ってこなかったのね。……連れ去られた後の三人は、誰だかわかる？」

その質問には、筧はすぐさま答えた。

「わかりません。何しろ、知ってる子はその近所の海野さんただひとりで……。何や、近所では捜索や何やって町内会が大騒ぎやったけど、テレビとか新聞では、全然報道されへんかったから……。僕ら子供には、あんまり詳しいことは知らされへんかったんです。ただ、この辺に人さらいが出たから危ない、て言われただけで」

「ああ、きっと子供たちの安全をおもんぱかって、メディア報道を控えたんだわ」

「俺ら、しばらく集団下校させられて、放課後も外で遊んだら駄目だって言われて。仕方ないから庭で遊んでても、時々大人が見に来るしで、えらく鬱陶しい思いをしたよなあ、そういや」

「今みたいに、スマホなんかない時代だものね」

ミチルは苦笑し、そしてすぐに真顔に戻って筧に言った。

「じゃあ、その事件と今回の事件に、もしかしたら関係があるかも……って思ったのね、筧君は」

「もしかしたら、って思うたんです。情報不足で全然根拠ないし、刑事の勘いうほどキャリアないし、せやけど何も手がかりないよりは、何かあったほうがまだマシちゃうかと思て」

「じゃあ、事件のもっと詳しい情報が必要だし、この事件に長谷雪乃さんが関係してるかどうか……それを調べないとね」

「でもミチルさん、確か長谷雪乃はA市の住人ですよ?」

「伊月君みたいに引っ越したクチかもしれないでしょ?」

「ああ、そっか。そうっすね」

伊月は、親指の爪を行儀悪く噛みながら、丸椅子の上に両足を載せて、器用に体育座りをする。

「どうやって調べるかな……」

「それを、今から調べに行こうと思うてんねんけど?」

覚はニコッと笑うと、伊月に言った。

「佐藤先生んとこ、今晩行くって署から電話してあるねん。タカちゃんたちも、よかったら一緒に行かへんか?」

「佐藤先生んとこ?」

「佐藤先生? それ、誰?」

「僕とタカちゃんの、五年の時の担任の先生なんです。僕は六年も持ってもらったんですけど、もの凄いええ先生で、僕、今でも時々遊びに行きよるんですわ。あの先生やったら、事件のことを覚えてるやろうと思って」

「ああ、なるほどね。それはいいアイデアかも。理由もなく、警察の書類は閲覧できないでしょうし、一般人に話を聞くほうが楽だわ」

ミチルは納得したが、伊月はいかにも憂鬱そうな顔をして、「佐藤先生かあ」と呟いた。

「どうしたの？　伊月君は苦手だったの？　その先生のこと」

「いや……いい先生でしたけどね。俺はちょっと……会いたくねえなあ」

「どうして？」

口ごもる伊月の代わりに、筧がいかにも嬉しそうに言う。

「タカちゃん、いっつも佐藤先生に叱られてたもんなあ。『男の子が、そんなチャラチャラした格好で学校に来たらいけません！』って」

「ぶっ……それって、例の『お母ちゃんのブラウス』？」

「そうなんです。ネックレスやらもよう取り上げられとったし、髪も『切れー！』って鋏持って追いかけられたりしよったよな」

「うるせえ！　いつもじゃねえや。そういうこともあったってだけだ」

ミチルは肩を震わせて笑いながら、眉を吊り上げて怒る伊月の肩先をちょいと突(つつ)いた。

「それにしたって、今のその装いじゃあ行きにくいわね」

「う……」

伊月は、しげしげと自分の格好を見て、深く嘆息した。肩の下まで伸ばした髪、黒地に深紅の薔薇(ばら)がプリントされた鈍い光沢のあるシャツ、黒のレザーパンツ。アクセサリー類は外していくとしても、この服装だけは如何ともし難い。

どうにも気の進まない様子の伊月を見て、ミチルは笑いながら筧に言った。

「それじゃあ、伊月君はこの際放っといて、二人だけで行っちゃおうか、筧君」

「そうですねえ」

それを聞いて慌てたのは伊月である。慌てて丸椅子から立ち上がった。

「冗談じゃねえや。あーもう、久しぶりに怒られるのも悪かないさ。俺も行く」

「そうこなくっちゃ」

腕時計に視線をやったミチルも、素早く席を立った。

「もう七時回ってるから、行くなら早くしないと。その佐藤先生のお宅はどこ?」

「Y市です。僕、車借りてきましたからそれで行きましょう。先に下りてエンジンかけときますわ」

「おし。行くと決めたからには、善は急げだ。さっさと出ようぜ……と、実験……」

「いいわ。チェック泳動は明日の朝にしましょう。サンプル、冷蔵庫に放り込んじゃって」

そう言い捨てて、ミチルは白衣を脱ぎかけながら、さっさと実験室を出ていく。伊月は慌てて、苦労の末にやっと抽出した自分のＤＮＡをフリーザーに片づけ、ミチルの後を追った。

3

伊月と筧の、小学校時代の担任、佐藤和子(かずこ)の家は、京都府Ｙ市の閑静な住宅街にあった。よく似た感じの建売住宅が延々と並ぶ典型的な新興住宅街で、ミチルと伊月の二人だけでは、とても見つけることはできなかっただろう。

たばこ屋の近くの一軒家の前に自動車を停(と)め、筧は、

「ここです。道が意外と空(す)いててよかった」と言ってエンジンを切った。

さすが警察官というべきか、制限速度を厳守した恐ろしく慎重なドライブだったが、それでも四十分ほどで到着したようだ。ミチルが腕時計を見ると、午後八時少し

前であった。

玄関先に並んで立ち、筧がインターホンを鳴らすと、真っ暗だった玄関先に、パッとオレンジ色の明かりが灯った。

さすがに緊張しているのか、伊月がケホンと乾いた咳払いをする。彼はミチルに肘で脇腹を小突かれ、ワザと乱暴に肩を揺すり上げてみせた。

「あらあらあら、いらっしゃい。さあ、入って入って！」

いかにもな「おばちゃんだみ声」でそう言って姿を現したのは、これまた「正しいおばちゃん」であった。年は四十代後半くらいだろうか、小柄で、でっぷり太っていて、短めの髪にはしっかりとパーマがかかっている。

近所に気兼ねしてか、大きな動作で三人を素早く家の中へ招き入れたその女性……佐藤和子は、まずは勝手知ったる筧に声をかけた。

「奥入って。ご飯まだでしょ、ピザ取った」

「はーい、すんません」

筧は、まるで実家に帰ってきたように、さっさとコンバットブーツを脱ぎ、スリッパも履かずに奥の部屋へ入ってしまう。

その後ろ姿を見送ってから、和子は伊月の頭から爪先までを、短い首を上下にほぼ百八十度動かしてジロリと見た。

　小太りなせいで、丸い顔にもしっかり肉が付いて、どことなくボコボコした印象を受ける。それはそれで愛嬌があっていいのだが、分厚い唇と飛び出し気味の目には、なかなか迫力があった。

「んまー」

　女にしては太い声でそう言って、和子は伊月の顔に視線を固定した。

（うわ、来た……）

　伊月は来るべき怒号に備え、思わず首を竦め、息を詰めた。

「三つ子の魂百まで」とはよく言ったものである。今なら身長も体格も和子を遥かに上回り、昔のように一方的にボカスカ殴られていなくてはならないわけではないのに、身体が勝手に「無抵抗の構え」になってしまうのだ。

　しかし、和子は感心したように何度も頷き、こう言った。

「あらあ、伊月君！　久しぶりだわ。十四年ぶりよね！　はあ、やっぱり昔からかっこいい子はちょっと違うのね〜」

「……は？」

　伊月は愕然として、和子の顔を見下ろす。十四年前と同じように見える、しかしやはり少しだけ老けた和子は、満面に笑みを浮かべて言った。

「先生、最近ビジュアル系に目覚めてね。伊月君、ちょっとミスチルの桜井君に似てるわ～。教え子に男前がいると、嬉しいもんねえ」

「……先生……。ミスチルの桜井は、ビジュアル系と違いますやん」

てっきり叱られるとばかり思っていたのにいきなり絶賛されて、伊月はガックリと脱力してしまった。おかげで、忘れていた大阪弁が、思わず口をついて出てしまう。

やはり、年を取ると、人間が丸くなるのだろうか。それとも、単に「守備範囲が広くなった」だけなのだろうか。何にせよ、叱られずにすんでホッとした反面、何か物足りないような気もする伊月である。

「そちらの方は？　私の教え子さんじゃないわよねえ？」

傍らでクスクス笑っていたミチルだったが、いきなり話の矛先が自分に向けられたので、慌てて頭を下げた。

「ええと、伊月君の同僚で、伏野と申します。初めまして。……夜分に突然お伺いして、申し訳ありません」

「いえいえ、かまわないのよ。今日は主人も遅いし、ここにはみんな、真夜中でも平気で押し掛けてくるんだから。伊月君のお友達なら大歓迎、さ、上がってちょうだい」

「お邪魔します」

ミチルは、教室でのがさつさからは想像もつかないほど静かに靴を脱ぎ、玄関に上がってから、きちんと三人分の靴を揃えた。それを見て、伊月が小さく口笛を吹く。

「ほお、でっけえ被りもんの猫」

「うるさいよ、ミスチル」

小声でそんな短い応酬をしながら、二人は和子について、奥のリビングに通された。

和子の自宅を訪問するのは、ミチルはもちろんのこと、伊月にとっても初めてのことである。広くはない部屋に、雑然といろいろなものが積まれて、なかなか居心地のよさそうな部屋だと伊月は思った。

和子は昔から、あまり女性を感じさせない豪快かつズボラな性格だったが、やはり自宅のしつらえも人柄を反映して、「手の届くところに何でもある」ようにしてあるらしい。

まだ出しっぱなしの炬燵(こたつ)に落ち着くと、和子はビールの大瓶とウーロン茶のペットボトル、それにピザの大箱を二つも運んできて、どんと置いた。

「さ、これといっておかまいしないけど、好きにやってちょうだい」

「……あ、すみません。ええと、失礼ですけど、お金」

ミチルは戸惑いつつそう言ったが、和子は、あははと笑い飛ばして肉厚の手を大きく振った。

「いいのいいの、初めて来た人には、奢りで食べさせるのが私の主義よ。今日は大まけにまけて、筧君にもご馳走しちゃうから」

「あー、すんません」

早くもグラスをそれぞれに配りながら、筧が嬉しそうにうっそりと頭を下げた。まだ躊躇しながらも、ミチルと伊月も、差し出されたグラスを受け取った。

とりあえず「お疲れさま」で乾杯すると、四人は、冷めないうちにピザをやっつけることにした。

和子はやはり教師らしく歯切れのよい口調で、伊月と筧の小学生時代の「悪たれぶり」を数々披露してくれた。思い出話に花を咲かせながらも、ミチルが部外者の寂しさを感じないように、それとなく気を配ってくれたのである。

「ヒステリーで八つ当たりしたりもしたけどねえ、それでもまあ、めげずに伸び伸び育ってくれて、よかったことよ。ほんとに、こうして顔を見ると、ホッとするわ」

しみじみとそう言って、和子はほう、と溜め息をついた。それまでガヤガヤと喋りまくっていた筧と伊月も、ふっと口を噤む。

その一瞬の沈黙を、ミチルは逃さなかった。彼女はすっと姿勢を正すと、身体ごと和子のほうへ向き直った。

「……実は、今日お伺いしたのは、お訊ねしたいことがあるからなんです」

ビールで少し上気した頬にダイナミックな笑みを残したままで、和子は首を傾げ、ミチルを見た。伊月と筧も、もぞもぞと座り直す。

「あら。何かしら、あらたまって訊きたいことなんて」

ミチルは、伊月と筧の顔をチラと見てから、口を開いた。

「実は、M小学校の生徒さんの身に起こった、十五年くらい前の誘拐事件のことなんですが。あの事件について先生がご存じのことを、教えていただけませんか？」

「十五年くらい前……誘拐事件……？」

和子の肉づきのいい頬が、ぴくりと引きつった。飛び出した両目に疑いの色を浮かべて、ミチルを見る。

「いったい、どういうことなの？」

ミチルは、真剣な顔で言葉を継いだ。

「実は、先ほど申し上げましたとおり、筧君は警察官として、私と伊月君は法医学教室の人間として、仕事をしています。そして、先日私たちが行った長谷雪乃さんと海野ケイコさんの解剖結果について、少し調べたいことがあ……」

「海野ケイコさん？」

皆まで言わぬうちに、ミチルの言葉は、和子の驚きの叫びで打ち切られた。和子は、炬燵の天板に両手をついて、ミチルのほうへグイと身を乗り出した。

「海野ケイコさんを、解剖したと仰ったの？　いったい、いつ？」

「……はい。昨日です。亡くなったのは一昨日で」

ミチルがドギマギしながら答えると、和子は、くうっ、と息を詰め、ミチルを睨みつけるような表情になり……しかし、やがて、ヘタッと腰を落とした。

「まあ……まあまあ、海野さんが亡くなったなんて……。でもいったいどうしてなの？　解剖されるような死に方をするなんて。あなたさっき、解剖結果について調べたいことがあるって言ったわね？　それはいったい何なの？」

「それは……」

さしものミチルも、ウッと言葉に詰まる。伊月も、迂闊に口が出せず、マゴマゴするばかりである。

（佐藤先生……。海野ケイコの名前にだけ、反応したな）

そんなことを思いつつ、ただ息を殺して様子を窺っているしかない。ここで事件のあらましなど、ペラペラと喋るわけにはいかないのだから。

ミチルを苦境から救ったのは、意外にも筧ののんびりした声だった。

「先生、それは捜査上の秘密、っちゅうやつやから言われへんねん。伏野先生、困らせたらんといて」

いつもとまったく変わらない調子で、筧はニコニコと警戒心のかけらも喚起しない笑顔でそう言った。

「あ……そうか……。そうなのね。先生、うっかりしてた」

途端に、和子もハッと恥ずかしそうな表情になり、ゴム毬のような身体を丸めて、ミチルに詫びた。

「ごめんなさいね、つい教え子のこととなると殺気立っちゃって私……」

「教え子？　海野ケイコさんも、先生の教え子だったんですか？」

「ええ。六年生の一年間だけだけど、あの子の担任を持ったわ。少し心配な子だったから、よく覚えてる。いったいどうして亡くなったの？」

それくらいは言ってもよかろうと、ミチルは当たり障りのない死因を和子に告げた。

「交通事故です。自動車に轢かれたんです」

「……そう。若いのに、可哀相にね」

和子はそう言って、悲しげに、そして懐かしげに溜め息をついた。

「先生？　今言うた『心配な子』って、何が心配やったんです？」

「本当に、お仕事に必要だから、私に話を聞きに来たのね？　私はあなたたちを信用して話しても大丈夫なのね？　ほかの誰にも話さないと……約束できるわね？」

訊ねた筧の顔を正面から見て、和子は厳しい顔で念を押した。

「わかりました。……じゃあ、あの事件のことから話すわ」

筧はこっくりと頷き、それに倣うように、伊月とミチルも頷いた。

「よろしくお願いします」

ミチルは、ジャケットのポケットから小さなノートを出し、天板の上にそっと広げた。

和子は、丸まった背中を心持ち伸ばし、遠くを見るような目をして話し始めた。

「あれは、十五年前の、十二月二十二日のことだったわ。家でご飯を食べていたら、教頭先生から緊急の呼び出しがあったの。私は何のことだかわからないまま、学校へ向かった」

そこで和子は、同じく理由もわからずとにかく召集されたほかの教員たちとともに、校長と府警本部の刑事から、「本校の児童四人が、遊びに出たまま帰宅しない。町中で遭難などは考えにくい以上、誘拐の可能性が非常に高い」という、衝撃の事実を告げられたのだという。

　また、刑事のほうからは、児童が無事に保護されることがいちばん大切であるから、新聞やテレビなどでの事件報道は、しばらくの間、一切控えること、それゆえ事件のことは外部に話さぬように、特に子供たちには迂闊なことを喋らぬように、と厳しく言い渡されたらしい。

「で、そのいなくなった児童って……。一人は、その海野さんだったんですね？」

まるでインタビュー中の雑誌記者のようなミチルの質問に、和子は素直に頷いた。

「そうよ。あの頃はまだ、あの子の担任ではなかったから、よくは知らなかったけど」

「ほかの子は？　誰でした？」

「ちょっと待っててね」

和子はそう言って立ち上がり、戸棚を探っていたが、やがて一冊の卒業アルバムを持って戻ってきた。

「これが、海野さんの学年の卒業アルバムなの。担任を持たなかった子供の名前はうろ覚えだから、いい加減なことを言ってはいけないと思って。大丈夫、見たら思い出すわ」

ページをパタパタとめくっていた和子は、ああ、これこれ、と名簿欄を開けた。

「ええと、海野ケイコさんと、それから……ああ、この子。小山田理江さんと小山田美雨さん、それから……牧友紀子さん。この四人だわ」

「……ちょっとすみません。念のため」

ミチルはそのアルバムを受け取り、生徒の名前とそこに記載されている住所をメモした。その間、質問役は伊月に移る。

「……あれ？　先生、『長谷雪乃』って子は？　その子は知らない？」

和子はキッパリとかぶりを振った。

「そんな子は知らないわ。初めて聞く名前よ」

「そっか……」

（長谷雪乃は、うちの学校の生徒じゃねえのか。やっぱり、誘拐事件と今回の事件とは、全然関係ねえのかなあ）

伊月と筧は同時にガックリと肩を落としたが、それでも伊月は、気を取り直したように質問を続けた。

「それで先生、その子たち、どうなったんだっけ？　俺、いまいち覚えてねえんだけど」

「私たちも心配して、保護者や近所の方と一緒に、必死で町じゅうを探したのよ。だけど影も形もなく……。次の日には、黙っておけって言ったって、子供たちも親御さんから中途半端に話を聞かされてるし、とっても授業がやりにくかったの、覚えてるわ」

和子はちょっと苦笑混じりに、伊月の顔を見た。

「あんたもうるさかったクチなのよ、伊月君。『三年の子、さらわれたってホンマ？　俺探しに行ったろか？』ってねえ」

カリカリとメモを取りながら、ミチルが吹き出す。伊月は目元を赤くして、

「嘘だろ」

と言ったが、和子は大袈裟にブンブンとかぶりを振った。

「いいえいいえ、本当よ。筧君は、そういうこと言わずに黙って授業を聞いてくれたけど」

「僕はアホやったから、あんまり喋らん子供やったもん、先生。タカちゃんは偉そうな子供やったから仕方ないやん」

フォローにもならないようなコメントを挟んで、筧は先を促した。

「そんで、確か、無事に帰ってきたんやんなあ、その子たち」

「そうなのよ」

和子は、大きく頷く。

「私たちみんな、祈るような気持ちで待っていたら、二日後の夜中に、三人がK駅前の銀行の駐車場で保護された、って電話が入って」

「……三人？　一人足りませんね」

メモを取り終わったミチルが、卒業アルバムのほかのページをめくりながら言うと、和子は、沈痛な面持ちで頷いた。

「ええ。小山田美雨さんがいなかったの。ほかの三人は、少し疲れてはいたけれど元気だったと聞いたわ。暴行されてもいないようだって。だけど、美雨さんだけがいなかった」

「小山田理江……小山田美雨。この二人は……双子なんですか？」

「ええ、そうよ。一卵性双生児なの。ほら、ここに写真が」

学級写真が掲載されたページ……和子のクラスではなく、ほかの男性教諭のクラスに、小山田理江と美雨は、二人とも写っていた。

ただ、理江が他のクラスメートたちと仲良く並んで写っているのに対し、美雨の顔は写真の右上の隅に……つまり、よくある「撮影当日に欠席したお友達」のコーナーに、小さくはめ込まれていた。

理江も美雨も、丸い顔におかっぱ髪、くるりとしたドングリ眼、そしてちんまりした鼻と少し強情そうな口元という、そっくりな顔立ちをしている。ただ、理江は少し大人っぽく、美雨は理江よりちょっぴりあどけなく見える。

写真の下に書き込まれた「美雨ちゃん、早く帰ってきてね」というメッセージが示す如く、この美雨の写真は、誘拐事件の前に撮影されたものなのだ。ただ、生死がはっきりしないということで、卒業までこの小学校に在籍していたことになっているのだろう。

「いったい四人は、誰に連れ去られてたんですか？　そして、何のために？」

ミチルの問いに、和子はピンクの口紅が剝げかけた厚い唇を、突き出すようにすぼめて答えた。

「私はその子たちと直接話をしたわけじゃないけど、三人は口を揃えて『車に乗ったおじさん』に、家まで送ってやると言われて、乗用車に乗り込んだところをその人の家まで連れ去られたらしいのね。それで、二日間小さな部屋に閉じ込められた挙げ句、美雨さんだけを残して、その駐車場まで同じ車で送り届けられたって。目的はよくわからないらしいの」

「身の代金の要求もなかったんですか？」

「ええ、結局なかったわ。それに、犯人は、子供たちが車の色や形やナンバーを一部覚えていたから、その週のうちに突き止められたのよ」

それを聞いて、伊月は不思議そうな顔をした。

「じゃあ、その美雨って子の居場所もわかりそうなもんじゃないっすか」

和子は、痛ましげに目を伏せた。

「それが……。警察が逮捕に行ってみたら、犯人は自宅で自殺していたんですって。家の中には美雨さんはいなくて、ただ、彼女がいつもつけていた髪留めが片方だけ、車庫に落ちていたそうよ。犯行の動機も自殺の原因も彼女の行方も、それきりわからずじまい」

伊月は、眉間に皺を寄せて、ふむ、と小さく唸った。何となく、皮膚が粟立つような妙な不快感が、胸の中にあった。

「じゃあ、それっきり美雨って子は見つからないままなのか……」

「そう。それに、どうして美雨さんだけが帰されなかったのかも、わからないまま」

伊月は、無意識に左の親指の爪を噛んでいた。この悪癖のせいで、その爪だけが形悪く成長してしまっているのだが、本人は気にする様子もない。

「それって……何だか後味の悪い事件やなあ」

篁の呟きに、一同ははからずも同時に嘆息する。

ミチルはふと思い出して訊ねてみた。

「さっき仰ってた、海野ケイコさんが『心配な子』だったっていうのは、どういうことですか？　それも事件に関係が？」

「ええ、そう。いくら何もされなかったと言っても、誘拐された、っていうだけで凄いストレスだわね。大事なお友達も帰ってこなかったし。……それが、長い間ケイコさんを苦しめていたのね」

和子は、学級写真を見ながら、ポツリと言った。

「どの子も事件のことは話したがらなかったみたいだけれど、特に担任を持ったからかしら、ケイコさんのことは覚えているわ。美雨さんを助けられなかったことを気に病んでいたのか、この子は事件後、自傷癖が出て……。髪を引き抜いたり、爪を囓り取ってしまったり、自分で自分の腕に噛みついたり……。時が経つにつれて、徐々に落ちついてはきたけれど、本当に可哀相だった」

「げっ……」

（あれも……もしかしたらその、自分に痛いことしたい、っていう気持ちが残ってたってことなのかな）

伊月は思わずミチルのほうを見た。その目の色で、彼がケイコの背中にあった翼の入れ墨のことを思い出したのに、彼女は気づいたらしい。目で「黙っていろ」と合図してきた。そして、入れ墨のことを和子に語る代わりに、ミチルは言った。

「よっぽど仲のいいお友達だったんですね」

「そう。休み時間も放課後も、いつも一緒に遊んでた、仲のいい四人組だったわ。美雨さんが欠けてしまって……しかも生死すらわからない状態で……みんな、つらかったでしょうね。自殺した人を責めても仕方ないけど、私は今でも、あの犯人のことを思うと、はらわたが煮えくり返るような思いがするわ」

和子は俯いてギュッと唇を噛み、そのまま項垂（うなだ）れてしまった。ミチルも筧も、そんな和子にかける言葉も持たず、ただやるせなく、卓上の冷えたピザを見つめている。

これ以上、和子から聞けることはなさそうだ。伊月は軽い失望を胸の中にわだかまらせながら、何となく卒業アルバムを手に取り、パラパラとめくってみた。

（いくら、海野ケイコの過去がわかったって、それに長谷雪乃が関係してなきゃ意味がねえんだよな……。とんだ無駄足か）

クラス集合写真……和子の学級の写真に、伊月はふと懐かしいものを感じて、手を止めた。転校さえしなければ、自分はこんなふうに和子のクラスにいて、きっと筧と肩を並べて写真におさまっていたのだろう。そう思うと、何だか切ないような気分になってしまったのだ。

写真に写っている一人一人と、その名前を照らし合わせながら、和子のクラスから、その隣のクラスへと視線を移した伊月は、ふと、小さく息を呑んだ。

どうしたの？　と問いたげに、ミチルが伊月の手元を覗き込む。伊月は黙って、自分の見ているクラス写真を、指し示した。

「……？」

ミチルが不思議そうに目を見はると、伊月は指先をそっと写真の下方へと滑らせた。写真の立ち位置に対応して、個々の生徒の氏名が記載された部分で指は止まる。

「……？」

伊月の意図がわからず、ミチルは首を傾げる。伊月は苛立ったように、アルバムをバタンと閉じた。

「……先生」

伊月は固い声で、和子に言った。

「このアルバム、ちょっと借りてっていいかな。仕事が終わったら、必ず返すから」

「いいわよ。お役に立つなら、持っていってちょうだい」

「すいません。んじゃ、お借りします」

そう言ってアルバムを小脇に抱えるなり、伊月は立ち上がった。

「ミチルさん、筧、帰ろうぜ」

あまりに唐突な伊月の行動に、ミチルも筧も、ポカンとしているばかりである。

「あら伊月君、もっとゆっくりしてっていいのよ」

和子はそう言ったが、伊月は一刻も早く帰りたい様子で、二人を闇雲にせき立てた。仕方なく、筧とミチルも立ち上がり、和子に丁重に礼を言った。

「まあまあ、伊月君の愛想なしでマイペースなところは相変わらずだわねえ」

気を悪くした様子もなく和子はそう言って笑い、筧と、それからミチルにも、またいらっしゃいと言った。そして、残りのピザまでお土産に持たせてくれた。

再び車を走らせながら、筧は不思議そうに伊月に訊ねた。

「どないしたんや、タカちゃん？」

「そうよ、どうしてあんな急に帰ろうなんて言いだしたの？　先生、落ち込ませたまま気の毒じゃない。もっと楽しい話もしてから帰ればよかったのに」

ミチルも少し咎めるような口調でそう言ったが、助手席の伊月は、妙に光る目をして、そうして薄い唇をギュッと引き結んでいるだけで、何も答えようとしない。

「今回の二つの事件と誘拐事件、関係がなかったのがそんなにショックだったの？　だから期待するなって、最初に筧君も言ってたじゃないの」

呆れ顔でミチルがそう論そうとしたとき、伊月は初めて口を開いた。どこか切羽詰まった声で、彼は言った。

「……関係なくないような気がしてきたんすよ」

「え？」

「ええっ？」

ハンドルを握っている筧はさすがに声と顔でしか驚きを表現できないが、ミチルは思わず、助手席のシートにしがみつき、強張った伊月の顔を覗き込んだ。

「何？　どうして？」

「だから、さっきアルバム見せたでしょう」

伊月にしては珍しく、苛立ちを隠さない声音だった。彼は、早口に言葉を継いだ。

「あれだけじゃわかんねえっていうなら、確かめに行くまでですよ。教室戻りましょう」

「教室？　だって伊月君……」

「ちょっとタカちゃん、もう十時回ってるねんで」

「だから何だよ？　いいから戻ろうぜ」

「タカちゃん、何や知らんけど、今日はもう……」

二人の抗議にもかかわらず、あくまで教室に戻ると主張する伊月を、筧は宥めようとした。

しかし、助手席のシートで半分ずり落ちるようにだらしなく座った伊月は、尖った声でそれを遮った。

「あのな、『ゲゲゲの鬼太郎』でいえば、俺は今『妖怪アンテナが立ってる』状態なんだよ。このままじゃ、家帰っても気になって寝られやしねえ。とにかくつきあえよ」

筧は思わず絶句し、ミチルは、ふう、と大きな溜め息をついた。

「乗りかかった船ならぬ、乗っちゃった船、だもんね。仕方ないわ、筧君。行き先は法医学教室だそうよ」

笑みを含んだその声に、筧もその広い肩をストンと一回上下させ、野太い声を元気に張り上げた。

「よっしゃ、ほんだらひとつ、張り切って帰りましょうか！」

間奏　飯食う人々　その四

教室に戻ると、時刻は既に午後十一時を過ぎていた。

ミチルは欠伸をしながら、貰ってきたピザの残りを皿に空け、電子レンジに放り込んだ。

「あー、お腹空いた」

それを聞いて、筧は不思議そうな顔をして、

「佐藤先生んちであんまり食べてなかったですもんね。どうかしはったんですか?」

と訊いた。

「だって、いくら何でも、初めてお邪魔する人のお宅で、死ぬほど食べるわけにもいかないじゃない」

きまり悪そうな顔をしながらも、ミチルは自分のマグカップにダイエットペプシを注ぎ、ほかほかに温まったピザに、勢いよく囓りついた。

「筧君も、適当に自分でやってね。お茶でもコーヒーでも」

「ほんなら、僕もペプシ貰ってええですか？」

「んー、これは私の私物なんだけど、今日はドライバーお疲れさまだから、特別にあげちゃおう」

「ありがとうございます」

ミチルに注いでもらったペプシを、筧はいかにも旨そうにぐっと飲んだ。

「運転せなあかんときは、ビール飲まれへんから……こういう炭酸が旨いですよね」

「私は元々お酒が駄目だから、いつだってこれが美味しいけどね」

二人がそんなふうに「深夜の団欒（だんらん）」をしている間じゅう、伊月は解剖記録を収めた棚を開け、一心不乱に何やらゴソゴソひっくり返していた。

そして、

「よーし見つけたあ！　清田さんブラボー！」と叫ぶなり、二人のいるテーブルまでやってきた。さっきのピリピリした雰囲気はどこかに消し飛んで、今度はやけに上機嫌である。

「……どしたの？」

電子レンジで温めたせいで、何やらフワフワした仕上がりのピザを黙々と平らげながらミチルが訊ねると、伊月はさっき和子から借りてきた卒業アルバムの、和子の隣のクラスの集合写真のページを広げ、その上に一枚の写真を置いた。

「清田さんが、写真の写真を撮っておいてくれたんですよ。これでバッチリだ」

テーブルの脇に立ったままで、伊月は興奮気味にそう言った。いつもは皮肉っぽい気怠げな目が、今は真っ直ぐな生気に溢れている。

ミチルと筧は、ピザとカップを脇に押しやって、伊月の示す写真を覗き込んだ。

「あれ？　これ……」

アルバムの上に置かれたサービス判の写真を見て、ミチルはちょっと驚いたように伊月の顔を見上げた。

伊月は少し得意げに、高い鼻の下を擦る。

「覚えてませんか？　I署の人が持ってきてた、長谷雪乃の写真ですよ。清田さんが、写真をもう一度カメラで撮っておいてくれたんです」

「へえ。そんなことできるんだ。綺麗に撮れてる」

ミチルは感心したようにその写真に見入ってから、筧に手渡した。そして、まだ腑に落ちないといった表情で、伊月を見た。

「……でも、これが何？」

「まだわからないかなあ。じゃあ今度はこっち、見てください」

むしろ嬉しげに、伊月はいそいそとアルバムの一点を指さした。先刻、和子の家で指したのと同じ箇所である。

「だから、なあに？」

「似てませんか？」

伊月の長く骨張った指は、正確に一人の少女を指さしていた。モノクロのコントラストの悪い写真ではあるが、顔立ちくらいはわかる。

子供らしいふっくらした頬をした、丸い顔の少女。髪は胸辺りまで真っ直ぐに伸び、全体的に小作りな、おとなしそうな感じである。ただ、そのつぶらな目といい、ぽってりした唇といい、どこか不機嫌そうな、気難しそうな印象を見る者に与える。

その不機嫌そうな眼差しが、ミチルをハッとさせた。

「ちょっと返して！」

彼女は筧の手から写真を引ったくると、アルバムに顔をくっつけるようにして、アルバムの少女と雪乃とを何度も見比べた。そして、感心したように伊月を見上げ、言った。

「……凄い。似てるわ」

「似てんじゃないですよ、そのものでしょ。同一人物ですって」

ますます誇らしげに伊月は言って、ウインクして見せた。

「この子……あ、『牧友紀子』……誘拐されたうちの一人ね。この子が……じゃあ、長谷雪乃？　でもどうして？」

ミチルは啞然とした顔で、アルバムを机に置いた。向かいで待ちかまえていた筧が、すぐさま写真とアルバムを受け取り、両手で顔面に押しつけるようにして見比べる。

「あーほんまや！　ほっぺとか目つきとか、まんま一緒やん！」

「そうだろ？　それに……友紀子と雪乃……字面は違うけど、読みは一字しか変わらねえ。何か事情があるんだろうけど……」

「牧友紀子が、長谷雪乃に名前を変えた……？」

「そうとしか思えないでしょう。この目つきを覚えてたんですよ、俺。なんか怒ってるみたいな」

「……確かに……。こうしてみると、この女の子は、長谷さんだわ。ほぼ間違いないわね」

「僕もそう思いますわ」

筧は感嘆の眼差しで伊月を見、そして、よし、と言った。

「長谷さんに関しては、僕が調べてみるわ。どうして名前変わったんか……」

「大丈夫か？　お前、そんなの調べられるのかよ？」

筧は、広い胸を大きな拳でどんと叩いた。口元から、驚くほど並びのよい白い歯が覗く。

「まかしとき！　ちょうどI署の刑事課に、警察学校の同期がおるねん。ホンマは職権乱用やけど、真実の究明のためやもんな。こっそり頼んでみるわ」

「くれぐれも、お仕事に支障がないようにね」

年長者らしく筧に釘を刺しながらも、ミチルもワクワクを抑えきれない表情で、伊月を見て言った。

「じゃあやっぱり、あの誘拐事件が、今回の事件に関係してる可能性があるってことね」

伊月は頷き、立てた人差し指を、自分の顔の前で振った。いかにも気障な仕草ではあるが、この青年には妙に似合う。

「それだけじゃない……。長谷雪乃と海野ケイコ、あの二人が死んだときの台詞、覚えてますか？」

ミチルの唇が、酸欠の金魚のように何度かパクパクする。

「あ……確か、『どうして今さら』とかいう意味のことを言ってたわ、二人とも」

「そう、それ！」

伊月はパチンと指を鳴らした。

「もしそれが、十五年前の誘拐事件のことをさしているなら……？　どう思います、ミチルさん」

「……とっても魅力的な説ね」

「でしょ！」

伊月は勢いよく机に腰を下ろすと、もはや冷めて固くなりかけたピザを一切れ取り上げ、むしゃむしゃと囓った。

「何だか、スッキリしたらいきなり腹が減った」

テリヤキチキンの載った、ボリュームのあるピザを次々に平らげていく伊月を微笑ましく見やりながら、ミチルは立ち上がった。

「さて、でも、続きは明日ね。終電があるうちに帰らないと」

「あ、俺も！」

残りのピザを口に押し込み、伊月はそれを筧の飲みかけのペプシで流し込んだ。

筧も、キーを手に席を立つ。

「お二人とも、駅まで送りますわ。さっき停めたとこで待ってますし」

そして筧は、ゴソゴソとピザの箱を片づけ、大きな伸びをしながら教室を出ていった。


自分の席に戻り、スプリングコートと鞄を取り上げた途端、ミチルは、

「あら」と小さな声をあげた。

「どうしたんです？」

伊月が問うと、彼女は、これ、と、机の上から小さな紙箱を持ち上げて見せた。

「ミスタードーナツの箱」

「どうしたんです、それ？」

ミチルは眉毛をハの字にして、苦笑とも微笑ともつかない不思議な笑みを浮かべて言った。

「都筑先生からの差し入れだわ。手紙がついてる」

「都筑先生から？　手紙？」

「……っていうより、忠告だけどね。相変わらず、見てないようで全部お見通し、っ

てわけか」

ミチルは箱を開け、小さな丸いドーナツを一つ、ぱくんと口に入れてから、その小さな紙片に書かれた教授からの「手紙」を伊月に差し出した。

どれどれ、とそれを受け取り目を通した伊月の顔は、几帳面な字体で書かれたその文面を読み進むうちに、少しずつ引き締まっていった。

そこには、こう書かれていた。

「真実を追いかけることも大切ですが、よく見て、よく考えて動きなさい。必要なく人を傷つけぬよう、自分も誤った場所へ行き着かぬよう、何度も立ち止まり、周囲を見る余裕を忘れずに。健闘を祈ります。　都筑」

その紙を自分の机に貼りつけながら、伊月はポツンと言った。

「ねえ、ミチルさん」

さっきまでの高揚した雰囲気は、その声には微塵も残されていなかった。

「なあに？」

コートを羽織り、鞄を肩に掛けながら、ミチルが穏やかな声で返事をする。

伊月は貼ったばかりのその手紙を指先でなぞりながら、伏し目がちに微笑した。

「俺、ちょっとわかったかも。……都筑先生の『グレート』なとこ」

五章　君に会いにゆくよ

1

翌日、金曜日の夕方。

実験室にいたミチルのもとへ、峯子が少し気がかりそうな表情でやってきた。

「あのですね、伏野先生」

「んー？」

サンプルの分注途中だったミチルは、顔も上げずに生返事した。

「お客様が来てるんです。ホントは都筑先生のお客様なんですけど、先生、ちょっとお出かけなんですよう。代わりにお相手お願いしてもいいでしょうか」

「お出かけ？　どこへ？」

ピペットマンを持ったまま、ミチルは面倒くさそうに訊ねた。すぐ戻るなら、待たせておけば、と言うつもりだったのだ。

しかし峯子は、それがねえ、と苦笑して言った。

「散髪なんです。さっき出かけたばかりだから、そうすぐには戻らないと思って」

「ああ、そりゃ駄目だわ」

ミチルは仕方なく、分注を終わらせてから、手袋を外した。

「で、どういうお客さん？」

「それがね、こないだ検案された長谷雪乃さんのお母さんなんです。ちょっとお話したいことがあるって……」

「長谷雪乃さんの……？」

机に手袋を放り投げて立ち上がろうとしていたミチルは、ギクリとして中腰のまま動きを止め、峯子を見た。峯子はこくりと頷く。

「教授はいないけど、二番手の先生ならいますって言ったら、それでもいいと仰るもんですから」

「そっかあ。……私、辛気(しんき)くさいの苦手なんだけど」

チャンス到来、とあからさまに喜んでみせるわけにはいかないので、ミチルは大袈裟に眉根を寄せてみせた。嫌がっていると思ったのだろう。峯子もふっくらした頰を軽く膨らませ、両手を腰に当てて対抗する。

「そんなこと言ってないで。まだ辛気くさい話だって決まったわけじゃないでしょ。遺族のアフターケアも仕事のうち。はい、お仕事お仕事！」

「うー……都筑先生は話が上手だけどさ。私はまだそういうの駄目なのよ、ネコちゃん。何しろ人生経験乏しいから」

「何言ってんですか。子供がいないのは、都筑先生も一緒でしょ。それにいつか、『遺族の人は、話し合いたいんじゃない、とにかく話を聞いてほしいんだ』って言ったのは、伏野先生ですにゃ？」

「……はいはい、そうでした」

ミチルはやっとのことで重い腰を上げ、

「伊月君は？」と訊いた。

「伊月先生は、教授に貰った英語の論文を、居眠りしながら読んでます。……まさか、あの人に代わりをさせようなんて思ってんじゃないでしょうね？　絶対無理ですよ」

「まさか。そこまで剛気（ごうき）じゃないわよ私」

ミチルは大きく伸びをしてから、実験室を出ていきしなに峯子に言った。

「自分の席にいるならちょうどいいわ。ロッカー越しに聞き耳立てといて、って伝えてよ」

「お待たせしました、助手の伏野です。都筑教授が不在ですので、私がお話をお伺いさせていただきます」

事務室の大きな机で待つ女性の前に現れたミチルは、さっきまでの嫌がりようが嘘のように、キリッとした表情と声で挨拶した。

じっと俯いていたその小柄な女性は、ミチルの声に、ゆっくりと顔を上げた。

年齢は五十代後半から六十歳前後だろうか。神経質そうな細い目が、どこか迷いと怯えを含んでミチルを見上げる。

「二番手の先生というのは……あなたですの？」

弱々しい声で、しかし彼女は驚きと警戒を隠そうともせずにそう言った。

（無理もねえやな）

峯子から伝言を受けロッカー越しに自分の席で二人の会話に耳を傾けていた伊月は、女性のコメントに声を立てずに苦笑した。

たとえ彼女でなくても、「教授の次に偉い先生」が、跳ね跳ねの茶髪をしたまだ若い「女の子」だとは思いもしないだろう。姿は見えなくても、女性の疑念と失望は手に取るように伝わってきた。

だが、当のミチルは、そういうリアクションには慣れっこらしい。実にあっさりと、

「ええ、そうです」と言って、女性の向かいに腰を下ろした。

自分のことをクドクド語るでもなく、真っ直ぐに女性を見つめて口を開く。

「検案には、私も立ち会いました。大抵の質問には、私がお答えできると思います。もし必要であれば、私のほうから後ほど教授に相談致しますし。……ですからまずは、私にお話ししていただけますか？」

その語り口のシャープさと、教室員が見たら吹き出すような真剣な顔つきに、不安げだったその女性も、やっと少し安堵したらしい。

「すみません、私、長谷雪乃の母親でございます。……お約束もせず押し掛けまして、申し訳ありません」

そう言って、彼女は手帳から名刺を一枚出し、ミチルに差し出した。

その名刺には、公認会計士という肩書とともに、長谷依子（よりこ）、という名前が書かれて

いた。

「構いません。……お話というのは？」

ミチルは、机の上で両手の指を組み合わせ、じっと相手の顔を観察した。

頬骨が高く浮いた細い輪郭に、やや吊り上がり気味の細い目、高い鼻筋、そして少し口角の下がった下唇だけが厚い口元。

長谷雪乃の解剖時に見せられた、彼女の卒業式の写真。確か雪乃の傍らに写っていたのが、今ミチルの目の前にいる依子だ。

ふっくらした顔と小さな目、そしてどちらかというと小作りの鼻にポッテリと柔らかそうな唇をしていた雪乃とは、あまり似たところのない顔立ちである。

「ええ。あの子の保険の関係で、検案書を頂きに来たんですけど……。そのついでと言っては何ですが、あの子の死因について、お話を伺いたいと思いまして」

いかにも神経質そうな細く高い声でそう言って、女性……雪乃の母という依子は、細い眼裂の中で瞳を落ちつきなく動かした。

(この人……何かに怯えてるみたい)

「……どうぞ」

そこへ、峯子がタイミング良くお茶を持ってきた。それを依子に勧め、ミチルは注意深く依子の表情を見守りながら、訊ねてみた。

「雪乃さんの……お嬢さんの死因に、何か疑問が？」

依子は、眉間に浅い縦皺を寄せて、小さくかぶりを振った。

「いいえ……いいえ、あの子は電車に轢かれて死んだ……。それはわかっています。解剖の日にもこちらの教授の先生にしっかり説明していただきましたから、私も納得しています」

「……ではご主人が何か？」

依子は、ミチルの言葉に薄い眉をひそめた。

「主人はおりません。私は独身で」

それを聞いたミチルは、左眉だけを少し上げた。ちょっと躊躇った後で、しかし思いきって訊ねてみる。

「失礼ですが、では雪乃さんは……？」

依子は、あっさりと答えた。

「あの子は、私の実子ではありません。聞いてはおられませんか？」

（ああ、やっぱり！　じゃあもしかすると、長谷雪乃は……）

誰もいなければ指でも鳴らしたいところだが、そんな思いは口どころか顔にも出さずに、ミチルは素知らぬ風でかぶりを振った。

依子はどこか気まずげな、言うんじゃなかったというような顔つきをしたが、ここまで来てやめるわけにもいかず、少し早口に言った。

「あの子は、私の妹の子供なんです。あの子が中学校一年生の時に、養女に貰い受けました。私に子供がおりませんし、あの子が生活環境を変えたいということで……」

「生活環境を変えたい？」

ミチルが鸚鵡(おうむ)返しすると、依子は頷いて、言いにくそうに唇を歪めた。

「その……あの子は子供の頃に、不幸な事件に巻き込まれまして。それが今回の事故に繋がっているんじゃないかと、心配でならないんです、私」

（不幸な事件……ってあれか？）

文献そっちのけで二人の会話に集中していた伊月は、ハッと息を呑んだ。

「不幸な事件とは、何でしょうか？　他言は致しませんので、話していただけますか？」

「……はい、実はあの子は……小学三年生の時に、お友達と一緒に誘拐されたんです」

依子は、幾度か口ごもりながらも、昨日彼らが和子に聞いたのとそっくり同じ話をした。そして、こう続けた。

「雪乃は……当時は友紀子といったんですが、それまでは内気ではありましたけれども、決して陰気な子供ではありませんでした。けれども、事件の後、すっかりふさぎ込んで、自分の内に閉じこもるようになってしまって。妹は酷く心を痛めていました」

ミチルは、あくまで冷静に言葉を挟む。

「それは、誘拐、監禁されたことは凄いストレスだったでしょうから、子供といえどもその後遺症に悩まされるのは、ごく自然なことだと思いますけど？」

「それはそうなんですが、本当に、何かにじっと耐えているような表情で、何も喋らなくなってしまったんです。警察に事情聴取を受けても、両親に諭されても、じっと俯いて、唇を噛んで……」

「何かに……耐えている？」

「ええ、これは妹の話ですけど……あの子はあの事件で、胸の内に何か大きな秘密を抱えてしまったのではないか、それで、その重みに耐えかねて、心を閉ざしてしまったのではないかと……」

「大きな秘密？」

ミチルは首を傾げる。依子は、曖昧に頷いた。

「ええ。それが何かはわからないまま、妹は医者の薦めもあり、雪乃を私に預けることにしたのです。環境を変えてみるのが、いちばんいい治療法だろうということで」

「……それで？」

「確かに、人の目や噂に晒されることもなく、一人でゆっくりできたのがよかったのでしょう。あの子も徐々に落ち着きを取り戻し、私のもとから新しい学校に通いたいと言うようになりました。でも、どうしても家には帰りたがらなくて」

「それで、結局、養女に迎えられたわけですね？　名前もその時に？」

「ええ。養女にしたときに、本人の希望で」

「それほどまでに、誘拐事件のことが心の傷になっていて、それまで暮らしていた環境のすべてを忘れ、変えてしまいたかった、ということでしょうか」

「おそらくは。……けれどあの子は、結局私にも、最後まですっかり心を開いてはくれませんでした。とうとう、あの事件のことについては、私にも何も語らないままでしたし」

「何も？」

「ええ。私のことを母と呼んでくれはしましたが、決して心から慕ってくれているのではありませんでした。何というか、いつも距離を置いて礼儀正しく接しているような、そんな感じで」

（そういや、あの卒業式の写真も、そういう感じだったなあ）

いっそ向こうへ行って直接話を聞きたい気持ちをぐっと抑え、伊月は音を立てないように椅子に座り直した。背もたれに、ダラリと背中を預ける。

「それで、そのことが、雪乃さんの死因に何か関係があると仰るのですか？」

ミチルの問いかけに、依子の上体が少し揺れた。細い目を見開き、ミチルをキッと見る。

「先生、本当に、あの子は自殺ではないんですの？『その他及び不詳の外因死』というのは、どういうことなんでしょう？」

「ああ……それは、ですね」

ミチルは慎重に言葉を選びながら、ゆっくりとした口調で答えた。

「自殺でないかどうかは、我々の意見や現場の状況をもとに、警察のほうで決めることです。雪乃さんの時は、警察のほうで、自他殺とも事故とも断定できないということで、あの項目に分類を……」

「実はここに来る前、警察のほうでもお話を聞いてきました。担当の方が相手をしてくださって、他殺の可能性は、最初からなきに等しかったと、そう仰いました。あの子の周りには誰もいなかったからと」

ミチルは、同意する代わりに、瞬きで頷いて先を促す。

「ただ、どうしても自殺か事故かは断定できないんだと、そうも聞きました。本当ですか？」

「私たちも、そう聞いております」

「あの子の……その、身体をご覧になったのでしょう？　あの子が自殺した証拠みたいなものは、ありませんでしたでしょうか」

ミチルは、眉をひそめ、依子の顔を凝視した。

「自殺の証拠……ですか？」

「ええ。本当に、何もわからなかったんでしょうか？　あの子、自殺したんじゃないんですか？」

依子は、執拗に問いを重ねた。その目には、祈りにも似た色が浮かんでいる。

(この人……。娘に、自殺しててほしいのかな。変な訊き方だよなあ)

伊月のそんな思いを、ミチルも共有していたらしい。こんな質問を、彼女は口にした。

「すみません。変なことをお訊きしますが……。お嬢さんの死が自殺であったことを、望んでおられるんですか？　それとも、何か、警察に話していないことで、お嬢さんが自殺する理由になるようなことをご存じなんですか？」

「いえ、そういうわけではないんですけど」

自分の質問の奇妙さに気づいたのだろう、依子は少し顔を赤らめ、そしてこう続けた。

「あの子、本当に当たり障りのないことしか私に話してはくれなかったんですけど、それでも死ぬ少し前、縋るような目をして私に言ったんです。『もう何年も前に死んだはずの人を見るって、どういうことだと思う？』って」

「もう何年も前に死んだはずの人……？　本当の親御さんとかですか？」

依子は、イヤにキッパリとかぶりを振った。

「いいえ、あの子の生みの親は二人とも健在ですわ。あの街に帰るのは嫌らしく、自分から会いに行こうとはしませんでしたけど、たまに、外で一緒に食事をしていたようですし。決して、関係は断絶してはおりませんでした」

「じゃあ、それはいったい……？」

「いつも無表情だった雪乃が、あの時は怯えた顔をしていました。あの子の心を乱すのは、ただ一つのことだけなんです」

「……誘拐事件に関すること、ですか？」

ミチルの声が、少し低くなる。伊月も、椅子から背中を浮かした。

依子は、はい、と頷いた。

「何年も前に死んだはずの人……それは恐らく、雪乃と一緒に帰ってきた二人のお友達のことではないと思います。彼女たちのお名前は、同窓会の名簿でお見かけいたしておりますし。ですから……死んだはずの人とは……」

ミチルは、グイと依子のほうへ身を乗り出して、その続きを口にした。

「三人を解放後、自殺した犯人。あるいは、ついに一人だけ戻らなかった、小山田美雨さん。彼女の遺体は発見されていなくても、生きている可能性はほとんどないと言ってもいいでしょう。雪乃さんが抱えていたとあなたが仰る『大きな秘密』とは、そのいずれかの死に関係している。……そうお考えですか？」

依子は頷いた。

「ええ。ですから私、あの子を問い詰めました。お願いだから、一人で苦しまずに打ち明けてほしいと。それがどんなことであれ、あの子は十分に悩み、傷ついたのですから」

「……それで？　雪乃さんは何と？」

「あの子は悲しげな顔をして、『言えないの。約束だから』と言いました」

「約束？　誰とです？」

「わかりません。それは言おうとしませんでした。そして、こうも言いました。『もし本当のことを知ったら、お母さんは、私を娘に貰ったことをきっと後悔するわ』と。私は驚いてしまって、咄嗟に何も言えませんでした。あの子はとても傷ついた顔で私を見て、それきり何も……。そして、あんなことに」

依子は、バッグからハンカチを出して、両目を覆った。

「あの時、私が何か言ってやれたなら、雪乃を救ってやることができたのではないかと……そう思えて仕方ないんです。本当の母親なら、もっと何か言ってやれたのではないかと」

「それはあくまで『もし』の話であって、誰にもわからないことですけど。……その話、警察には？」

「しましたけれども……警察の方も、それではあまりに漠然とし過ぎていて、何とも言いようがないと」

ミチルは、同感、と言いたげに肩を小さく竦めた。

「先生、本当は、雪乃は自殺したのではなかったのでしょうか？　もしそうなら、それは私の責任なんです。私が、あの子の苦しみを、とうとう取り除いてやることができなかったから。……そう思うと、あの子にも、あの子を養女にくれた妹にも申し訳なくて」

「わかりません」

ミチルは、極めてあっさりと……ロッカー越しに聞いている伊月の耳には、冷淡とも感じられるほど抑揚のない声で即答した。

「もし、私の心情をおもんぱかって、先生方が自殺を隠しておられてたりするなら、どうか……」

「そんなことはあり得ません。私たちが、遺族の方々を思って死因を偽証することなど、決してありません」

怒っているのではないかと思われるほど、ミチルの答えは素早く、そして断定的だった。しかし彼女の表情は、冷ややかとさえ思われるほど落ち着き払っている。

「教授も、同じ答えしか申し上げられないと思います。自殺の可能性はありますが、断定はできないんです。ご遺族の中には、あなたのように、死の責任が自分にあると思いこんで悩まれる方は沢山おられます。ですが、そうなさったところで死者は戻りませんし、あなたが救われることもありません。……どうぞ、答えのない疑問に悩まれるのはお止めになってください」

「ですけど……」

「雪乃さんは『本当のことを知ったら、お母さんは、私を娘に貰ったことをきっと後悔するわ』と仰ったんでしょう？　ということは……その言葉の意味はどうあれ、彼女はあなたに自分のことで後悔してほしくなかったわけです。その時も、恐らく、今もね。詭弁に聞こえるかもしれませんが」

（詭弁だねえ……。ミチルさん、意外と詐欺師だ）

伊月はそう思ったが、その「詭弁」は、依子には有効だったらしい。

「すみません。失礼なことを申しました。……聞いてくださって、ありがとうございました」

依子は、恥ずかしそうに詫びると、頭を下げ、立ち上がった。

「お力になれず残念ですけど……」

ミチルもそう言いながら、席を立つ。

依子のために事務室の扉を開けてやりながら、ミチルはふと思い出したように口を開いた。

「そういえば……。私からも一つ、お訊ねしてもいいでしょうか？」

「……はい？」

半分廊下へ出かけていた依子は、半身を捻るようにして振り返り、ミチルを見た。

「雪乃さんの左手……。中指と薬指の付け根の間に、青い小さな痣があったのをご存じですか？」

ああ、と溜め息のように微笑して、依子は頷いた。

「やっぱり、専門の方は、本当に細かなところまでご覧になるんですね。ええ、確かにございました。ですけど、それが何か？」

「あれは、生まれつきのものなんですか？　いえ、単に好奇心からお訊きするので、死因には何の関係もないんですけど」

「いいえ、生まれつきではないようです。私もいつか気がついて、本人に訊ねたことがございました。そう言えばあの時も、何か奇妙なことを申しておりましたような気が」

「奇妙なこと？　どんなことを？」

ミチルは、胸に何かが「引っかかった」ような感じを憶えながら、更に追及した。

依子は少し考えて、そうそう、と小さく頷いた。

「そうです、確か『鉛筆で思いっきり突いたのよ』と言っていました。どうしてそんなことをしたのと訊ねると、あの子、怖い顔をして『約束を忘れないように』って」

「約束を忘れないように……。すみません、妙なことをお訊きしまして。ありがとうございました」

ミチルは口の中で雪乃の言葉を転がしながら、礼を述べ、頭を下げた。

「こちらこそ。……話を聞いていただいて、少し気持ちが楽になりました」

廊下を遠ざかっていくほっそりした依子のシルエットを見送り、ミチルは大きな溜め息をついた。

2

「聞いた？」

依子が帰るなり、マグカップ片手に流しのほうへやってきた伊月に、ミチルはうんざりした表情で訊ねた。

伊月は、ニヤニヤと笑いながら肩を竦め、

「聞きましたよ。ミチルさんも意外に口が上手いっすね」とからかった。

「人を詐欺師みたいに言わないでよ。あれはあれで、結構本心なんだから」

「わかってますよ。それより……最後に何言ってたんすか？　あれはさすがに聞こえなかった」

「ああ……。指の付け根の痣のことをね」

ミチルは、最後に依子に聞いたことを、伊月に語った。

「鉛筆で思いっきり突いたぁ？　約束を忘れないように？　何だそりゃ」

インスタントコーヒーを立ったまま啜りながら、伊月は素っ頓狂な声をあげた。

「だからあの痣は、鉛筆の芯の粉が皮下に沈着して、入れ墨みたいに残ったものなのよ。だけど、いったい何のためにそんな痛いことしたのかしら。『約束』って何なのかしら」

冷蔵庫からダイエットペプシを出してマグカップに注ぎながら、ミチルも首を傾げた。

「ねえ、伊月君、覚えてる？　確か、海野ケイコの左手の同じ場所にも、同じような痣があったでしょ。あれも多分、同じ機序でできたものだわ。だとしたら……」

「『秘密』は、例の誘拐がらみ？　でもって、それを聞いたら、義理のお母さんにも見損なわれるような『本当のこと』と同じことなのかも」

「ええ。……おそらく長谷雪乃と海野ケイコは、例の誘拐事件について、同じ秘密を共有していたわけね。だけど二人とももう死んじゃって、それを知ることは誰にもできない」

「……ってことは！」

伊月は、流しに飲みさしのマグカップを置いて、人差し指を立てた。

「その秘密を知るためには、後一人の生き残り……ええと、なんてったっけ」

「小山田理江。双子の姉のほうね。その人に会うしかないわ……だけどさ、伊月君」

ミチルは溜め息をついて、伊月を見た。

「刑事じゃあるまいし、私たちがそんなことするわけには……」

「そうですよね。……あ、刑事で思い出した。俺、ちょっと筧に電話してきます」

「筧君に？」

「あいつ、昨日言ってたじゃないすか。長谷さんが名前変えた理由を調べてみるって。その必要なくなったって言ってやらねえと」

「ああそうか、無駄骨折らせちゃ可哀相だもんね」

伊月が警電を使って筧に連絡している間に、それまで自分の席で事務仕事に励んでいた峯子がやってきて、テーブルの上の茶器を流しに運んだ。

「ねえ、伏野先生」

「何？」

グッタリとテーブルに伏せていたミチルは、気怠げに顔を上げた。

峯子は洗い物をしながら、軽い口調でこう言った。

「私は何が起こってるのかよくわかんないですけど……。都筑先生が、とっても心配してますにゃ？　変なことに首突っ込んでるんじゃないか、って」

「うん……わかってるネコちゃん」

ミチルは、再び顔を組んだ腕の上に伏せて、モゾモゾと言った。

「ホントに変なことに首突っ込んでるんですか？」

「んー……。変っていうか、何か気持ち悪いこと」

「何だかねえ」

峯子はお母さんのような口調で、ま、いいですけど、と言った後、こう付け足した。

「どこへ行くときも、スマホだけは持っててくださいね。二人まとめて行方不明のうえ変死体、なんてご免ですよ。そうでなくても、陽ちゃん風邪引いて、ここは人手が足りないんですから」

「はいはい、わかってます」

ミチルは、苦笑混じりにそう言って、右手をヒラヒラさせてみせた……。

ずいぶん長い間、電話で話し込んでいた伊月は、テーブルに戻ってくるなり、米酢を一リットル飲み干したような顔をして、ミチルの向かいに腰を下ろした。

「……どしたの？」

まだテーブルに伏せたままだったミチルは、伊月の様子が変なのに気づき、顔を上げた。

伊月は口を開けば吐きそうと言った風情で、長い前髪を鬱陶しげに掻き上げつつ言った。

「筧の野郎、上司が以前にH署にいたことに気がついて、例の誘拐事件についていろいろ訊いたらしいんですよ。で、気色悪い話を電話でさくさく喋りやがって」

「気色悪い話？」

ノロノロと身を起こしたミチルは、両手で頬杖をつき、伊月の言葉を待った。

「そうですよ。この気色悪さを是非とも分かち合ってもらいますからね！」

「うう、嫌な気合い入れてるわね伊月君……。で、何？」

右肘をテーブルについた伊月は、手のひらでシャープな頰を支えつつ、心底うんざりした口調で話しだした。

「犯人は自殺しちまって、いったい誘拐した四人の女の子たちに何したのか……特に、帰されなかった小山田美雨でしたっけ、その子に何をしたのか、どこへやっちまったのか、表向きにはとうとう何もわからずじまいだったわけですよね」

「……うん。だけど、表向きにはって、どういうこと？」

「ところがね、犯人の自宅の布団から……実は出たらしいんですよ」

「何が？」

伊月は眉間に深い縦皺を刻み、唇を歪めて言った。

「……血痕と、精液斑」

「……うわ」

ミチルも、嫌そうに顔を顰める。

「私、そういうの生理的に苦手なんだけど……。それって、誰の？」

「精液斑の血液型は、検案時に採取した犯人のものと一致したそうですよ。……で、血痕から判定した血液型は……」

ミチルは、額に皺を寄せ、口元をちょっと歪ませて伊月を見る。伊月は、深い溜め息混じりに言った。

「……救出された女の子たちのうち、小山田理江のものと一致したんだそうです。だけど、理江のほうには、診療録の写しによれば、暴行された形跡はなかったらしくて……ってことは」

「それって、一卵性双生児の妹である美雨とも一致してるわけよね」

「……そういうことです」

「いやーんな話……」

「ほんとにね」

ミチルと伊月は顔を見合わせ、溜め息をついた。

「つまり……一人だけ犯人の手元に残された小山田美雨は、犯人に強姦された可能性が強いってことね」

「そういうこってすね」

二人の間に、何とも寒い沈黙が落ちた。峯子がパソコンのキーボードを叩くカタカタという乾いた音だけが、室内に響き渡る。

やがて、ミチルはゆっくりと頬杖から顎を上げ、

「決めた」と言った。

伊月は、物憂げな視線をミチルに向ける。

「何をですか？」

「明日さ、土曜日でしょ。解剖入らなかったら、午後から会ってくるわ、小山田理江に」

「ち……ちょっと待ってくださいよ」

伊月は驚いて、口をあんぐり開けつつも、ミチルを諫めようとした。

「さっき、自分で言ってたんじゃないですか。俺たちは警察じゃないんだから、その小山田理江って人に会うわけにはいかないって」

「だけど……。ここまで調べて、彼女に会わなかったら……。それで、もし彼女に何かあったら？　誘拐された子供たちの中で、まだ生きてるのは小山田理江ただ一人なのよ」

ミチルは、妙に思い詰めたような暗い瞳をして言った。

「そりゃそうですけど、何かあったら、って……？　ミチルさん、やっぱり、長谷雪乃と海野ケイコの死が、例の誘拐に関係してるって思ってるんですね？」

ミチルは頷いた。

「たぶん、長谷雪乃が怯えていた『何年も前に死んだはずの人』って、小山田美雨のことだわ。だって、犯人はすぐに自殺したんだもの。『死んだはず』なんて曖昧な言い方をするあたり、それはきっと、行方不明になった美雨のこと。それに、彼女が抱えてた『秘密』は、ケイコも同じように胸に秘めていたはずね」

「そして、おそらく雪乃とケイコは、その共通の秘密を『指の痣』によって、それぞれの胸の内に封じ込むって誓いを立てたわけですよね。だとしたら、きっと一緒に帰ってきた理江も……」

伊月の言葉に、ミチルは頷く。

「たぶん、同じ秘密を抱えてる。……そうすると、何となく想像できるわよね。その秘密は、『どうして小山田美雨だけが残されたのか』に関係してるんじゃないかって」

伊月は、急に寒気を感じて、身体をブルリと震わせた。それにもかまわず、ミチルは熱っぽく言葉を重ねる。

「十年以上前に死んでるはずの小山田美雨……。その美雨にまつわる『秘密』が、雪乃とケイコの死に関係しているとしたら？　だったら、二人のいまわの際の台詞にも、何だか筋が通るじゃない？」

「どんなんでしたっけ。あ、『どうして今さら』か……。確かに。って、ちょっと待ってください。それじゃあ、その三人は、美雨を何か後ろ暗い手段で置き去りに……

悪く言やあ、生け贄にしたってことですか？　でなけりゃ、そんなふうにビビることあないでしょう」

ミチルは、小さく肩を竦めた。

「そう考えるのが、いちばん自然だと思わない？　でも、だとしたらさ、伊月君」

伊月は、ゴクリと生唾を飲み込んだ。

「あの二人にそんな台詞を言わせたってことは、死んだはずの小山田美雨は生きていた、ってことっすか？　そして、彼女たちに復讐を……？」

「もしそうだったら、凄く怖いなあと思って……」

伊月の拳が、どんとテーブルを叩いた。

「滅茶苦茶怖いですよ！　だって、現場じゃ誰も彼女たちの周囲にいなかったんですよ？　もし生きててあの二人を殺したとしたら、いったいどんなトリックを使ったんです？　小山田美雨は」

ミチルは、困った顔でかぶりを振る。

「そんなのわかんないわよ。全部、私が勝手に立てた仮説なんだから。小山田美雨が生きてるって確証も、二人を殺したって証拠も何もないんだもの。だからこそ、小山田理江に会いに行くのよ。本当のことを知ってるのは、彼女だけだから。私が行ったからって話してくれるとは限らないけど……。でも、雪乃とケイコはあんなに短期間のうちに死んだ。私たちが今立てた仮説がいくらかでも正しければ、彼女の身も危ないはずよ」

「その辺で怖がらせておいて、つけいる隙はあるってわけですか」

「……嫌な言い方しないで」

ミチルは少しむくれたようにそう言って、しかし、そのとおりよね、と幾分自嘲気味に頷いた。

「小山田理江の身を案じる、って理屈をこじつけて、自分の好奇心を満足させようとしてるのかもしれないわ、私。だけど、そうせずにはいられないもの。正直に身分を明かして、いっぺんだけ会いに行くわ」

「それ、所轄に言ったほうがいいんじゃないんですか？」

「あのねえ、伊月君。所轄に今私たちが思ってるようなこと話したら、どうなると思う？」

うんざりした口調でミチルにそう言われ、伊月は片眉を吊り上げて、少し考えてから答えた。

「馬鹿じゃねえかと思われるのがオチっすね」

「わかりました。じゃあ、俺も一緒に行ってもいいっすか？」

伊月は期待を込めて訊ねたが、ミチルは即座に却下した。

「いきなり二人で押し掛けても、先方を萎縮させるだけでしょう。明日は、私一人で行くわ。もし何か聞けたら、その時はちゃんと話すから」

「……了解」

渋々ながら伊月は頷き、そして立ち上がった。

「じゃあ、俺はここで昼寝でもしながら、ミチルさんの幸運を祈ってますよ」

「うん。そうして」

「それにしても……」

大きく伸びを一つしてから、伊月は呟いた。

「小山田美雨は生きている……か……。ジェイソンみたいだな。怖え」

3

「理江はもう、こちらにはおりません」

「でしょ」

翌日の昼過ぎ、和子に借りた卒業アルバムの住所を頼りに小山田理江の自宅を訪ねたミチルだったが、玄関先に出てきた初老の女性は、平板な口調でそう告げた。

正直に名乗る、と伊月に言ったものの、いざ玄関のインターホンを鳴らす段になってみると、なんと挨拶したものか、どう話を切りだしたものかと、延々と悩み続けていたミチルである。

理江はもういないと切り口上で告げられては、戸惑うやら心の中で変に安堵してしまうやら、すっかり妙な顔になって、絶句してしまった。

「……あ……じゃあ……どこに？」

「今は家を出て、Y市のほうにおりますけど。……お宅は？」

恐らく理江の母親であろうその女性は、訝しげにミチルの顔を見た。

「あ、あの、すみません、私……」

何も身分を偽るつもりなどなかったのだが、慌てたミチルの口から飛び出したのは、やはり「嘘八百」であった。

「私、理江さんの小学校時代の同級生で、伏野と申します。ええと、ずっと遠くにいて、久しぶりにこちらに帰ってきたので、理江さんに会いたくて……」

理江本人にならともかく、母親に自分の身分を明かしては何やら面倒なことになりそうだと、本能が勝手に判断してしまったのである。

幸いそれを聞くと、女性は、ああ、と警戒の色を解いて微笑んだ。

「あら、お友達ですか。すみません、折角来てくださったのに。……ちょっとお待ちになってくださいね」

そう言って家の中に引き返すと、女性はほどなく小さな紙切れを持って戻ってきた。そして、それをミチルに差し出しながら言った。

「ちょっと遠いですけどね、ずっとこちらにおられるんだったら、訪ねてやってくださいな。一人暮らしなんで、何かと寂しいと思いますんでねえ」

ミチルが受け取って見てみると、慌ててメモしてきてくれたのだろう、その紙片には、理江の住所と電話番号が、走り書きで記されていた。

「ええ、そうさせていただきます」

ミチルはできる限りの愛想の良さでにっこり笑い、女性に礼を述べた。

小山田家を辞して大通りに出ると、ミチルは、ふう、と安堵の溜め息をついた。

「はあ……キンチョーした。折角覚悟を決めて行ったのに、全然予想外の展開なんだもん」

そして、一瞬空を仰いだ彼女は、駅に向かって重い足取りで歩き出した。メモに書かれた住所は、確かにここからはずいぶん遠い。

（それにしても、ひとりで来て大正解）

もし伊月が同行していれば、さっきの台詞は通用しなかっただろう。母親を警戒させてしまい、理江の住所も教えてもらえなかったに違いない。

（やっぱり、今日はついてるんだから、頑張って行ってみよう）

自分自身に言い聞かせるようにうんと一つ頷くと、ミチルは足を速めた……。


そして、午後二時半。

電車を乗り継ぎ、タクシーを使って、ミチルはやっと、メモに記された小山田理江のマンションにたどり着いた。

主に学生や単身赴任者向けらしい小さな部屋が並ぶ、まだ新しいそのマンションの三階に、理江の部屋はあった。

さっきの母親の話によれば、理江は専門学校卒業後、Y市内の歯科医院で、歯科助手として働いているはずだ。

（今度こそ正直にね）

理江が出てきたら言うべき言葉を頭の中で何度も繰り返し、久しぶりに袖を通したスーツの上着の裾を伸ばしてから、ミチルはドアホンを鳴らしてみた。

一度目は、何の反応もなかった。

(留守かな……。土曜日だもんね。出かけてるかも)

それでも念のため、数回鳴らしてみると……扉の向こうで、微かなスリッパの足音が聞こえた。

そして、

「ごめんなさい、テレビ見ていて聞こえなかったもので」

という声とともに、若い女性が扉を開け、顔を見せた。

ジャージ姿の小柄なその女性は、卒業アルバムで見た少女の面影を、多分に残していた。浅黒い丸みを帯びた顔に、クルクルとよく動くドングリ目は、小学生の頃のままである。ただ違うのは、あの頃のおかっぱ髪が、今は緩くパーマのかかった今どきのセミロングヘアになっていることである。

「……ええと?」

彼女は、見慣れないミチルの顔に、戸惑ったように首を傾げた。てっきり回覧板か宅配便だと思ったのだろう。片手には、印鑑が握られている。

ミチルは軽く一礼すると、少々緊張した笑顔で訊ねてみた。

「小山田理江さんでいらっしゃいますか？」

「……ええ、そうですけど？」

女性……小山田理江は、ますます不思議そうに瞬きする。

「突然お伺いして申し訳ありません。O医科大学法医学教室の、伏野ミチルと申します」

「……ほういがく？　……あの、占いのほうの……？」

「いえ、あの、それは『方位学』で……私のほうはこちらです」

ミチルは慌てて手帳を開き、刷り上がったばかりの名刺を一枚、理江に差し出した。こんな気取ったものを使うことなど、そうそうないと思っていたのだが、意外な所で役に立つものである。

それを受け取った理江は、すぐに自分の間違いに気づき、

「イヤだ、ごめんなさい、法医学だったんですね」

とクスリと笑った。しかし、すぐにまた怪訝そうな表情に戻り、今度はミチルを頭から爪先までしげしげと見た。

「あの、だけどどうして、法医学教室の方が……？　私に何のご用でしょうか？」

「……お話を伺いたくて参りました」

本人を前にしてみると、不思議なくらい肝が据わった。ミチルは、扉が開いた瞬間に跳ね上がった心拍数が、徐々に落ちついてくるのを感じながら、落ちついた口調で言った。

「お話って……あの……」

「私は、お友達の長谷雪乃さん……元は牧友紀子さんの検案と、海野ケイコさんの解剖を担当させていただいた者です」

「……え？」

思いがけないミチルの言葉に、理江は、扉を開けて半身を乗り出した格好のままで凍りついた。

「お二人のこと、ご存じですよね？」

そう問われて、理江は無言のまま頷く。ミチルは、理江の大きな目をまっすぐに見て、静かに告げた。

「長谷雪乃さんは三週間前、海野ケイコさんは四日前に亡くなりました」

「ええっ……」

そう言ったきり、理江は絶句した。化粧ッ気のない、年齢より幼く見える顔が、驚きのあまりダラリと弛緩する。

「友紀子ちゃんと……ケイコちゃんが……？　でもどうして……？」

やっとのことでそれだけ言った理江に、ミチルはそっと微笑してみせた。

「ここでそのお話は……。少し、上がらせていただいてもよろしいですか？」

「……どうぞ」

それでもまだ少し躊躇った後、理江は掠れた声でそう言って、ミチルを部屋に招き入れた。

小さなキッチンのついた、八畳ほどの洋室であった。１ＤＫというよりは、ワンルームに近い、狭い住まいである。

「すいません、ここしかなくて……」

そう詫びつつ、理江は炬燵にミチルを座らせ、自分は気分を落ちつかせるためか、お茶を淹れるために姿を消した。

彼女が戻ってくるのを待ちつつ、ミチルは室内をぐるりと見渡した。シングルベッドと小さな洋服箪笥、姿見、そして低い台の上に置かれたテレビ。狭くて物が置けないということもあるのだろうが、極めてシンプルなインテリアである。装飾品といえば、洋服箪笥の上に並べられた写真立てくらいのものだ。

（写真……か）

ミチルは、いくつか並べられたその写真立てを、順番に眺めてみた。

制服姿の理江と友人たち、両親と理江、職場の仲間たちと理江、そしてボーイフレンドらしき若い男性……。様々なスナップ写真が凝ったフレームに綺麗に収められているが、双子の妹、美雨とともに写っている写真は一枚もない。

(そりゃま、思い出したくない事件では……あるもんねえ……)

そんなことを思っていると、理江が、小さな盆にマグカップを二つ載せて戻ってきた。

「すいません、ちゃんとしたティーカップがなくて」

そんなことを言いながら、紅茶をミチルの前に置き、自分もミチルの向かいに腰を下ろした。心なしか青ざめた顔は、緊張で強張っている。

「あの……さっきのお話なんですけど。友紀子ちゃんとケイコちゃんが亡くなったって……本当なんですか？　いったい何があったんですか？」

「それが……雪乃さんのほうからお話しすると……」

ミチルは、長谷雪乃と海野ケイコの死について、その状況をかいつまんで理江に話して聞かせた。

話しながら、ミチルはそっと理江の表情を窺った。

理江は、天板の上に両手を載せ、指を緩く組み合わせてじっと耳を傾けていたが、時折……特に、二人の言葉「どうして今さら」のくだりや、「何かに驚き怯えていたようだった」という目撃証言のくだりで、その目元を激しく痙攣させた。

「そんなわけで、お二人とも不審な死を迎えられたということで、私どもの教室に運ばれました。けれど、検案、解剖の結果、お二人とも、自殺か事故かはとうとうわからずじまいでした」

そんなふうに話を締めくくっても、理江はただ俯き、血の気の失せた唇をギュッと嚙みしめていた。

そしてミチルは、彼女の手にじっと視線を注いだ。心の動揺をそのまま表すような、細かい震えを帯びた指先。

(やっぱり、この人の手にも)

その左手の甲に、探していた「しるし」を見つけたミチルが口を開く前に、理江が、虚空に焦点を結んだまま、消え入りそうな声で呟くのが聞こえた。

「……うだわ……」

「はい？」

ギョッとしてミチルが訊き返すと、理江はゆっくりと視線をミチルの顔に固定した。そして、老婆のように嗄れた声で、もう一度繰り返した。

「美雨だわ……。友紀子ちゃんを突き落としたのも、ケイコちゃんを怯えさせたのも、きっと美雨なのよ」

「美雨……って、あなたの妹さんでしょう？　だけど美雨さんは、誘拐事件以来行方不明なんじゃ……」

機械仕掛けの人形のように、理江は無表情な顔でノロノロと頷いた。ミチルの顔を見つめ……いや、ミチルの顔を通り抜けて、その向こうにある誰かの顔を見ているような眼差しをしている。

そんな理江を見返しながら、ミチルはそっと訊ねてみた。

「あなたの、その左手の痣。それ、鉛筆の芯で？」

理江はハッとして、自分の左手に目をやった。それからゆっくりと、左の手の甲をミチルの顔の前に突き出す。広げた指の先が、ミチルの鼻先を掠めた。

中指と薬指の付け根の間……そこにくっきりと青く浮かび上がる、小さな痣。長谷雪乃及び海野ケイコと同じ場所にある、同じ大きさの「秘密の入れ墨」である。

「誰に訊いたの？」

「雪乃さんの、養母さんに」

「……そう」

平板な口調で、しかし口元に楽しげな微笑すら湛えて、理江は呟いた。

「友紀子ちゃんは、お喋りね。誰にも言わないって誓ったのに……」

「彼女は、それは『約束を忘れないように、鉛筆の先で思いっきり突いた』とお母さんに話しただけです。その約束が何かは……」

「言えやしないわ、あの子には」

妙に自信たっぷりにそう言って、理江は大きな目を三日月形に細め、ミチルを見た。

「それであなたは……『約束』の意味を知りたくて来たの？」

どこか挑むような理江の物言いに、ミチルは戸惑いながらも頷いた。

「あなたが仰るように、雪乃さんとケイコさんを殺したのが美雨さんだと断定はできませんけど……でも、あの誘拐事件が、ううん、あの誘拐事件でどうして美雨さんだけが犯人のもとに残されたのか、その謎が、あの二人の死に関係してるんじゃないかって。根拠も何もないんだけど、そう思ったんです」

「そして、この世でその『謎』を知ってるのは……もう今は、私だけなのね」

ミチルが頷くと、理江は投げやりな口調で、いいわ、と言った。

「話してあげる。だけど、本当のところは『謎』でも何でもないのよ、あれは」

今ひとつ言葉の意味が捉えきれず、ミチルは困惑の表情で黙り込む。それにかまわず、理江は低い声で淡々と語った。


四人の少女を自宅に連れ込んだ犯人は、まだ若い……理江の記憶では、三十代前半ぐらいの男だった。

最初は四人に菓子やジュースを振る舞い、優しいお兄さんのように他愛ない話に興じていた犯人は、やがて日が暮れ、少女たちが家に帰りたがると、突然態度を豹変させた。

急に怖い顔と口調になり、「もう家には帰さない」と言い出したのである。そして彼は、少女たちを包丁で脅し、自宅の地下室に押し込めた。

窓のない、そしてもちろん暖房もないガランとしたコンクリート打ちっ放しの部屋に、少女たちは身を寄せ合い、翌々日の昼まで閉じ込められていた。昼夜の移り変わりは、天井近くに取り付けられた小さな換気窓からわずかに漏れ入る外の光でしかわからなかった。

犯人は、時折食事や飲み物を持って入ってきては、気が向けば最初の頃のように猫なで声で彼女たちに話しかけ、またあるときは荒々しく怒鳴りつけ、怯えて逃げまどう彼女たちを追いかけ回して楽しんだ。幾度かは、誰彼構わず摑まえてはいたずらしようとしたが、四人がかりで抵抗したため、果たせなかった。

だがさすがに、少女四人に泣き叫ばれ、暴れられては、さしもの犯人も閉口したらしい。無理もない。子供といえども、四人揃えばなかなかの力を発揮するだろうし、いくら一戸建てだとはいえ、いつかは彼女たちの声が誰かに聞きつけられないとは限らない。

そこで男は、彼女たちに、恐ろしい条件を出した。

「一人だけ、お兄さんと一緒に暮らそう。そしたら、後の子はお家に帰してあげる」と。

「四人のうち一人だけを、自分たちで選び出せ、って犯人は言ったんですか？」

ミチルの問いに、理江は伏せた目で一つ瞬きすることで頷いた。

「それって酷い。仲間を一人だけ、生け贄に差し出せって……子供にそんな残酷な選択を迫るなんて」

「でも、私たちは選んだのよ」

その時のことを思い出しているのだろう、理江は左手の痣を見ながら、低い声で言った。

「残された一人があの男に何をされるのかは、子供ながらにわかってた。だけど私たちは怖かった。とにかく家に帰りたかった。このままでいたら、四人ともあの男に殺されるって思ったのよ。寒かったし……あの人、来るたびにコロコロ態度が変わって、怖かった」

「……それは……わかります」

「わかんないわ。あんな気持ち、子供の時に誘拐されてみないと、絶対にわかんない」

吐き捨てるように言って、理江はミチルを睨みつけた。

「私たちは四人で相談する時間を与えられたわ。友紀子ちゃんとケイコちゃんはすぐに、自分たちは一人っ子なんだから、お家に帰らなくちゃ、って言ったの。お家に子供がいなくなったら、パパもママも悲しむからって。友紀子ちゃんはこうも言ったわ。理江ちゃんと美雨ちゃんとこは二人いるんだから、どっちか一人でもいいんじゃない、って」

「……そんなこと……」

「子供って残酷よね。いくら極限状態だっていっても、そういうことを平気で言っちゃうんだから。そして私と美雨は、友紀子ちゃんとケイコちゃんのそんな意見に、反対できなかった。何だかそれがとっても正しい意見みたいに思えたの」

理江は、唇を歪め、自嘲するような笑みを浮かべた。

「それまでは、何をするのも二人一緒だった。双子なんだから、理屈抜きで一心同体だと思ってた。だけど……その時初めて、私は美雨を蹴落としても家に帰りたいって思ったわ。美雨も同じことを思ってるのはわかった。私たち双子だから、お互いの考えてることは手に取るようにわかったの。……あの時初めて、私たちは別々の人間になったのよ」

「……それで……？」

ミチルは、渇いてひび割れそうな喉に気づき、生唾を飲み込んだ。

「私と美雨は、どちらが家に帰るべきか、それは必死で言い合いをしたわ。もちろん、子供の理屈だから、たとえ数分差でも年上が残るべきだとか帰るべきだとか、勉強ができるほうが帰るべきだとか。他の二人も口を出して、結論なんて出るはずもない言い合いだった。……そのうち、ケイコちゃんが言い出したの。『勇気があるほうが生き残るべきだわ』って。きっと、その頃流行ってた刑事ドラマの受け売りだと思うんだけど、その時は妙に説得力があったのよね」

「……それで……？」

「それで、これよ」

理江は、左手の例の痣を、ミチルの目の前に翳してみせた。

「小学生の頃、鉛筆が何かの弾みで刺さったところがこんなふうに痣になったのを、得意げに見せびらかす子供っていたじゃない？　ケイコちゃんは、地下室に転がってた鉛筆を手に刺して『勇気の証』をつけよう、って言ったの。地下室には、尖った物はそれしかなかったのよ」

「……勇気の証……」

「そして、まず自分でやってみせた。そして自分の血で染まった鉛筆を、私と美雨に差し出したの。あんたたちもやるのよ、って。私は泣きそうになりながら、ケイコちゃんに言われるままにやったわ。ううん、もちろん、なかなかできなかったのよ。何度もやりかけてはやめて、とうとう思いきって、やったの。刺したときはあんまり痛くて、本当に泣いた。それでも、どうしても残るのはイヤだった」

理江は、右手でその傷跡……青い痣をそっと撫で、顔を顰めながら話を続けた。

「だけど、美雨は怖がりで……とうとうできなかったの。ケイコちゃんは、まるで裁判長みたいに、これで決まった、残るのは美雨ちゃんよ、って宣言したわ。それで終わりだった。……私たち、やっぱりどこかおかしくなってたのよね。美雨を犠牲にすることを、三人でさっさと決めちゃったの。そんなふうにして……私たちは帰されたわ。美雨は、一人地下室に残された。ずっとあの子の泣き声が追いかけてきた……私たちを呼ぶ声も」

ミチルは、掠れた声で訊いた。

「じゃあ……長谷さんの手の痣は？」

「あれは、帰ってきた後で……やっぱりケイコちゃんに言われて、やらされたの。ケイコちゃんは、あれは『勇気の証』だし『秘密を守る約束の証』なんだって言った」

「秘密を守る約束……」

「家に帰ってしばらくして正気に戻ってみると、自分たちの下した決定がどんなに恐ろしいものか、じわじわとわかってきたのよ。そんな酷いこと、自分たちの親に……ううん、他の誰にも知られちゃいけない、自分たちは人でなしだと言われるって、子供なりに恐れたのね」

「だから……秘密を自分たちだけの胸に納めておくために、あの痣を雪乃さんにもつけさせた？」

理江は、小さく頷いた。

「犯人が自殺して、美雨がどうなったかわからなくって……私は何度も母に告白しようと思ったわ。だけど、そのたびに、あの痣を見て思い直してきた。私は悪くない、勇気がなかった美雨が悪いんだ、って心の中で繰り返してね。他の二人もそう。だけど、友紀子ちゃんはなんだかおかしくなっておばさんのお家に貰われていったし、ケイコちゃんは……自分に他の『勇気の証』をいっぱいつけるようになったの。自分で自分に痛いことして、傷痕を作って」

おそらくはそれが、和子の言っていた、ケイコの自傷癖なのだろう。

（やっと話はつながった……だけど……）

ミチルは、何とも後味の悪い思いを噛みしめながら、それでももう一つ、理江に質問を投げかけてみた。

「『秘密』はわかりました。だけどさっき仰ってた、雪乃さんとケイコさんを殺したのは美雨さんだっていうのは……どういう意味ですか？」

それを聞いた理江は、力無く笑って答えた。

「美雨が、私たちのことを恨んでないはずないじゃない。生きてたなら、きっと仕返しに来るわ。それに、あの二人がそんなに怖がるのは、美雨しかいないもの」

「じゃあ、次に……最後に狙われるのは、あなただってことになりますよね？」

躊躇いながらもミチルがそう言ってみると、理江はふと口を噤み、黙りこくった。

しかし、すぐに、くぐもった笑い声をあげ、こう言った。

「そんなはずないわ。……だってあの子が悪いんだもの。弱虫で、『勇気の証』を入れられなかったんだもの。同じことを、私はちゃんとやったわ。私は悪くない。あの子が……美雨が悪いんだもの。恨まれる憶えなんてないわ！」

笑い声は、徐々に引きつり、高くなっていく。

ミチルはただ、理江のヒステリックな笑いの発作を目の当たりにして、その場に凍りついていた……。

4

そして、月曜日の朝。

ミチルはここしばらくの奮闘がこたえたのか、珍しく朝寝坊をしてしまった。

大慌てで身支度を整え、いつもよりうんと遅い電車で出勤すると、いちばんに声をかけてきたのは、風邪がやっと治ったらしい陽一郎だった。

「おはようございます、伏野先生。今度は先生がお休みかと思いました」

「寝ぼすけさんしちゃったのよ。おはよう、陽ちゃん。元気になった？」

陽一郎は、ニコッと笑って頷いた。

「もう大丈夫です。お休みをいただいてすみませんでした。それより先生、さっき、伊月先生が血相変えて探してましたよ？」

「伊月君が？」

自分の机から、峯子も口を挟む。

「何か、珍しく焦ってましたよ。ここに来るなり警電がかかってきて。受話器置くなり『ミチルさんはっ！』ってもの凄い剣幕で。……あの人が怒鳴るの初めて聞いたから、びっくりしちゃいました」

「……警電？」

ミチルは眉をひそめて事務室を見回した。何となく嫌な予感がした。

「それで、伊月君は？」

峯子は手にしたペンをいじくり回しながら、肩を竦める。

「スマホをひっつかんで飛び出していったから、きっと伏野先生に電話しにいったんだと思いますにゃ……ほら、帰ってきた」

なるほど、伊月愛用のブーツの踵が床を蹴る音が急速に近づいてきて……そして、乱暴に事務室の扉を開けて飛び込んできた伊月は、ミチルを見るなり、その切れ長の目をカッと見開いた。

「あ……ミチルさんっ！　電話したのに！」

「ごめん、音を切ってたから。……どうしたの？」

「どうしたもこうしたもないっすよ！」

ゼイゼイと息を切らしながら、伊月はミチルをきつい目で見て、喘ぐように言った。

「土曜日……小山田理江に会いに行った時……。あんた、俺には言ってないようなろくでもない話、したんじゃないでしょうね？」

いつもは腹立たしいほど涼しげな伊月の白い額に、今は汗に濡れた長い髪がまとわりついている。恐ろしいほど取り乱した伊月の様子に、ミチルはただもう驚いて目を見張るばかりである。

「ろくでもない話って、そりゃおおむねろくでもない話だったけど、土曜の夕方、ここに戻ってきて伊月君に話したので全部よ。……ねえ、理江さんがどうかしたの？」

「さっきY署から電話があったんですよ。小山田理江が、昨日の夜、死んだそうです」

伊月は、まだ息を乱しながら、強張った顔でそう告げた。

「彼女んちの真下の部屋から雨漏りがするって苦情が来て、管理人が合い鍵で入ったら、部屋の中で倒れて死んでたんだそうです。ユニットバスのお湯出しっぱなしで……風呂の水ためてる最中に死んだんだろうって」

思いもよらないその言葉に、ミチルは呆然と立ち尽くした。唇が、壊れた腹話術人形のようにポカンと開いてしまっている。

「ちょっと待って、どうして……？」

「警察医が昨日の夜検案して、不整脈の疑いで検案書出したそうですよ。理江は、高校生の頃に、健康診断で心電図に異常が出て、医者で念のため、精密検査してもらったことがあるらしくて」

「そんなの……。思春期にちょっとした不整脈なんてつきものよ。だって彼女、その時、特に治療をされてないんでしょ？　そんなの参考にして死因決めちゃ駄目だって」

「俺を非難されても困りますって。とにかく、その死因を信じるなら、突然不整脈が起こるようなショッキングな出来事があったんでしょう」

伊月はうんざりしたような口調でそう言ってから、話を続けた。

「玄関の施錠はしっかりしてて、部屋も荒らされてない。犯罪性はないそうです。管理人に話を聞いて、すぐに実家には連絡が行ったそうですが、警察官がマンションを検分したとき、炬燵の上にミチルさんの名刺を見つけて……。法医学教室の人だしってんで、管轄外だけど気を遣って電話してくれたんです」

「……不整脈。土曜日は元気だったのに……そんな急に？」

「ええ、急にね。でもまあ、不整脈って言われりゃ、ああ気の毒に、で納得しますからねえ。便利な死因じゃないですか。……ただ……電話してくれた刑事さんに、遺体の状況についてカマかけてみたら、えらく驚かれましたよ」

伊月は両手で髪を後ろに撫でつけながら、低い声で言った。ミチルも、押し殺した声で訊ねる。

「……カマかけたって……何をよ？」

「外傷はどうだったって。頭に傷があったんじゃないか、って訊ねたら、左側頭部の髪が一束抜けてたんだそうですよ。倒れたときにどこかに引っ掛けたんだろうってことになったそうですけど、床に髪は落ちてなかったらしいです。……何でそんなこと知ってるんだって、えらく不審がられました」

伊月は皮肉っぽい笑みを片頬に浮かべ、ミチルを見た。

「心臓止まるくらい怖いこと……って言やあ、一つしかないでしょう」

「ハッキリと、あの二人を殺したのは美雨だって……そう言ったのは理江さんだったわ。自分は大丈夫だ、だって悪いのは勇気がなかった美雨だって。そう言いながらも怯えてた」

「だったら……考えられることは一つだ。美雨は生きてた。そして、雪乃を殺し、ケイコを殺し、そして理江を殺した」

「殺した……ですって、峯子さん……」

「何かこの人たち、朝から怖い話してるわね……陽ちゃん」

それまでの経緯がわからない陽一郎と峯子は、ただ顔を見合わせるばかりである。

「だけど伊月君。それっておかしいじゃない。雪乃さんの時もケイコさんの時も、周囲には誰もいなかったって証言があるのよ？　それに、理江さんの部屋だって、施錠されて外から誰か侵入した形跡はなかったんでしょ？」

「だから、それがトリックであり、謎なんじゃないですか！　考えてもみてくださいよ。あの三人をわざわざ殺したがる人間なんて、他には誰もいないでしょう」

ミチルの反論にも、伊月は冷ややかに答えた。さっきまでの興奮が去り、いつものシニカルなスタンスが戻ってきたらしい。

「どっちにしたって、俺たちはここまでですよ、ミチルさん。美雨が生きてたとしても、奴を見つけるのは警察の仕事です。彼女は、三人殺っちまった殺人鬼なんだ。おまけにもう、復讐は終わっちまったから、二度と現れねえかも」

「殺人鬼……復讐……」

不意に、土曜日、理江に聞いた話が甦る。

親友だと思っていた雪乃とケイコに裏切られ、一心同体だと思っていた双子の姉、理江に見捨てられ、そして、犯人に強姦され……。もし生きていたとしたら、犯人が自殺した後、どんなふうに生き延びてきたのだろう。考えただけで、背筋が寒くなる思いがした。

「ミチルさんだって我が身に置き換えて考えりゃ、何年かかったって、自分を裏切った仲間を殺しに行くでしょう」

「そりゃそうだけど……」

「三人とも、自殺や病死に見せかけて……いや、自分の姿を見せるだけで、計画的か偶然かはわからねえにしても、殺せたんですよ？　みんな、焦ったりビビったりして、勝手に死んでくれたんだ。そのまま放っとけば足はつかないのに、復讐のしるしに、髪を一掴み、わざわざむしり取るなんて、滅茶苦茶猟奇な殺人鬼じゃないっすか。そんなのに直接かかわるのは、俺もご免ですよ。気持ち悪ぃ」

横を向いて、吐き捨てるように伊月は言った。

「そうよね。理江さんに会ったときに、すぐ『卒業アルバムの人だ』ってわかったわ。環境は違っても、美雨も同じように、小さい頃の面影を残してるはず。忘れられない人なんだから、十何年ぶりでも雪乃さんたちにはわかったでしょうね」

そこでいったん言葉を切ったミチルは、少し躊躇いがちに、しかし言葉を継いだ。

「伊月君の言うことはわかるけど、それでも、私は最後まで見届けたいような気がするのよ」

「最後までって、だってもう、終わったようなもんじゃないですか」

伊月は、投げやりに言って、垂れてきた前髪を鬱陶しそうに掻き上げた。

「これで、例の事件の当事者は全滅、ってことです。結局俺たちは、無駄足を踏んだんですよ。今さら事件の謎が解けたって、あの三人の誰も生き返らない。何の役にも立ちゃしねえんだ」

「……伊月君……」

辛辣な言葉にミチルが思わず声を詰まらせたとき、教授室の扉が唐突に開いた。都筑教授が、眠そうな顔を覗かせる。

「人の部屋の前で大騒ぎするんはやめてんか」

小さい子供を叱るような口調でそう言って、都筑はミチルを見て言った。

「あんな、君が来る前にH署から電話があって、Aダムで子供の水死体らしきもんが見つかったらしいんや。今、引き上げとるらしいわ。そんで、ちょっと現場見に来てもらえんやろかっちゅうから、君、行ってくれるか？」

「あ……はい」

まだ伊月の言葉に受けたショックから立ち直れないままに、しかしミチルは半ば反射的に頷いた。

それを合図に、まるで呪縛が解けたように陽一郎はそそくさと実験室へ去り、峯子は席に戻って、やりかけの入力作業を再開した。

ただ伊月だけが、ふてくされたように両手を白衣のポケットに突っ込み、そこに立っている。

「ご一緒できんで悪いけど、僕、花粉症がほれ、これやからなあ。山ん中なんか連れて行かれたら、死んでまうんや」

「……わかりました。任せてください」

どこまでも呑気な都筑の言葉に、ミチルは思わず笑みを漏らしてしまった。

「頼むわな」

そう言って再び教授室へ引っ込もうとした都筑は、小さな目をシバシバと瞬かせ、そしてチェシャ猫のような笑みを浮かべてこう続けた。

「もうすぐしたら、パトカー迎えに来るから。ああそうや、いい機会やから、君もついて行き、伊月先生」

やがて迎えに来たパトカーに乗り込み、現地へ着くまでの間、ミチルと伊月は一言も口をきかなかった。ただ二人とも、別の窓からぼんやりと景色を眺め、物思いに耽っていたのである。言葉を交わさなくても、二人の胸の内には、同じ思いが澱んでいた。

やるせない脱力感と、未だ不完全燃焼し続けているような焦燥感と、そして、どこか怒りに似たような、ささくれだった感情。

目を合わせれば、それを互いにぶつけ合ってしまいそうで、二人は頑なに……ほとんどムキになって、顔を背け合って座っていたのだった。

「おはようございます。いやあ先生方、すんません、ご足労いただきまして」

ダムに到着してパトカーを降りると、小柄な中年男が駆け寄ってきて、早速ミチルに挨拶した。大阪府警の笠原（かさはら）調査官である。

解剖室では清田と二人で「フットワークが軽い小柄な中年男コンビ」を組んでいる彼は、

「快晴ですなあ。いやはや、先生方にはピクニックも兼ねて、現場でブツを見てもらおうと思いまして。今、ちょうど引き上げたとこですわ」

と快活に喋りながら、ブルーのシートを何枚も張り巡らせて作った即席の大きなテントを指さした。

今ひとつ今朝の青空にそぐわないどんよりとした表情の二人も、相変わらず視線を合わせないまま、ノソノソと笠原について歩き出す。歩きながらも、笠原調査官は、勢いよく喋り続けた。

「いやあ、そもそもこないだ、子供用の靴が浮いてるっちゅう通報が、ここを見回りしとった職員からありましてね」

「ああ、そう言えばそれ、こないだ海野ケイコさんの解剖の時、H署の交通課の人が、ちらっと言ってたわ。子供の靴が浮いてたって」

ミチルはふと、あの銀行員のように慇懃な相川係長のことを思い出した。笠原は、そうそう、と笑った。

「ちょうど水位も下がってる時でもあり、この辺はピクニックコースでもあり、念のため、ダイバーを潜らせる手はずを整えつつあったんですわ。そうしたら今日の早朝、毛布が浮いてる、人の足が出てるようだ、っちゅう電話がありましてね」

「毛布？」

伊月が眉根を寄せて訊ねると、笠原は大袈裟に頷く。

「そうなんです。我々が来てみたら、毛布をこう筒にして、荷造り用のロープで縛ったやつがダムの中に浮いてましてね。……で、毛布の筒の中から、ちっちゃなつま先が見えたんですわ。それで、慌ててダイバー手配して、今、やっと引き上げまして」

「……うわあ」

伊月はその光景を想像して、思わず奇声を発してしまった。

「水中死体言うたらほれ、水から上げたら凄い勢いで腐り始めますからね。すぐに先生方に見ておいてもろたほうがええやろっちゅうことで。……どうぞ」

三人が近づいていくと、入り口に立っていた制服姿の若い警察官が、さっとシートを持ち上げた。ミチルはそのまま、伊月は長身を屈めて、テントの中に入る。

即席テントの中には、出動服の刑事や他の調査官たち、それに鑑識の人々が、問題の毛布を囲んで立っていた。ミチルと伊月が入っていくと、さっと場所を空けてくれる。

「伊月先生、写真お願い」

教室を後にしてから、初めてミチルに声をかけられ、伊月は思わず目を丸くした。

しかし、その驚きを顔には出さずに、はいと短く返事して、手提げ袋からカメラを取り出した。

ミチルは、笠原が差し出したラテックス手袋をはめながら、一同を見回した。もうさっきまでの鬱々とした表情はなく、目の前の遺体に専念するという気迫が、その顔には満ちている。

(この気持ちの切り替えっぷりは……見習わなくちゃな)

そんなミチルの顔を横目で見ながら、伊月は思わず反省したのだった。

「お待たせしました。ここで、とりあえずの検案をさせていただきます」

「よろしくお願いします！」

ミチルの声に、異口同音に警察官たちの返事が飛んでくる。

「では、まずは写真をお願いします」

鑑識のカメラマンを見習い、メジャーを置いて多方向から毛布包みを撮影しつつ、伊月はファインダー越しにその包みを観察した。

濡れそぼった、おそらくは化繊らしい褪せた桃色の毛布は、長さ百二十センチほどの筒状に丸められている。そして、片方の端からは、ヌラヌラとした黒髪が少しばかり覗いており、反対側の端からは、つま先が二つ——片方はズックを履いており、もう一方は靴下を穿いている——はみ出しているのが見える。

まずは水から引き上げたままの外観をカメラに収めると、ミチルは包みのそばにしゃがみ込み、毛布を三ヵ所括っている綿ロープに触れた。結び目から伸びる片方の端は短く断ち切られているが、もう一方はいずれも長く、そしてギザギザにちぎれたようになっている。

「……これは？　最初からこんなふうにちぎれていたんですよね？」

「ええ、そうです。おそらく、この端っこにブロックか何かを結びつけてあったんでしょうな。それが切れたもんで、ぷかーっと上がってきたんですわ」

ミチルの横に同じようにしゃがみ込んで、笠原調査官が言う。

ロープ、切りますか？　と問われて、ミチルは頷いた。差し出された大きな鋏で、苦労しながら一本ずつ太いロープを切断する。伊月は手伝おうとしたのだが、カメラが汚れるから、と言われて、おとなしく引き下がった。

時間をかけて三本のロープがすっかり切断されると、伊月たちはまたさっきと同じ手順で写真を撮った。それから、毛布を半周めくるたびに、また撮影。そういう気の遠くなるような根気強い作業を何度続けたことだろうか。

「これでようやく最後ですなあ。いやはや、えらい几帳面な犯人や」

そんな笠原調査官の言葉と共に、最後の半周が取りのけられる……と。

「……え……？」

「あっ……！」

一同が驚きの声をあげる中で、ミチルと伊月は、明らかに彼らとは違う次元の驚愕に目を見開き、互いに顔を見合わせた。

毛布の中に厳重に包まれていたのは、少女の遺体であった。

茶色く変色したブラウスらしきものとジーンズのジャンパースカートを着た、小柄な少女……おそらく、小学校低学年くらいだろう。

ほぼ「気をつけ」の姿で毛布に巻かれていたその少女の皮膚は、妙にヌラヌラと光沢がある青白い部分とどちらかといえばモロモロした黄色っぽい部分が混在している。おそらくは、ずいぶん長い間水中にあったのであろうその遺体は、しかし、驚くほど生々しく見えた。

伊月がそれまで見たいわゆる「水中死体」とはまったく異なり、全身が緑色に腐敗してもいないし、腐敗ガスでパンパンに膨れ上がって巨人様顔貌にもなっていない。

確か、極めて冷たい水の中に置かれた死体は、腐敗しきらないうちに、体内の脂肪が化学変化して「屍蠟」というものになることがあると、伊月は学生の頃に法医学の講義で聞いたことがあった。おそらく、今目の前に横たわる少女の遺体の状態が、その「屍蠟」なのだろう。

しかし、そんなことは、今の伊月にはどうでもよかった。

眠るように目を閉じた、しかし蠟人形のように硬い表情の、少女の顔。

その顔に、伊月は見覚えがあった。丸い顔、少し太めの眉、閉じていても、目の大きさが想像できるような、プックリと盛り上がった瞼。少し頑固そうな口元……。

「ミチルさん……」

伊月の掠れた呼びかけに、ミチルもヨロリと立ち上がりながら頷いた。

「わかってる。……これ、あの子だわ」

二人は再度顔を見合わせ、それから少女の遺体を見た。そして……同時にその名を口にした。

「小山田美雨」

和子に借りた卒業アルバムの中で見た、双子の笑顔が脳裏によぎる。一人は……小山田理江は、時を重ねて大人になり、一方、もう一人……小山田美雨は、冷たい水の中で、じっと時を止めていたのだ。

「伊月君……これ、見て……」

再びその場にへたり込むようにしゃがんだミチルは、蚊の啼くような声で伊月を呼び、その白衣の裾を引っ張った。

「何ですか？」

脱力してしまい、引かれるままに膝を折った伊月は、ミチルの指さすところに目をやり、再び凍りついた。

今度こそ、冷たい汗が背中を伝うのがわかる。顔面から血の気が引いて、いやにスースーした。

「……ミチルさん……これ……」

ミチルは、伊月の二の腕を摑み、消え入るような声で言った。

「伊月君、私、今、この世界に入って……初めて本気で怖いと思ってる」

伊月も、震えているミチルの手に、自分の手を重ね、ぎゅっと握った。そして、ゴクリと生唾を飲み込んでから言った。

「……俺もです」

力無く伸びた少女の華奢な右腕。マネキン人形のように黄色みを帯びたその固そうな腕の先には、ギュッと握りしめられた五本の指。

そして……その指の間からは……幾筋もの長い髪が、ウネウネと蛇のように伸びていたのである。

言葉を失った二人の背中から、不意に強い風が、入り口のシートを激しくはためかせながら吹きつけた……。

5

少女の遺体を引き上げてから、九時間あまりが経過した。午後八時過ぎの法医学教室である。

「……はあ」

ミチルは、この日何度目だかもうわからない深い深い溜め息をついて、事務室のテーブルに頬杖をついた。

あれから彼らは少女の遺体を大学に持ち帰り、司法解剖を行った。鑑識や科捜研、そして法歯学の専門家とやたらにギャラリーの多い解剖で、無闇に時間ばかりがかかってしまった。何しろ、写真一つ撮るのにも、同じ角度で各々の部署が一枚ずつ、いや下手をすると範囲や角度を変えて数枚ずつ撮影するために、待ち時間ばかりが嵩（かさ）んでしまうのである。

十五分ほど前にようやく解剖を終え、教室に引き上げてみれば、当然のことながら陽一郎も峯子も帰ってしまっており、ただ検案書作成のための印鑑や領収書の用意だけが、テーブルの上に整えられていた。

そして今、ミチルの目の前には、一枚の死体検案書があった。

氏名は不詳、年齢は八〜十歳（推定）、死因は「全身高度屍蠟化のため不詳」。

つい数分前、彼女が自分で書いた検案書である。

（参ったなあ……）

そんな思いとともに、さっき自分が解剖した少女の面影が、何度も網膜に再生される。

まるで、自分を捨てた三人の友人に復讐を終え、この世での未練はなくなったとばかりのタイミングで浮き上がってきた、もの言わぬ少女の冷たく固い顔。ミチルも伊月も、あの少女は小山田美雨だと確信している。最初は半信半疑だった警察の人々も、小学校の卒業アルバムの美雨の写真を見せられると、一様に驚きの色を露にした。

笠原調査官は、もしこれが小山田美雨だとすれば、あの時の誘拐事件にこれで綺麗にカタがつけられると、喜んで帰っていった。

そういうわけなので、検案書の「氏名欄」や「生年月日欄」は、血液型や歯科治療痕(こん)、それにDNAによる鑑定の結果が出揃い、身元が確定してから書き換えることを前提に、鉛筆で書き込まれている。

恐らく、数日のうちに、あの遺体は小山田美雨と断定され、土曜日にミチルが会ったあの初老の女性——理江と美雨の母親に引き渡されることになるだろう。

彼女が産んだ双子の姉妹のうち一人は自室で突然の死を迎え、もう一人は、死後十数年を経て、彼女のもとに戻ってくるわけだ。元はそっくり同じ顔だった双子の娘を、片や大人の女性の姿で、片や幼い少女のままの姿で柩(ひつぎ)に納める母親の心境というのは、いったいどんなものなのだろう。

（なんか、たまんないよね）

我知らずもう一つ溜め息をテーブルに落としたとき、背後からミチルの肩をポンと叩く者がいた。都筑教授である。

「どないしたんや？　疲れたか」

「……疲れました」

途方に暮れた顔でミチルがそう答えると、都筑は、

「要らんことをするからや」

と言ってテーブルの向こうに行き、とっぷりと暮れた窓の外を眺めた。

「すみません」

ミチルも、今度ばかりは素直に頷く。

「やっぱり、自分の守備範囲を外れたことに手を出すべきじゃありませんでした。後味の悪い思いをしただけでした、伊月君も私も。何の役にも立てないのに、無闇にバタバタしてばかり。何やってたんだろう」

「まあ、そうしょげなや。……そう言えば、若旦那はどうしたんや？」

「彼は、清田さんと一緒に、解剖室の後片づけをしてます。私は、サンプルを湯がきに、先に上がってきたので」

それを聞いて、都筑はくるりと振り向いた。小さな目をせわしなく瞬かせながら、怪訝そうに訊ねる。

「サンプルを湯がく？　何やそれ？」

「んー、血液型は明日、陽ちゃんにやってもらいますから、とりあえず臓器からのDNA抽出をやりかけようと思って。酵素液につけておいて、摂氏三十七度でオーバーナイトしちゃうつもりなんです」

「ああ、それで『湯がく』かいな。まあ、綺麗いうても古い死体やから、なかなか抽出も難しいやろな。慎重にやりや」

「はい。……先生はもうお帰りでしょ？」

「うん、僕はもう帰らせてもらうわ。ほな、悪いけどお先にな。伊月君にも清田さんにも、お疲れさん言うといて」

そう言って、教授室からアタッシェケースを持ち出し、部屋に施錠しながら、都筑はふと思い出したように声を張り上げた。

「まあ、僕はことの次第を全部知っとるわけやないけど、君と伊月君にとっては、酷い顛末(てんまつ)やったみたいやな。……挫(くじ)けたか？」

「……え？　あの……」

相変わらずのほほんとした声でそう問われ、ミチルは頬杖からわずかに顎を上げた。答えたものかどうか迷っていると、都筑は再びテーブルの脇まで来て、ミチルの顔を見下ろした。

「これしきで挫けとったらあかんねんで。こういう経験も、決して無駄やない。何ちゅうても、君と伊月君は、『暁天の星』なんやからな」

「『暁天の星』？　何ですかそれ？」

「明け方の空に見える星のこっちゃ」

都筑教授は、ニコニコしながら、洟をすすり上げ、そして言った。

「明け方の空に見える星って、えらい少ないやろ。いっとう明るくて、空の高いところにおる星しか見えん。それと同じや。法医学界における、才能ある若人の数は、えらい少ない。一つの教室に二人も若いドクターがおるなんて、今時珍しい話やからなあ」

「ああ、レアものって感じですか」

ミチルも笑いながら同意した。

「レアは確かですね。こんなとこに来る物好きが、そうそういちゃあたまりませんもの。……能力があるかどうかは知らないけど」

「うーん、悲観せんでええ程度にはあるんちゃうか？　『何事もほどほどなのが幸せよ』っちゅうやっちゃ」

都筑も笑顔でそんなふうに切り返し、床に置いてあったアタッシェケースを手に取った。

「ほんなら帰るわな。お先に」

「はい、お疲れさまでした」

都筑の歯切れのいい足音が廊下の向こうに消えると、ミチルは、よいしょっと腰を上げた。

まだ、清田と伊月は帰ってきそうにない。待っている間に、さっき都筑に言ったとおり、採取サンプルからＤＮＡ抽出を開始する時間的な余裕は十分にあるだろう。

「『暁天の星』なんて、過大評価だけど素敵な言葉。輝ける星としては、気は進まないけど頑張りますか」

重い気持ちを吹き払うようにそう言って、ミチルは白衣に袖を通しながら事務室を出ていった……。

そして翌日の午後七時過ぎ。

実験室には、ミチルと伊月、そして、仕事を終えて立ち寄った筧の姿があった。

気怠げに自分の丸椅子に腰掛け、黒い実験机にもたれ掛かっている伊月を見て、ミチルは苦笑しながら言った。

「疲れてるんでしょ、帰れば？　筧君が迎えに来てるじゃない、タカちゃん」

「ミチルさんまでそーいう呼び方をしないでくださいよ。あ、そうだ。これから筧と飯食いに行くんですけど、ミチルさんもどうすか？」

「ご飯？　素敵だけど、私が入ると邪魔じゃない？」

こちらは借りてきた猫のようにきちんと腰掛けた筧が、ニコニコと首を横に振った。

「今日は慰労会なんですわ。せやし、先生も入る権利ありです」

「慰労会？」

「例の事件の慰労会です。……昨日、タカちゃんから電話かかってきて、延々三時間もその話聞かされました」

「おい、うるせえんだよっ」

伊月は机を叩き、顔を赤くしたが、筧は「だってホンマやもん」と屈託なく笑った。

「三時間！　女子高生みたいね、あんたたち」

ミチルはプッと吹き出しながら立ち上がり、白衣の皺を伸ばしながら言った。

「じゃあ、ちょっと解析の様子を見てくる。今イチだったら、もう一度、条件を変えてアプライしたいんだけど、待てる？」

「いいっすよ」

「待ちますよ。焼き肉だから、頭数多いほうがいいし」

「オッケー」

二人が口々に言うのを聞いて、ミチルは頷くと、まだ笑みを口元に残したまま、泳動槽のある別室へと足早に去った。

「こら筧！　要らんことペラペラ喋んな、お前は」

ミチルがいなくなると、伊月は傍にあった三十センチの物差しで、筧の頭をぺしぺしと叩いた。

「ええやんか～。でないと、僕がなんで全部知ってんのか、伏野先生わからへんやん」

大きな手で頭を庇い、しかし逃げようともせず筧は笑った。

「そんなこたあ、俺が説明すりゃいいの！　夜中にお前に電話して泣きついたみたいで、みっともねえだろ！　まるで本物の女子高生みたいに女々しいじゃねえか」

「せやかて、タカちゃん昨日は女々しかったやん。泣きそうな声で『聞いてくれ』って言うたくせに」

「だー！　もううるせえ！」

「何？　何もめてるの？」

伊月が拳を振り上げたとき、ミチルが戻ってきて不思議そうな顔をした。彼女の手には、プリントアウトしたＤＮＡ解析データがある。

「何でもないっす。……結果、出たんですか？　何を調べてたんです？」

「うん、ちょっとね……」

ミチルはハッキリとは答えず、データをしばらく眺めてから、半分に折り畳んだ。それから、筧の顔をじっと見る。

「ねえ筧君。さっき言ったみたいに、全部聞いたんだよね、今回のこと」

「はい。ほとんど全部聞いたみたいです」

「じゃあさ……」

ミチルは、親指の先にできたあかぎれに触れながら、筧に訊ねた。

「筧君はどう思う？　あの三人、どうして死んだんだと思う？　同じ時期に死んだのは、単なる偶然の重なりだと思う？」

　ストレートな問いをぶつけられて、筧は少し戸惑い、チラリと伊月を見た。しかし、答えを促すように伊月に顎をしゃくられて、まだ躊躇いながらも素直に答えた。

「偶然は小説より奇なり、っちゅうやつかもしれません。でも、それにしたら出来過ぎやなあと思います。女の子の死体上がった話聞くまでは、僕も、美雨が生きとって、三人に復讐しに来たんや、何か自分の姿を見せんと相手をびびらせる、ごっついトリック使（つこ）たんや、って思ってましたけど……」

「『事実は小説より奇なり』が正しいんだけどね、筧君。……けど、何？」

「あ、ほな、まさしくそれですわ。事実は小説より奇なり！　せやから、美雨は死んでたけど、やっぱり三人を殺しに水の底から上がってきた！」

「ばーか。じゃあ何か？　死人がザバザバやってきて、うらめしや～って言ったってのか？　ああ、それこそ小山田理江みたいに、驚いて心臓止まっても仕方ねえや」

「せやけどタカちゃん……それやったら、タカちゃんは何でやと思うねんな？」

「……わかんねえよ」

貶（けな）すときは恐ろしく流暢（りゅうちょう）だった伊月だが、自分の意見を語る段になると、途端に口調が鈍くなる。

「わかんねえけど、とにかく、死体が人間殺しに来てたまるもんか。テレビドラマじゃねえんだぞ？　もっと現実的なこと考えろよ」

「……何をどうしたら現実的になるのか、私もわからないわよ、伊月君」

ミチルは溜め息混じりに言って立ち上がり、ＤＮＡ解析装置の前に座った。そして、カタカタとキーボードを操作し始める。

伊月は、形のいい眉をひそめ、椅子の上に器用に胡座をかいて、ミチルを見た。

「だってミチルさん。三人が殺された……いや死んだのが、例の誘拐事件に関係してるとして、なんで今なんです？　なんで去年でも十年前でもないんです？」

「それは……理江さんが婚約したから、かもしれないわよ」

さっきのデータを、よりはっきりと見やすくなるよう表示方法を色々とアレンジしながら、ミチルはあっさりと答えた。

「婚約？」

伊月も目を丸くする。ミチルは、視線をモニターに注いだまま、静かに頷いた。

「うん。昨日連絡くれたＹ署の人に、お礼の電話したついでに聞いたんだけどさ。理江さん、Ｈ病院の桜井(さくらい)っていう外科医の人と婚約してたんだって、つい最近」

「婚約……。ほなやっぱり……」

何か言いかけた筧の後頭部を手のひらでベシッと叩いて、伊月は物憂げな口調で言った。

「自分を裏切った姉ちゃんが幸せになるのが許せなくて、水の底で目覚めた死体が復讐を開始した……とか言ったら、スティーブン・キングか何かの小説みてえじゃん。もういいじゃねえか、偶然にしとこうぜ。偶然」

「投げやりやなあ、タカちゃん。昨日の夜に較べたら、いきなり冷静やん」

伊月がやつ当たりのように投げつけた手袋を軽々と受け止めながら、筧は伊月をからかった。拗ねた伊月は、頬杖をついて明後日の方角を向き、唇を尖らせる。

「うるせえって。昨日はおかしかったんだよ、俺は。とにかく。あの三人が死んだのは、単なる偶然。俺たちが、素人のくせに下手な深読みして、余計なことを考えたりしたりしたせいで、話がややこしく見えてただけなんだ」

「……そうかなあ……」

「そうなんだよ！　あの三人が短期間に次々死んだのも、それぞれの事情。美雨の死体が上がったのも、たまたま死体にくくりつけてたブロックのロープが切れたから。

それでいいじゃねえか」

「そうよねえ……」

気のない返事をしながら、ミチルは再びキーを叩き、データの一部を拡大して観察した。それから、ようやく納得いく画面になったのか、またプリンターを稼働し始める。

「ミチルさんはどう思うんですか？」

「うーん……」

しばらくモニター上のデータをじっと見ていたミチルは、いったんそこを離れ、ペタペタと陽一郎の机に行くと、彼の「血液型ノート」を開いた。

可愛らしい丸文字がびっしり書き込まれたページをめくり、探していたものを見つけると、またそこに視線を固定する。

「……ミチルさん？」

伊月が不思議そうに声をかけると、ミチルは、心なしか青ざめた顔で、返事もせずにノートを置いた。そして、再びプリントアウトしたデータを取り上げ、今度は自分の実験ノートと何やら照合し始めた。

伊月と筧は顔を見合わせ、そして今度は筧がおずおずと声をかけた。

「あの、伏野先生？　調べ終わりはったんやったら、飯行きません？」

「……その前にさあ……」

ミチルは、今度こそ明らかに強張った顔で、伊月を見た。

「伊月君、今の本気だよね。何もかも偶然、っての」

伊月は、戸惑いながらも肩を竦め、頷いた。

「もちろん、本気っすよ」

「じゃあさ、私がこう言っても……その説を主張してくれるかな」

「……何です？」

ミチルが答えようとしたとき、実験室の扉が開き、都筑教授が顔を出した。

「もう帰るで。……と、何をみんなして寄り集まって深刻な顔しとるんや？」

都筑はミチルの蒼白な顔を見ると、心配そうに実験室に入ってきた。

「何や？　何見とるんや、そのデータは」

「……あのですね」

ミチルは小さく咳払いすると、机の上から、小さな紙包みを出してきた。そっと開くと、そこには長い髪の毛が渦を巻くように入っている。

「この頭髪は、毛の色や形状から三種類に分けられたんです。ですから、そのそれぞれについて、陽ちゃんに血液型を調べてもらって、私は毛根からDNAを抽出し、STR（Short Tandem Repeat）型判定をしてみました」

「STR型判定？」

伊月と筧が同じ質問を口にする。

「STRっていうのは……そうね、簡単に言うと、DNAには、決まった短い塩基配列が何度も繰り返してる部分があって、そのことを指して言うの。その繰り返し数が、人によって違うのね。だから、繰り返しのある場所を幾つも調べて、繰り返しパターンの組み合わせを見ることによって、個人識別ができるの……」

「ふうん。そんで、調べてどうだったんですか？」

「陽ちゃんの調べてくれた血液型と……科捜研の綾郁さんに頼んで、昨日のうちから突貫作業で調べてもらったミニサテライト多型と……それから私が今流したSTR型判定のゲルと……全部合わせてみたら……」

「たら？」

都筑も首を傾げ、ミチルの言葉を待つ。

ミチルは、大きく一つ深呼吸すると、ノートを閉じ、そして机にもたれ掛かるようにして三人の顔を見ながら、ゆっくりした口調で言った。

「それぞれの結果は、長谷雪乃、海野ケイコ、小山田理江のものと一致しました。一卵性双生児だから、理江さんの分は、もちろん美雨さんとも一致するんだけど……でも美雨さんの毛はおかっぱで短かったから違う」

「その髪の毛は、どっから来たんや、伏野君?」

都筑の問いに、ミチルは伊月を見ながら、低い声で言った。

「水から引き上げた女の子の……おそらくは小山田美雨の遺体が、握っていた髪の毛です」

「……えぇっ!?」

筧は驚きの声をあげ、伊月は整った顔を引きつらせる。都筑は、ただ小さな目をパチパチさせながら言った。

「何やそれ?」

ミチルは、固い声音で、しかし淡々と話し続ける。

「推定十数年間、水中にあったと思われる死体が握っていた髪の毛から、こんなに簡単にDNAが抜けるなんて、考えられません。……現に、女の子本人の頭髪からは、同じ方法では抜けませんでした。また条件を変えて試しますけどね」

「……ほな、その握ってた髪だけ新しいんかいな」

「多分……そうなんでしょうね」

ミチルは困惑の眼差しで都筑を見、そして探るような視線を伊月に向けた。

「それでも、さっきの『全部偶然説』を主張してくれる？　筧君に『馬鹿なこと言うな』って言える？」

ミチルは、灰色のリノリウムの床に視線を落とし、低い声で呟くように言った。

「前に、伊月君が自分で言ったのよ。『小山田美雨は、姿を見せるだけであの三人を殺すことができる唯一の人間だ』って意味あいのことを。忘れたの？」

伊月も明後日の方向を向き、吐き捨てるように言い返す。

「自分の言ったことだから、忘れちゃいませんよ。けど、ありゃあ、美雨が生きてりゃ、って仮定の話だったんです」

「じゃあ、考えてもみてよ。美雨が仮に生きているとして……雪乃さんとケイコさんを死に追いやるために自分の姿を見せるってことは、誰かに自分の姿を目撃されるってことだわ」

「だからそれは、何らかのトリックを使って……」

「トリックなんて考えつかないくせに」

伊月の反論をピシャリと遮って、ミチルは言葉を継いだ。

「じゃあ、それはいいわ。でも、美雨が生きていて……たとえば姉の理江さんみたいに成長していたとして、その人が姿を見せただけで、果たして瞬時に美雨その人だって確信できるかしら？」

「うーん、それもそうですやんね。世の中には、似た顔の人が三人いるて言うし」

筧が、長い顎の先を片手でいじりながら首を捻る。

「面影がよく似た人だと思って、ドキッとすることはあるかもしれない。だけど線路に落ちたり、道路に飛び出すほど驚きはしないと思うわ……ましてや心臓が止まってしまうほどにはね」

ゆっくりと顔を上げたミチルを、伊月は恨めしげな目つきで睨んだ。

「じゃあ、何だってんです？」

「……だから……」

ミチルは、少し躊躇し、しかし少し上目遣いに伊月を睨み返して言った。

「死んでりゃどうよ？」

その声の妙な迫力に、伊月は思わず面食らってしまう。

「どうよって、何がどうなんですよ？」

「死んでたら……ううん、実際あれが美雨なら、死んでるわけだけど。死んだときの姿で……それも他の人には見られずに、彼女たちの前に……」

「ちょっと待ってくださいよ！」

今度は、伊月が荒々しくミチルの言葉を遮った。

「あんた何言ってんですか!?　そりゃつまり、幽霊なら子供のままの姿で夢枕にも立つだろう、たとえ姿を現しても、幽霊だけに当事者にしか見えないだろうって、まさかそう言ってんですか!?」

「まあ、そんなようなこと。それに……幽霊見たら、そりゃ死ぬほど吃驚して……本当に死んじゃうこともあるかな、って」

さすがに自分の言っていることが破天荒だと自覚しているのだろう、ミチルは片眉を上げ、皮肉な表情で眉を竦めた。

伊月は、とうとう両手で机をバンと叩いてしまう。

「あのねえ、ミチルさん……法医学者が笑わせるじゃないですか！　幽霊？　はッ、じゃあ何ですか？　死因に『幽霊による呪い』とでも書き足すつもりっすか？」

「むー、『幽霊による呪い』か。それ洒落とんなあ。なかなか上手いで伊月先生」

ミチルに食ってかかった伊月を脱力させて余りある台詞を吐きながら、都筑はチェシャ猫そっくりの顔でニヤニヤ笑った。

「そないに怒るからには、それ以外の説明が、ちゃーんとできるんやろな？」

そう言われて、伊月は怒った顔のまま、ムッと唇を引き結ぶ。できないからこそ、闇雲（やみくも）に怒っているのである。

そんな伊月の肩をポンポンと叩いて、都筑はのんびりした口調で言った。

「まあなあ、いくら何でも死体検案書にそうは書かれへんわ。それは伏野先生も承知してるやろ。せやけど、法医学者やから言うて、世の中に不思議なことはあらへんと思わなあかんことはないねんで、伊月先生」

「そりゃ……そうですけど……」

祖父が孫を諭すような調子で、都筑は続けた。

「解剖すれば何でもわかる、そう思うことこそ傲慢と違（ちゃ）うかな。人間いうんは、そんな簡単なもんやろか？　解剖しても、心はどこにあるかなんてわからへんやんか」

「心は……どこにあるか……ですか？」

怒りの発作が布団を被せて揉み消された火のようにヘナヘナと失せていくのを感じながら、伊月は目の前の教授の柔和な顔を凝視した。

「せや。心はどこにあるか……魂はどこにあるか。僕ら、誰もそんなん見たことないのに、そのくせこの身体のどっかにそれがあるて確信しとる。……せやろ？」

伊月だけでなく、ミチルも筧も、こくりと頷く。

「せやったら……女の子の身体に魂が残っていても、それが外に出ていって何ぞやらかしても……おかしゅうはないかもしれんわなあ」

筧が、おずおずと口を挟む。

「ほな、美雨の幽霊が……怨霊が、あの三人を殺しても不思議やない、そう言うてはるんですか？　先生は」

「不思議やけどあり得ないとは言われへん。それが僕の意見やな。物事を否定するっちゅうんは難しいんやで、伊月先生。可能性をすべて殺さな、否定は成り立たんのやから。この件に関して、この上、僕らにできるのは、ただ想像することくらいや。そして、すべての理屈を飛び越えた想像が、実は真実にいちばん近い、ちゅうこともたまにはあるん違うかな」

ミチルは、淡々と語る都筑の横顔を見ながら、小さな声で言った。

「じゃあ、想像をもう少し語ってもいいですか？　もしかしたら、自分の行為を私たちに報せたいがために、美雨は三人の髪を引き抜いたんじゃないかしら……。子供らしい自己顕示欲で」

「私が殺したんや、復讐したんや、ってですか？」

「……うん」

筧とミチルは目を見合わせ、そして同時に視線を伊月に転じた。

「…………」

伊月は、今度こそ沈黙した。その端整な顔が、紙のように白くなっている。

「タカちゃん、昔からあかんのやんな……。その手の怖い話」

労（いたわ）るように筧に言われ、伊月の細い顎がわずかに上下した。

「……駄目……。俺、早く焼き肉食いたい。今の話、忘れたい」

「……そうね」

ミチルはそう言って、折角綺麗に印刷したばかりのデータをグシャリと握り潰し、ゴミ箱に放り込んでしまった。

「伊月君がいつか言ったみたいに、何調べたって何言ったたって無駄だもんね、今さら」

そして、そのままの勢いで、髪の毛の入った包みも、無造作にフリーザーに放り込んでしまう。

筧は戸惑いの表情で、ミチルを見、伊月を見、そして、最後に何か意見を求めるようなつぶらな目で、都筑を見た。

「んー……まあ、はよ焼き肉でも何でも食べに行き。僕は帰るわ」

都筑は相変わらず真意の読めない中途半端に笑っているような顔でそう言って、クルリと背を向けた。

そして、その狭い背中が扉の向こうに消える前に、例によって間延びした声が、三人の耳に届いた。

「『世の中は　知らぬが花の　花盛り』……お疲れさん」

新装版によせて

あまり何度も同じ本を出し直されちゃ困るよ！

それが、読者時代の私の感覚でした。今も、その頃の気持ちは覚えています。

ところが今回、「鬼籍通覧シリーズ」の第一作目であるこの『暁天の星』、なんと講談社ノベルス、ホワイトハート、講談社文庫、と来て、今回、講談社文庫新装版をお届けすることになりました。

ノベルスからずっと買い直してくださり、また本作を手にしてくださった方には、深い感謝と共に、本当に申し訳ない気持ちです。

ですが、未だに他の作家さんたちの読者であり続け、さらに自分自身も作家となった今、別の角度からこう思うのです。

新装版を出すというのは、作品を風化させることなくもう一度生まれ変わらせ、世に送り出してもらうことです。

改めて、新しい表紙で書店に並ぶことにより、このシリーズに初めて気付き、読んでくださる方が、きっと現れる。それは結局、シリーズ全体の寿命を延ばすことにもなるのだと、筆者としての私はそんな風に期待し、願っております。

とはいえ、以前のままの原稿を用いることはどうしてもできず、我が儘を言って、三度目ではありますが、原稿に手を入れさせていただくことにしました。

正直、自分の過去の原稿を読み返すというのは、なかなかの苦行です。いつも、頭から尻尾までリライトしたい！　させて！　と叫び出しそうになります。

一方で、稚拙さや青臭さも引っくるめて、過去の作品は当時のとても若く、真っ直ぐな私にしか書けなかったものだというのも事実です。

また、それを愛読してくださった方々がいる以上、筆者といえども、無造作に触れてはいけないものだと自覚しています。

にもかかわらず手直しを希望したのは、このシリーズが未だ完結しておらず、伊月やミチル、筧たちの日々が、現在進行形で続いているからです。

既刊の描写から、いかにも「だいぶ前に書かれた」という印象を読者さんに与えてしまうことを避け、できればシームレスに、違和感なく最新刊まで読み進めていただけるようにしたい。そう考えました。

ゆえに今回、色々なところをほんの少しずつアップデートしました。

これはストーリー自体に干渉する変更ではなく、あくまでも読みやすくするための改編に留めています。

あと、ノベルス版の刊行を再開した際に導入した、「市町村名や施設の名称についてはイニシャルにする」というルールを、こちらにも適応致しました。

店名なども、今はもう存在しない店も多いので、やんわりとぼかすようにしています。

さらに、大学の人事や医学用語についても、必要に応じて「今どき」に変更してある箇所があります。

ただし、一ヵ所だけどうにもできなかったところがあります。

冒頭の、伊月のポジションです。

実は現在では、医学生は医学部を卒業し、医師国家試験に合格した後、必ず二年間、研修医を経験することになっています。

本来、作品世界をアップデートするならば、伊月は研修医期間を終了後、晴れて大学院生として法医学教室に入ることにすべきなのです。

しかし、そこを変更すると、伊月の意識も医療スキルも医師としての感覚も、すべてが大きく変わることになります。作品にもたらす歪みがあまりにも大き過ぎるということで、ずいぶん悩んだ結果、その設定だけは触らずにおくことにしました。

なので変わらず、伊月は医学部卒業直後、臨床医療の現場を踏むことなく、法医学教室の大学院生となっています。

もしかしたら、「俺の知ってる研修医システムじゃないぞ……？」と思いながらお読みになった方もいらっしゃるかもしれませんが、そこだけは、何卒お許しいただければ幸いです。


私が「鬼籍通覧シリーズ」を書き始めたのは、上野正彦先生の名著、『死体は語る』のおかげで、ようやく法医学という学問が世の中に注目され始めた頃でした。「鬼籍通覧で法医学に初めて触れました」と仰る方も多く、その分野に身を置く人間として、「決して間違った知識を広めてはいけない」と、ずいぶん緊張し、肩に力を入れて書き続けてきたところがあります。

本当は、あくまでも「物語」、つまり「フィクション」なのですから、もっと自由に、他の作品の法医学者がするように、刑事と一緒になってバリバリと捜査を進め、鮮やかに事件を解決するエピソードがあってもいいのではないか……。そう考えたことも一度や二度ではないのですが、やはり、大っぴらにはやれませんでした。

あくまでも、法医学者の主戦場は解剖室、そして実験室です。

ときには現場を直接見にいき、事件関係者と顔を合わせることもありますが、それはあくまでも例外的な、必要に迫られたときだけすることであって、本質的には、やはりご遺体に向き合い、その声なき声を聞くことが責務です。

限られた情報をもとに、みずから進んでは語ってくれないご遺体からできるだけたくさんの初見を読み取る。そんな地味で根気の要る仕事を、法医学者たちは今も昔もこつこつと続けています。


シリーズを始めた当初、講談社ノベルスの編集長だった宇山さんから言われたことがあります。

「私小説はダメです。エンターテインメントを書いてください」

私は器用な書き手ではないので、自分がまったく経験したことがない事柄については、あまり上手く描写できないほうです。

ですから、何を書いても、自分なりの経験、感覚が作品に反映されてしまうのですが、特に「鬼籍通覧シリーズ」は、キャラクターが当時の自分と同年代、しかも自分と同じ仕事に従事しているので、ともすれば、ミチルさんが私そのものになってしまう可能性がありました。

そうした危うさに誰よりも早く気付いた宇山さんが、最初にざっくりと深い釘を刺してくださったことを、今、本当に感謝しています。

法医学に少しなりともかかわる人間として虚偽は書けませんが、それでもミチルも伊月も筧も、私の思想や思惑、倫理観とはまったく無関係に、それぞれ自分の中に譲れない信念を持ち、凹んだり葛藤したりしながらも、一作ごと、確実に歩を進めています。

願わくば、新規の読者さんも、再び新装版を手に取ってくださった読者さんも、これから順番に刊行される既刊を辿り、彼らの成長を見守ってくださいますように。

最後に、挿画を担当してくださった二宮悦巳さんに感謝を。素晴らしいイラストで、キャラクターたちに新しい命を吹き込んでくださいました。本当にありがとうございます。

では、次回は二作目『無明の闇』で、またお目に掛かります。

椹野道流　九拝

本書は小社より、一九九九年六月にノベルスとして刊行され、
二〇〇八年七月に文庫版として刊行された作品の新装版です。

|著者| 椹野道流　２月25日生まれ。魚座のO型。法医学教室勤務のほか、医療系専門学校教員などの仕事に携わる。この「鬼籍通覧」シリーズは、現在８作が刊行されている。他の著書に「最後の晩ごはん」シリーズ（角川文庫）、「右手にメス、左手に花束」シリーズ（二見シャレード文庫）など多数。

新装版（しんそうばん） 暁天（ぎょうてん）の星（ほし） 鬼籍通覧（きせきつうらん）

椹野道流（ふしのみちる）

2019年９月13日第１刷発行
2019年10月２日第２刷発行

発行者――渡瀬昌彦
発行所――株式会社　講談社
東京都文京区音羽2-12-21　〒112-8001
電話　出版（03）5395-3510
　　　販売（03）5395-5817
　　　業務（03）5395-3615

Printed in Japan

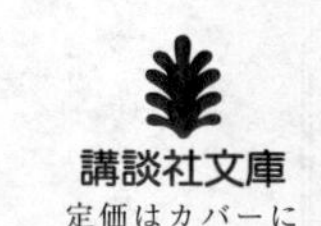

講談社文庫

定価はカバーに
表示してあります

デザイン―菊地信義
本文データ制作―講談社デジタル製作
印刷―――豊国印刷株式会社
製本―――株式会社国宝社

ISBN978-4-06-517081-6

講談社文庫刊行の辞

二十一世紀の到来を目睫に望みながら、われわれはいま、人類史上かつて例を見ない巨大な転換期をむかえようとしている。

世界も、日本も、激動の予兆に対する期待とおののきを内に蔵して、未知の時代に歩み入ろうとしている。このときにあたり、創業の人野間清治の「ナショナル・エデュケイター」への志を現代に甦らせようと意図して、われわれはここに古今の文芸作品はいうまでもなく、ひろく人文・社会・自然の諸科学から東西の名著を網羅する、新しい綜合文庫の発刊を決意した。

激動の転換期はまた断絶の時代である。われわれは戦後二十五年間の出版文化のありかたへの深い反省をこめて、この断絶の時代にあえて人間的な持続を求めようとする。いたずらに浮薄な商業主義のあだ花を追い求めることなく、長期にわたって良書に生命をあたえようとつとめるところにしか、今後の出版文化の真の繁栄はあり得ないと信じるからである。

同時にわれわれはこの綜合文庫の刊行を通じて、人文・社会・自然の諸科学が、結局人間の学にほかならないことを立証しようと願っている。かつて知識とは、「汝自身を知る」ことにつきていた。現代社会の瑣末な情報の氾濫のなかから、力強い知識の源泉を掘り起し、技術文明のただなかに、生きた人間の姿を復活させること。それこそわれわれの切なる希求である。

われわれは権威に盲従せず、俗流に媚びることなく、渾然一体となって日本の「草の根」をかたちづくる若く新しい世代の人々に、心をこめてこの新しい綜合文庫をおくり届けたい。それは知識の泉であるとともに感受性のふるさとであり、もっとも有機的に組織され、社会に開かれた万人のための大学をめざしている。大方の支援と協力を衷心より切望してやまない。

一九七一年七月

野間省一